D1133540

Atardecer

ter

Atardecer

Traducción del inglés de
Begoña Hernández Sala

Título original: *Sunset (Warriors: The New Prophecy # 6)*

Ilustración de la cubierta: Johannes Wiebel / Punchdesign

Publicaciones y Ediciones Salamandra, S.A.
Almogàvers, 56, 7º 2ª - 08018 Barcelona - Tel. 93 215 11 99
www.salamandra.info

ISBN: 978-84-9838-785-8
Depósito legal: B-4.849-2017

1ª edición, abril de 2017
Printed in Spain

Impresión: Liberdúplex, S.L. Sant Llorenç d'Hortons

El miedo le revolvió el estómago. «No me hará daño —se dijo—. ¡Por el Clan Estelar, es mi compañero de clan y Esquiruela confía en él!» Zarzoso no podía estar siguiendo un sendero que llevara a la sangre y las sombras, no si el Clan Estelar tenía tanta fe en que él y Esquiruela estuvieran juntos.

Más allá de los árboles, el lago reflejaba la pálida luz del alba. Incluso en ese momento, la asfixiante marea escarlata que había lamido pegajosamente la orilla le parecía a Hojarasca Acuática más real que el agua grisácea que ahora se extendía a sus pies, apenas ondulada por la brisa.

«Antes de que haya paz, la sangre derramará sangre y el lago se tornará rojo.»

¿Qué horrores aguardaban todavía al Clan del Trueno?

A Rod Ritchie, que fue el primero en imaginarse qué sucedía en realidad más allá de la verja del jardín...

Gracias en especial a Cherith Baldry.

Filiaciones

CLAN DEL TRUENO

Líder

ESTRELLA DE FUEGO: hermoso gato rojizo.

Lugarteniente

LÁTIGO GRIS: gato de pelo largo y gris.

Curandera

HOJARASCA ACUÁTICA: gata atigrada de color marrón claro y ojos ámbar.

Guerreros

(gatos y gatas sin crías)

MANTO POLVOROSO: gato atigrado marrón oscuro.

TORMENTA DE ARENA: gata de color melado claro.

NIMBO BLANCO: gato blanco de pelo largo.

FRONDE DORADO: gato atigrado marrón dorado.
Aprendiza: ZARPA CANDEAL

ESPINARDO: gato atigrado marrón dorado.

CENTELLA: gata blanca con manchas canela.

ZARZOSO: gato atigrado marrón oscuro de ojos ámbar.

CENIZO: gato gris claro con motas más oscuras, de ojos azul oscuro.
Aprendiz: BETULO

ORVALLO: gato gris oscuro de ojos azules.

ESQUIRUELA: gata de color rojizo oscuro de ojos verdes.

ZANCUDO: gato negro de largas patas, con la barriga marrón y los ojos ámbar.

Aprendices

(de más de seis lunas de edad, se entrenan para convertirse en guerreros)

ZARPA CANDEAL: gata blanca de ojos verdes.

BETULO: gato atigrado marrón claro.

Reinas

(gatas embarazadas o al cuidado de crías pequeñas)

FRONDA: gata gris claro con motas más oscuras, de ojos verde claro; madre del único cachorro superviviente de Manto Polvoroso.

ACEDERA: gata parda y blanca de ojos ámbar.

DALIA: gata de pelo largo color tostado, procedente del cercado de los caballos.

Veteranos

(antiguos guerreros y reinas, ya retirados)

FLOR DORADA: gata de pelaje rojizo claro.

RABO LARGO: gato atigrado, de color claro con rayas muy oscuras, retirado anticipadamente por problemas de vista.

MUSARAÑA: pequeña gata marrón oscuro.

CLAN DE LA SOMBRA

Líder

ESTRELLA NEGRA: gran gato blanco con enormes patas negras como el azabache.

Lugarteniente

BERMEJA: gata de color rojizo oscuro.

Curandero

CIRRO: gato atigrado muy pequeño.

Guerreros

ROBLEDO: pequeño gato marrón.

CEDRO: gato gris oscuro.

SERBAL: gato rojizo.

TRIGUEÑA: gata parda de ojos verdes.

Reina

AMAPOLA: gata atigrada marrón claro de patas muy largas.

Veterano

GUIJARRO: gato gris muy flaco.

CLAN DEL VIENTO

Líder

ESTRELLA DE BIGOTES: gato atigrado marrón.

Lugarteniente

PERLADA: gata gris.

Curandero

CASCARÓN: gato marrón de cola corta.

Guerreros

OREJA PARTIDA: gato atigrado.

MANTO TRENZADO: gato atigrado gris oscuro.

CORVINO PLUMOSO: gato gris oscuro.

CÁRABO: gato atigrado marrón claro.

NUBE NEGRA: gata negra.

TURÓN: gato rojizo de patas blancas.

Reina

COLA BLANCA: pequeña gata blanca.

Veteranos

FLOR MATINAL: reina color carey.

TORRENTE: gato marrón claro.

CLAN DEL RÍO

Líder

ESTRELLA LEOPARDINA: gata atigrada
con insólitas manchas doradas.

Lugarteniente

VAHARINA: gata gris oscuro de ojos azules.

Curandera

ALA DE MARIPOSA: gata atigrada dorada.
Aprendiza: BLIMOSA

Guerreros

PRIETO: gato negro grisáceo.
Aprendiz: FABUCO

ALCOTÁN: gato marrón oscuro de barriga blanca
y ojos azules como el hielo.

MUSGAÑO: pequeño gato atigrado marrón.

GOLONDRINA: gata atigrada oscura.

PIZARRO: gato gris.

JUNCAL: gato negro.
Aprendiz: TORRENTINO

Reinas

MUSGOSA: gata parda de ojos azules.

FLOR ALBINA: gata de color gris muy claro.

Veterano

PASO POTENTE: corpulento gato atigrado.

LA TRIBU DE LAS AGUAS RÁPIDAS

RIVERA DONDE NADA EL PEQUEÑO PEZ (RIVERA): gata atigrada marrón.

BORRASCOSO: gato gris oscuro de ojos ámbar.

OTROS ANIMALES

HUMAZO: musculoso gato blanco y gris que vive en las caballerizas.

PELUSA: pequeña gata gris y blanca que vive en las caballerizas con Humazo.

PIPO: terrier blanco y negro que vive con los Dos Patas cerca de las caballerizas.

MEDIANOCHE: tejona observadora de las estrellas que vive junto al mar.

Zona de ocio de los Dos Patas
Casa de los Dos Patas
Camino de los Dos Patas
Claro
Camino de los Dos Patas
Campamento del Clan de la Sombra
Medio puente
Pequeño Sendero Atronador
Zona de ocio de los Dos Patas
Medio puente
Arroyo
Isla
Campamento del Clan del Río

Casa de los Dos Patas abandonada
Viejo Sendero Atronador
Laguna Lunar
Campamento del Clan del Trueno
Roble centenario
Lago
Campamento del Clan del Viento
Medio puente roto
Granja y viviendas de los Dos Patas
Cercado de los caballos
Sendero Atronador
Clan del Trueno
Clan del Río
Clan de la Sombra
Clan del Viento
Clan Estelar

Camping Hareview
Villa Sanctuary
Bosque de Sadler
Carretera de Littlepine
Centro de vela de Littlepine
Isla de Littlepine
Río Alba
Carretera de Whitechurch

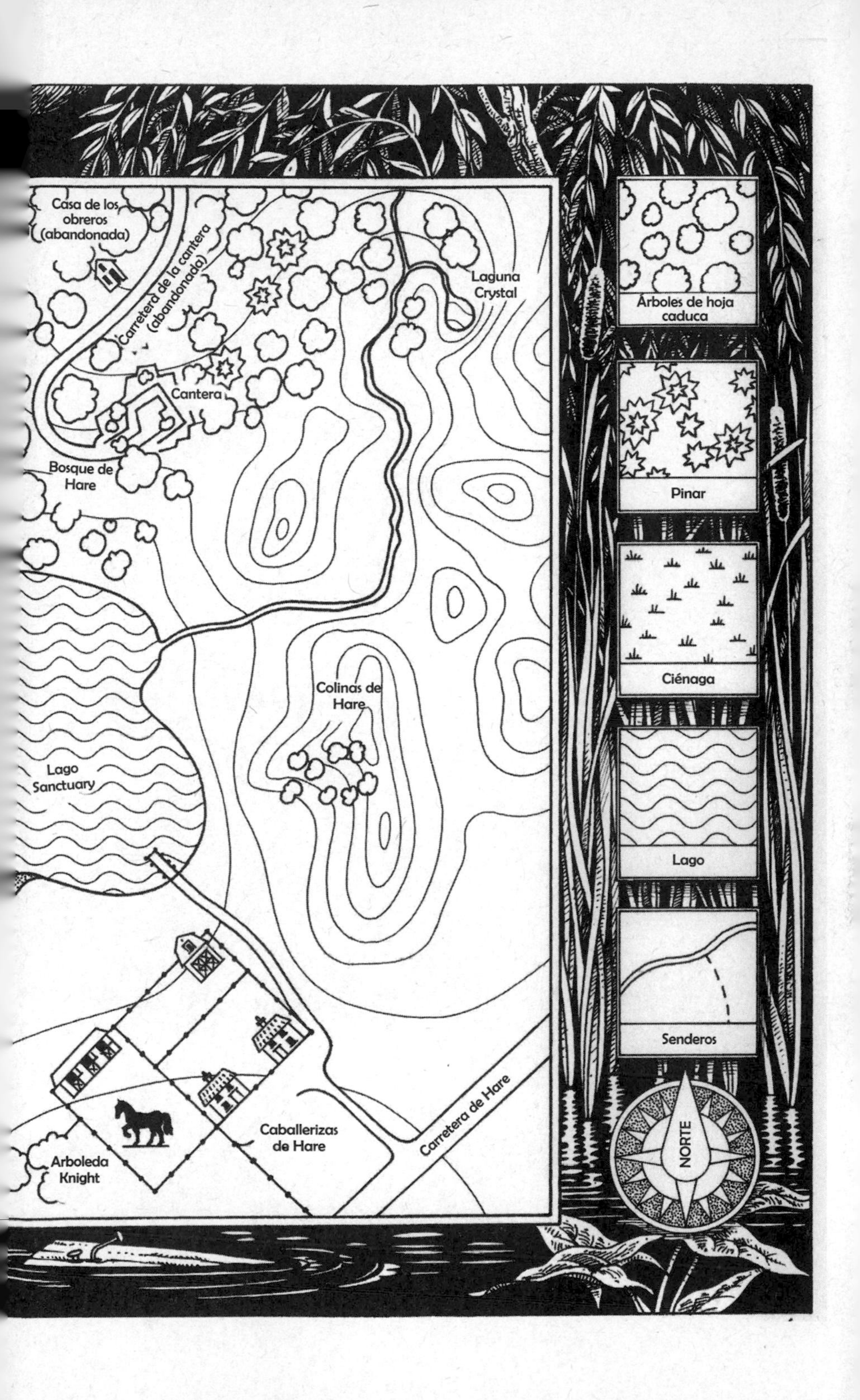
Casa de los obreros (abandonada)
Carretera de la cantera (abandonada)
Laguna Crystal
Cantera
Bosque de Hare
Colinas de Hare
Lago Sanctuary
Caballerizas de Hare
Carretera de Hare
Arboleda Knight
Árboles de hoja caduca
Pinar
Ciénaga
Lago
Senderos
NORTE

Prólogo

El bosque se hallaba sumido en la oscuridad de la noche, y ni una brizna de viento agitaba la larga hierba que crecía al borde del camino por el que, a través de las sombras, avanzaba un enorme gato atigrado. El felino se detuvo irguiendo las orejas y entornando sus ojos de color ámbar. En el cielo no brillaban ni la luna ni las estrellas, pero los troncos de los árboles estaban cubiertos de un hongo que proyectaba un espeluznante resplandor sobre el suelo desnudo.

El enorme gato abrió las fauces para aspirar el aire, aunque no esperaba percibir el olor de una presa. Sabía que el movimiento de los helechos no significaba nada y que los retazos de oscuridad que veía agitarse con el rabillo del ojo desaparecerían como la niebla si saltaba sobre ellos. A pesar de que en aquel lugar no se pasaba hambre, añoraba la sensación de clavar las garras en una presa y saborear el primer bocado de carne caliente tras una buena caza.

De pronto, detectó un nuevo olor y el pelaje del lomo se le erizó de inmediato: era el de un gato, pero no pertenecía a ninguno de los dos con los que se había encontrado allí en otras ocasiones, sino a uno distinto, uno al que conocía desde hacía mucho tiempo. Echó a andar siguiendo el rastro oloroso, hasta que los árboles se espaciaron y se encontró en el lindero de un claro bañado por aquella tétrica luz. El otro gato cruzó el espacio abierto para reunirse con él, con las orejas gachas y los ojos rebosantes de espanto.

—¡Estrella de Tigre! —exclamó con voz estrangulada, frenando en seco y encogiéndose en el suelo—. ¿De dónde vienes? Pensaba que estaba solo.

—¡Levántate, Cebrado! —contestó el atigrado con un gruñido de asco—. Deja de arrastrarte como una cría despavorida.

Cebrado se puso en pie y se dio un par de lametazos rápidos. Su pelaje, que antes lucía tan liso y brillante como un pez bien alimentado, ahora se veía ralo y tenía abrojos enredados.

—No entiendo este lugar... —maulló—. ¿Dónde estamos? ¿Dónde está el Clan Estelar?

—El Clan Estelar no se pasea por este bosque.

A Cebrado se le salieron los ojos de las órbitas.

—¿Por qué no? ¿Y por qué está siempre tan oscuro aquí? ¿Dónde está la luna? —Un escalofrío le recorrió todo el lomo—. Creía que estaríamos cazando por el cielo junto a nuestros antepasados guerreros y observando a nuestros compañeros de clan.

Estrella de Tigre soltó un leve bufido.

—Eso no es para nosotros. Pero yo no necesito la luz de las estrellas para seguir mi camino. Si el Clan Estelar cree que puede olvidarse de nosotros, está muy equivocado.

Le dio la espalda a Cebrado y se abrió paso entre los helechos sin comprobar si su antiguo compañero lo seguía o no.

—¡Espera! —resolló Cebrado, corriendo tras él—. Explícame qué quieres decir.

El enorme atigrado lo miró por encima del hombro y sus ojos ámbar reflejaron la pálida luz.

—Estrella de Fuego creyó que había vencido cuando Azote me arrebató mis nueve vidas. Es un iluso. Lo nuestro no ha terminado todavía.

—Pero ¿qué puedes hacerle ahora a Estrella de Fuego? —contestó Cebrado—. No puedes salir de este bosque. Lo sé... porque yo lo he intentado, y por mucho que camine, los árboles jamás acaban y no hay luz por ningún lado.

Estrella de Tigre ni siquiera le respondió. Continuó andando entre la vegetación, seguido de cerca por su compañero. Cebrado se sobresaltaba ante cualquier sonido que surgía de los helechos y ante cualquier sombra que se cruzaba en su camino. Se detuvo de repente, con los ojos dilatados y la boca abierta para saborear el aire.

—¡Puedo oler a Estrella Rota! —exclamó—. ¿Él también está aquí? Estrella Rota, ¿dónde estás?

Estrella de Tigre interrumpió su marcha y miró atrás.

—No malgastes saliva. Estrella Rota no te contestará. Aquí captarás rastros de muchos gatos, pero rara vez te encontrarás cara a cara con alguno. Estamos atrapados en un mismo lugar, pero estamos condenados a la soledad.

—Entonces, ¿cómo piensas ocuparte de Estrella de Fuego? —preguntó Cebrado—. Él ni siquiera viene por aquí.

—No seré yo quien se encargue de él —contestó Estrella de Tigre con un gruñido quedo y amenazante—. Lo harán mis hijos. Los dos juntos. Alcotán y Zarzoso demostrarán a Estrella de Fuego que está lejos de haber ganado la batalla.

Cebrado dirigió la mirada a su antiguo líder, pero la desvió enseguida.

—¿Y cómo vas a conseguir que Alcotán y Zarzoso hagan lo que tú quieres?

Estrella de Tigre le cerró la boca con una sacudida de la cola y sacó y metió las uñas, agujereando la tierra bajo sus zarpas.

—He aprendido a pasearme por los senderos de sus sueños —bufó—. Y tengo tiempo. Todo el tiempo del mundo. Cuando mis hijos hayan destruido a ese sarnoso minino doméstico, los convertiré en los líderes de sus clanes y les mostraré en qué consiste el verdadero poder.

Cebrado se acurrucó al abrigo de una mata de helechos.

—No podrían tener un maestro mejor —maulló.

—Aprenderán las mejores técnicas de lucha de todo el bosque —continuó Estrella de Tigre, ignorando por completo a su antiguo compañero—. Aprenderán a no tener piedad de ningún gato que intente enfrentarse a ellos. Y, al final, se repartirán entre los dos todo el territorio que rodea el lago.

—Pero hay cuatro clanes...

—Y pronto habrá sólo dos. Dos clanes de guerreros de sangre pura. De sangre que no haya sido debilitada por mininos domésticos ni gatos mestizos. Estrella de Fuego ya ha dado asilo a esa inútil bola de pelo del cercado de los caballos, con sus cachorros lloricas. ¿Es eso forma de liderar un clan?

Cebrado le dio la razón agachando la cabeza y las orejas.

—Alcotán no le teme a nada —dijo Estrella de Tigre con orgullo—. Lo demostró al echar al tejón del territorio del Clan del Río. Y demostró también poseer una gran inteligencia cuando ayudó a su hermana a convertirse en curandera. El apoyo de Ala de Mariposa le allanará el camino hacia el liderazgo, y Alcotán lo sabe. Sabe que el poder sólo les llega a quienes más lo desean.

—Sí, no cabe duda de que es hijo tuyo.

Las palabras de Cebrado cayeron como el agua de lluvia acumulada en una hoja volteada, pero, si Estrella de Tigre captó cierta ironía en ellas, no lo demostró.

—Y respecto a Zarzoso... —El enorme atigrado entornó los ojos—. También es valiente, pero su lealtad hacia ese tontaina de Estrella de Fuego es un inconveniente. Debe aprender a no permitir que nada, ni su líder, ni el código guerrero, ni el mismísimo Clan Estelar, se interponga en su camino. Se ganó el respeto de todos los gatos cuando viajó hasta el lugar donde se ahoga el sol y guió a los clanes a su nuevo hogar. Gracias a la reputación que se ha labrado, debería resultarle muy fácil hacerse con el control. —Se cuadró, marcando la poderosa musculatura de la espalda—. Yo le enseñaré cómo conseguirlo.

—Yo podría ayudarte —se ofreció Cebrado.

Estrella de Tigre se volvió hacia él y le lanzó una fría mirada de desprecio.

—No necesito ayuda. ¿Es que no me has oído cuando te he dicho que todos los gatos de este oscuro bosque caminamos solos?

Cebrado se estremeció.

—Pero es que está tan desierto y silencioso... Estrella de Tigre, déjame ir contigo.

—No. —En la voz del atigrado había un dejo de pesar, pero ni rastro de vacilación—. No intentes seguirme. Aquí, los gatos no tienen amigos ni aliados. Deben recorrer a solas su sendero de sombras.

Cebrado se incorporó, enroscando la cola alrededor de las patas delanteras.

—¿Adónde vas ahora?

—A reunirme con mis hijos.

Echó a andar por el camino y el pelaje le brilló bajo la luz amarillenta. Cebrado se quedó atrás, encogido entre las sombras de los helechos.

Antes de desaparecer entre los árboles, Estrella de Tigre se volvió para hacer una última promesa.

—A Estrella de Fuego le haré saber que mi tiempo todavía no ha terminado. Puede que aún le queden seis vidas, pero yo lo perseguiré a través de mis hijos hasta arrebatárselas todas. Esta vez seré yo quien gane la batalla.

1

Zarzoso se hallaba en mitad del claro, mirando lo que quedaba del campamento del Clan del Trueno. Una luna creciente, tan fina como la uña de una garra, flotaba sobre los árboles que rodeaban la hondonada rocosa. Su pálida luz revelaba las guaridas aplastadas, la barrera de espinos que protegía el campamento, ahora destrozada y desperdigada, y a los malheridos gatos del Clan del Trueno, que poco a poco iban saliendo de entre las sombras con el pelo erizado y los ojos dilatados de espanto. Zarzoso aún podía oír las pisadas de los tejones, que huían pesadamente, y la maleza al otro lado de la entrada, por donde se habían marchado los atacantes, que todavía temblaba. Los habían expulsado del campamento con la ayuda de Estrella de Bigotes y los guerreros del Clan del Viento, que habían aparecido justo a tiempo para auxiliar al Clan del Trueno.

Sin embargo, no era la imagen de la devastación lo que había dejado a Zarzoso helado y con un hormigueo por todo el cuerpo, sino los dos gatos a los que creía que jamás volvería a ver y que ahora avanzaban con cautela entre los espinos esparcidos de la barrera de la entrada. Ambos estaban ilesos y su pelaje lucía impecable, pero en sus ojos había un brillo de alarma.

—¡Borrascoso! ¿Qué estás haciendo aquí? —exclamó el atigrado.

El corpulento gato gris se le acercó para entrechocar los hocicos.

—Me alegro de verte de nuevo —maulló—. Yo... quería saber si habíais encontrado un lugar donde vivir. Pero ¿qué ha ocurrido aquí?

—Tejones... —contestó Zarzoso, mirando a su alrededor y preguntándose por dónde empezaba a ayudar a sus heridos y asustados compañeros de clan.

Junto a Borrascoso, Rivera, la ágil atigrada marrón de las montañas, rozó con la cola un largo corte en el hombro de Zarzoso.

—Estás herido —dijo.

El atigrado agitó las orejas.

—No es nada. Bienvenida al Clan del Trueno, Rivera. Lamento que hayáis hecho un trayecto tan largo para encontrarnos así. —Se detuvo a mirar a sus dos amigos—. ¿Va todo bien en la Tribu de las Aguas Rápidas? No esperaba que vinierais a visitarnos tan pronto.

Borrascoso lanzó una mirada a Rivera, tan rápida que casi se le escapó a Zarzoso.

—Todo va bien —maulló el guerrero gris—. Sólo queríamos asegurarnos de que habíais encontrado un nuevo sitio donde vivir, como prometió el Clan Estelar.

Zarzoso miró a su alrededor, por el campamento arrasado y a los gatos vapuleados que trastabillaban entre los restos de su hogar.

—Sí, lo encontramos... —murmuró.

—¿Y dices que os han atacado unos tejones? —preguntó Rivera, desconcertada.

—Han venido por nosotros con toda intención —les explicó Zarzoso—. Sólo el Clan Estelar puede saber de dónde han salido. No había visto a tantos tejones juntos en toda mi vida, y podrían habernos matado a todos si no hubiera aparecido el Clan del Viento...

Le temblaban las patas, y tuvo que clavar las garras en la tierra bañada de sangre para mantener el equilibrio.

Borrascoso asintió.

—No te preocupes, ya nos lo contarás todo más tarde. ¿Qué podemos hacer para ayudar?

Zarzoso agradeció en silencio al Clan Estelar que hubiera escogido ese preciso instante para enviar a su viejo amigo de vuelta a los clanes. Cuando viajaron al lugar donde se ahoga el sol, Borrascoso y él se enfrentaron a muchos peligros juntos, y había muy pocos gatos a los que preferiría tener a su lado en ese momento.

Se volvió al oír un débil gemido. Procedía de una mata de helechos aplastados que había en el borde de la hondonada.

—Debemos localizar a todos los gatos que se encuentren heridos de gravedad. Es posible que algunos estén incluso a punto de reunirse con el Clan Estelar. —Miró a Rivera a los ojos—. Esos tejones han venido a matarnos, no a echarnos de aquí.

La gata le sostuvo la mirada con firmeza.

—Sea lo que sea lo que hayan hecho, quiero ayudar. Yo ya he visto esta clase de violencia salvaje. Colmillo Afilado, ¿lo recuerdas?

Colmillo Afilado era un felino montañés gigantesco que había aterrorizado a la Tribu de las Aguas Rápidas durante muchas lunas, hasta que llegaron los gatos forestales. Plumosa, la hermana de Borrascoso, había muerto en la caída de la roca que finalmente había matado al salvaje animal.

—Haremos lo que sea —prometió Borrascoso—. Sólo debes decirnos qué quieres que hagamos. ¿Ahora eres el lugarteniente del Clan del Trueno?

Zarzoso clavó la vista en un trocito de musgo que tenía atrapado bajo su zarpa delantera.

—No —respondió—. Estrella de Fuego ha decidido no nombrar a un nuevo lugarteniente por el momento. Quiere dar a Látigo Gris más tiempo para regresar.

—Eso es muy duro.

El tono compasivo de Borrascoso hizo que el atigrado se estremeciera. No quería dar lástima a ningún gato.

De pronto, Rivera se quedó paralizada.

—Creía que habías dicho que los tejones se habían marchado —bufó.

Zarzoso se volvió en redondo, pero se relajó al ver una afilada y familiar cara blanquinegra que se abría paso entre una mata de helechos resecos.

Borrascoso tocó levemente con la cola el lomo de Rivera.

—Ésa es Medianoche. Ella nunca haría daño a ningún gato —maulló mientras iba al encuentro de la vieja tejona.

Medianoche observó a Borrascoso con sus ojillos miopes y luego asintió.

—Gato amigo del viaje —musitó—. De volver a verte me alegro. Y esta gata, de la tribu de la montaña es, ¿verdad? —añadió, apuntando con el hocico a Rivera.

—Exacto —contestó el guerrero gris—. Ésta es Rivera, una cazadora de la Tribu de las Aguas Rápidas.

Le hizo una seña con la cola a su compañera para que se acercara, y la joven obedeció a su pesar, como si le costara creer que aquella tejona fuera a mostrarse amistosa. Zarzoso entendió sus sensaciones: conocía a Medianoche mejor que nadie, pero era consciente de que no resultaba fácil contemplar su corpulenta figura sin pensar en fauces abiertas, ojos relucientes y feroces y garras que destrozarían el pellejo de un gato como si fuera una hoja de primavera...

Se oyeron unas fuertes pisadas, y al alzar la mirada vio a Medianoche a su lado. Los ojos de la tejona, brillantes como bayas, centelleaban de pena y rabia.

—Mi aviso demasiado tarde ha llegado —dijo con voz ronca—. No lo bastante he podido hacer.

—Has traído al Clan del Viento para que nos ayudara —señaló Zarzoso—. Sin ti, todo nuestro clan podría haber desaparecido.

Medianoche inclinó la cabeza, y la línea blanca que le recorría el hocico refulgió bajo la tenue luz de la luna.

—Vergüenza siento de mi especie.

—Todos los gatos saben que este ataque no tiene nada que ver contigo —la tranquilizó Zarzoso—. Tú siempre serás bienvenida en este clan.

A pesar de las palabras del atigrado, Medianoche seguía mostrándose afligida. Detrás de ella, Zarzoso vio al líder de su clan, casi en el centro del claro, con Estrella de Bigotes y los guerreros del Clan del Viento. Se acercó a ellos, haciendo una seña con la cola a Borrascoso y Rivera para que lo siguieran. A un zorro de distancia, al abrigo de un espino arrancado, Hojarasca Acuática estaba inclinada sobre el cuerpo inerte de Cenizo. Durante un segundo, Zarzoso se preguntó si el guerrero gris estaba muerto, hasta que vio cómo se agitaba la punta de su cola. «El Clan Estelar no se llevará a todos nuestros guerreros esta noche», pensó con determinación.

Estrella de Fuego todavía resollaba por el esfuerzo de la pelea. Tenía varias heridas en su pelaje rojizo, y sangraba por un largo corte en el costado. Zarzoso sintió una punzada de inquietud. ¿Habría perdido su líder otra vida? Fuera como fuese, parecía muy malherido. «Yo lo ayudaré hasta mi último aliento —juró el joven para sus adentros—. Los dos juntos conseguiremos que el clan supere este desastre, y volveremos a ser tan fuertes como antes.»

A pesar de sus heridas, a Estrella de Fuego le brillaban los ojos mientras hablaba con el líder del Clan del Viento, Estrella de Bigotes.

—El Clan del Trueno siempre os estará agradecido por esto —maulló.

—Dudo que los tejones os den más problemas —contestó Estrella de Bigotes—, pero, si quieres, puedo dejaros a un par de guerreros para que monten guardia.

—Te lo agradezco, pero no creo que sea necesario.

La calidez de su mirada revelaba la larga amistad que lo unía al otro líder. Zarzoso agradeció al Clan Estelar que la tensión entre ambos, que todos habían notado después de que Estrella de Bigotes se convirtiera en líder, hubiera desaparecido por fin.

—¿Necesitan tus guerreros la ayuda de nuestra curandera antes de partir? —añadió Estrella de Fuego—. Si alguno está malherido, podría quedarse aquí.

Zarzoso se volvió hacia Hojarasca Acuática, que seguía atendiendo a Cenizo. Cuando la gata oyó a su padre, levantó la cabeza y miró hacia donde estaban los guerreros del Clan del Viento. Zarzoso sintió una punzada de compasión al ver cómo los ojos de la joven buscaban a uno en particular. Dos días atrás, Corvino Plumoso y Hojarasca Acuática habían abandonado a sus respectivos clanes para estar juntos, pero la noticia del ataque de los tejones los había llevado de nuevo a casa. Zarzoso esperaba que Hojarasca Acuática hubiera regresado para quedarse; el Clan del Trueno la necesitaba más que nunca, ahora que había tantos gatos heridos.

Corvino Plumoso estaba observándose las patas, como evitando de forma intencionada la mirada de la joven curandera. Había perdido pelo por un fuerte zarpazo que le habían dado en el costado, pero había dejado de sangrar y se mantenía firme sobre las cuatro garras. Manto Trenzado tenía una oreja destrozada, y la lugarteniente del clan, Perlada, sangraba por una pata, aunque ninguna de las heridas parecía lo bastante grave como para impedir que los guerreros del Clan del Viento regresaran a su campamento.

—Creo que todos estamos en condiciones de viajar, gracias al Clan Estelar —le respondió Estrella de Bigotes a Estrella de Fuego—. Si estás seguro de que ya no necesitáis nuestra ayuda, volveremos a casa ahora mismo.

Corvino Plumoso levantó la cabeza y lanzó una mirada desesperada a Hojarasca Acuática. Ella se incorporó con dificultad, dejando atrás a Cenizo, y cruzó el claro para reunirse con el guerrero del Clan del Viento. Se quedaron un poco apartados de los demás, con las cabezas muy juntas. Entre las sombras, Zarzoso no pudo evitar oírlos, pero no quiso moverse para no molestarlos.

—Adiós, Corvino Plumoso —murmuró Hojarasca Acuática, con la voz estrangulada de dolor—. Nosotros... Será mejor que no volvamos a vernos.

Los ojos del guerrero centellearon y, durante un segundo, Zarzoso creyó que iba a protestar, pero luego negó con la cabeza.

—Tienes razón —respondió—. Jamás habría funcionado. Yo nunca significaré lo bastante para ti.

Hojarasca Acuática clavó las garras en el suelo.

—Significas para mí mucho más de lo que nunca podrías imaginar.

Corvino Plumoso agitó la punta de la cola.

—Tú eres curandera. Comprendo lo que eso significa en estos momentos. Que el Clan Estelar te acompañe siempre, Hojarasca Acuática. Jamás te olvidaré.

Juntaron los hocicos, un delicado contacto que duró apenas un suspiro. Luego, Corvino Plumoso regresó con sus compañeros de clan. Hojarasca Acuática lo observó marcharse, con los ojos empañados por la pérdida.

Manto Trenzado miró ceñudo a Corvino Plumoso, y Turón le dio la espalda ostentosamente, pero Estrella de Bigotes no dijo nada; se limitó a reunir a todos sus guerreros con un movimiento de la cola y a guiarlos hacia la entrada del campamento.

—¡Gracias de nuevo! —exclamó Estrella de Fuego—. Que el Clan Estelar ilumine vuestro camino.

Hojarasca Acuática se quedó inmóvil hasta que la oscura figura de Corvino Plumoso desapareció entre las sombras de los árboles, y luego cruzó el claro hacia la guarida de Carbonilla. De camino a la cueva, movió la cola para llamar a Centella, que en los últimos meses había estado ayudando a Carbonilla con las tareas de curandera.

—¿Estás segura? —le preguntó Centella, vacilante.

—Por supuesto que sí. —Hojarasca Acuática tenía la voz rota de agotamiento y tristeza—. Todos los gatos del Clan del Trueno están heridos. Me alegro de contar con tus conocimientos.

A Centella le brillaron los ojos, y pareció sacudirse de encima parte de su propio cansancio cuando siguió a Hojarasca Acuática a la guarida.

—¿Ésos son Borrascoso y Rivera?

Zarzoso dio un salto cuando una voz ronca le habló al oído. Esquiruela había aparecido a su lado. Su pelaje rojizo tenía pegotes de sangre, y la punta de una de sus orejas estaba desgarrada.

—¿Es que no los ves? —contestó Zarzoso, y se dio cuenta demasiado tarde de lo brusco que había sonado—. Lo lamento... —empezó.

Esquiruela se restregó contra él y le tocó la boca con la punta de la cola para que se callara.

—Estúpida bola de pelo... —susurró.

Zarzoso se puso tenso, preguntándose si el afecto que veía en los ojos verdes de la gata eran sólo imaginaciones suyas. Al desviar la vista, se encontró con que Cenizo estaba fulminándolo con la mirada.

Esquiruela no reparó en Cenizo y pasó cojeando ante Zarzoso para entrechocar los hocicos con los visitantes.

—Gracias al Clan Estelar que estáis aquí —maulló, expresando en voz alta los pensamientos de Zarzoso—. Vamos a necesitar a todos nuestros amigos.

Zarzoso sintió el peso del agotamiento en sus hombros al pensar en todo el trabajo que tenían por delante. Curar heridas, conseguir carne fresca, reconstruir guaridas...

—Hablaremos con Estrella de Fuego y nos pondremos en marcha.

Mientras iban hacia donde estaba el líder del clan, Espinardo se les acercó renqueando. Sangraba por un profundo corte que tenía encima del ojo.

—¿Borrascoso? —masculló, negando con la cabeza, confundido—. No, no puede ser.

El guerrero marrón dorado se dejó caer al suelo, donde se quedó jadeando.

Esquiruela posó la cola en su hombro, indicándole que permaneciera tumbado hasta que pudieran curarle las heridas. Zarzoso condujo a Borrascoso y Rivera hasta Estrella de Fuego.

El líder del clan puso unos ojos como platos, sorprendido por aquella inesperada aparición.

—¡Borrascoso y... Rivera! ¿Qué estáis haciendo aquí?

—Ya habrá tiempo de explicarlo —maulló Borrascoso—. De momento, Estrella de Fuego, ponnos a trabajar.

El líder miró a su alrededor, como si no estuviera seguro de por dónde empezar.

—Deberíamos arreglar la guarida de los guerreros para que los más malheridos puedan dormir un poco... aunque también necesitamos levantar de nuevo la barrera de espinos de la entrada.

Todo el campamento estaba arrasado, y pocos de los miembros del Clan del Trueno se hallaban en condiciones de comenzar a reconstruirlo. Cenizo permanecía tendido en el suelo, sangrando por un costado y una pata delantera, mientras Hojarasca Acuática le aplicaba telarañas en las heridas. Nimbo Blanco se acercó cojeando; apenas podía apoyar una de las patas, que le sangraba profusamente porque, al parecer, había perdido una de las garras.

—Hola, Borrascoso —lo saludó al pasar, como si hubiera sido una noche tan extraordinaria que tropezarse con un viejo amigo ya no supusiera una sorpresa—. Hojarasca Acuática, ¿puedo usar un poco de esa telaraña?

Tormenta de Arena iba detrás del guerrero blanco, con la cabeza gacha de cansancio y la cola a rastras, pero al ver a Hojarasca Acuática frenó en seco y luego se volvió hacia Estrella de Fuego con una pregunta en sus ojos verdes.

—¿Hojarasca Acuática está aquí? ¿Qué ha pasado?

Estrella de Fuego negó con la cabeza para pedirle que guardara silencio.

—Hablaremos con ella más tarde —prometió—. De momento está en casa, y eso es lo único que importa.

De pronto, un aullido recorrió el claro.

—¡Estrella de Fuego! ¡Estrella de Fuego, ¿se han marchado ya esos comedores de carroña?!

Zarzoso se dio la vuelta y vio a los tres veteranos, Musaraña, Flor Dorada y Rabo Largo, que habían tenido que subir, en medio de la oscuridad, por las rocas que llevaban hasta la guarida del líder. Allí se habían refugiado mientras la batalla se desarrollaba a sus pies. La que había gritado era Musaraña, que había perdido un poco de pelo del lomo; a Rabo Largo le sangraba la cola, y Flor Dorada, que tenía un profundo corte en el costado, guiaba al gato ciego poniéndole la cola sobre los hombros.

—¿Estáis bien? —les preguntó Zarzoso, corriendo hacia ellos.

—Sí —gruñó Musaraña—. Un tejón ha intentado trepar hasta la Cornisa Alta, pero lo hemos mandado de nuevo rocas abajo más deprisa de lo que había tardado él en subir.

—Pero ¿y si vuelven? —Flor Dorada parecía aterrada.

—Más les vale no hacerlo. —Rabo Largo sacó las garras, donde aún tenía restos de oscuros mechones de pelo de tejón—. No necesito ver para pelear con ellos. Puedo detectarlos por su asqueroso olor.

—Será mejor que Hojarasca Acuática eche un vistazo a esos cortes —maulló Estrella de Fuego.

—¿Hojarasca Acuática? —repitió Musaraña con voz aguda, y giró en redondo para mirar a la joven curandera—. Ha vuelto, ¿eh? ¿Para siempre... o hasta que ese guerrero del Clan del Viento empiece a revolotear de nuevo a su alrededor?

Zarzoso se tragó la réplica que merecía Musaraña. Sabía que la veterana era tan dura con la joven curandera porque estaba conmocionada y herida.

—¿Y quién es éste? —Musaraña se acercó a Borrascoso y lo examinó entornando los ojos—. ¿Borrascoso? ¿Qué estás haciendo aquí?

—Sólo he venido de visita.

El guerrero pareció incomodarse ante el tono receloso de la veterana.

Musaraña rezongó, como si no estuviera del todo convencida de que Borrascoso fuera un amigo.

—Antes de abandonarnos eras un guerrero del Clan del Río. ¿Por qué estás aquí en vez de allí?

—¡Musaraña, no seas tan desagradecida! —exclamó Esquiruela, indignada—. Necesitamos a todos los gatos que puedan ayudarnos. Además, no olvides que Borrascoso también tiene sangre del Clan del Trueno.

El padre de Borrascoso era Látigo Gris, el lugarteniente del Clan del Trueno al que los Dos Patas habían capturado antes de que los clanes abandonaran su bosque.

Musaraña erizó el pelo ante la réplica de Esquiruela, pero, antes de que pudiera contestar, la interrumpió un grito de Fronda, que apareció corriendo entre los arbustos de espinos que habían quedado esparcidos delante de la entrada del campamento.

—¡Manto Polvoroso, ¿dónde estás?!

Zarzoso se acercó a la gata, que se había detenido en el claro mirando a su alrededor y aullando el nombre de su pareja.

—Zarzoso, ¿has visto a Manto Polvoroso? —preguntó.

—No, aún no —admitió él—. Vamos, te ayudaré a buscarlo.

—¡Debería haberme quedado con él! —se lamentó Fronda—. ¡Nunca debería haber abandonado el campamento!

—Pero Dalia te necesitaba —le recordó Zarzoso—. Ella no habría podido arreglárselas sin la ayuda de un guerrero, y también era mucho más seguro para tu cachorro y para ti permanecer escondidos fuera del campamento. Recuerda que Dalia no lleva mucho tiempo en el clan y que todavía no sabe pelear como es debido para proteger a sus cachorros y a sí misma.

Fronda negó con la cabeza, sin escucharlo.

—Manto Polvoroso no puede estar muerto... —maulló.

—Lo encontraremos —le prometió Zarzoso.

En su fuero interno, el atigrado deseó que el Clan Estelar no hubiera elegido esa noche para que el compañero de Fronda se uniera a sus filas. Comenzó a buscar su rastro inspeccionando los restos desperdigados de la barrera de entrada y poco a poco fue regresando al centro del campamento. Cuando por fin captó el olor de Manto Polvoroso, se quedó sin aliento: el rastro conducía a la sombra del muro rocoso, y al dirigirse hacia allí a punto estuvo de tropezar con un bulto de pelo marrón tendido junto a las piedras. Manto Polvoroso tenía los ojos cerrados, pero, mientras Zarzoso lo observaba, agitó las orejas y soltó un estornudo.

—¡Fronda! ¡Aquí! —la llamó Zarzoso.

—¡Manto Polvoroso! ¡Manto Polvoroso!

Al oír la voz de su pareja, el guerrero marrón oscuro abrió los ojos y comenzó a ponerse en pie. Fronda corrió a su lado, se restregó contra él y lo cubrió de lametazos. Su compañero soltó un débil ronroneo.

Zarzoso decidió que, si Manto Polvoroso era capaz de levantarse, podía esperar un poco a que lo examinara Carbonilla u Hojarasca Acuática. De camino al claro, ansioso por ponerse a trabajar en el destrozado campamento, vio que Betulo había seguido a Fronda hasta la hondonada. El aprendiz había perdido casi todo el pelaje de las ancas y no podía abrir uno de los ojos. Con el bueno, lanzaba miradas nerviosas de un lado a otro, como si aún esperara ver el campamento lleno de tejones invasores.

Detrás de él apareció Dalia, la gata del cercado de los caballos, avanzando entre los espinos con sus tres cachorros. Cuando vieron las guaridas arrasadas y los gatos agotados y heridos, se quedaron allí de pie, con los ojos como platos. De pronto, Bayito distinguió la silueta de Medianoche entre las sombras y enseñó los colmillos con un gruñido y dio un paso adelante, con las patas rígidas y el pelo erizado.

Con un maullido de alarma, Dalia corrió a su lado.

—¡Bayito! ¿Qué estás haciendo? Aléjate antes de que ese tejón te haga daño.

—Nada temas, pequeño —le dijo Medianoche con amabilidad.

Dalia se limitó a fulminarla con la mirada, rodeando a Bayito con la cola para llevarlo junto a los otros cachorros. Zarzoso comprendió que la minina no tenía ni idea de quién era Medianoche.

—¡No pasa nada, Dalia! —exclamó.

Pero Esquiruela llegó junto a la minina antes que Zarzoso.

—No te preocupes. Medianoche es amiga nuestra. Corvino Plumoso, Zarzoso y yo la conocimos cuando estábamos allí arriba, en las montañas. Ha venido a advertirnos de que sus hermanos iban a atacarnos, y ha traído al Clan del Viento para que nos ayudara.

—Pero ¡es una tejona! —exclamó Dalia.

Zarzoso se acercó para echarle una mano a Esquiruela.

—Conocimos a Medianoche en nuestro viaje al lugar donde se ahoga el sol —insistió—. No nos hará ningún daño.

—No tienes por qué asustarte —tranquilizó Bayito a su madre—. Yo cuidaré de ti.

—Seguro que sí. —Nimbo Blanco se acercó a darle un toquecito cariñoso en la oreja—. Un gato adulto necesita una buena dosis de valor para enfrentarse a un tejón. Algún día serás un guerrero magnífico.

Bayito irguió la cola, orgulloso.

—¡Os echo una carrera hasta la maternidad! —retó a sus hermanos.

—¡No...! ¡Esperad! —exclamó Nimbo Blanco—. Todavía no podéis entrar ahí.

—¿Por qué no? —quiso saber Dalia, desconcertada—. Mis hijos necesitan descansar.

—El cuerpo de Carbonilla está ahí dentro —musitó Hojarasca Acuática—. Un tejón ha entrado mientras ella estaba ayudando a Acedera a dar a luz. —Se le quebró la voz y tuvo que tragar saliva—. He intentado salvarla, pero nuestra curandera ya había emprendido el camino para reunirse con el Clan Estelar.

Zarzoso se quedó mirándola con incredulidad.

«¿Carbonilla está muerta?»

2

Zarzoso sintió como si se le hubiera congelado hasta la última gota de sangre. Ya era bastante malo que algún guerrero se hubiese unido al Clan Estelar esa noche, pero perder a la curandera era un golpe muy duro de asumir. De pronto, comprendió por qué Hojarasca Acuática le había pedido a Centella que la ayudara a cuidar de los heridos.

Musaraña soltó un alarido de conmoción.

—¡Era una gata muy joven! Tenía toda la vida por delante.

Esquiruela restregó el hocico contra el lomo de su hermana.

—Nunca la olvidaremos —murmuró.

Zarzoso asintió, demasiado impactado para hablar. Hojarasca Acuática permaneció con la cabeza gacha un segundo más y luego empujó con delicadeza a Espinardo para que se levantara.

—Ven a mi guarida. —Su voz sonó débil, como si estuviera manteniéndola bajo control—. Allí tengo más telarañas.

Y echó a andar, mirando atrás una sola vez para asegurarse de que Espinardo la seguía.

Un movimiento en la oscuridad, en el borde de la hondonada, atrajo la atención de Zarzoso. Al volverse, vio que Zancudo y Zarpa Candeal se dirigían lentamente hacia ellos. Zancudo lo llamó con la cola, y el atigrado tuvo que obligar a sus entumecidas patas a moverse.

—¿Qué ocurre? —preguntó.

—Ven a verlo.

Zancudo lo guió hasta el muro de la hondonada, cerca de la vía de escape que habían usado Dalia y sus cachorros para ponerse a salvo. Entre las sombras yacía un bulto inerte de pelaje grisáceo.

—Es Hollín —susurró Zarpa Candeal—. Creo que está muerto.

A Zarzoso se le revolvió el estómago. Aunque temía que Zarpa Candeal estuviera en lo cierto, empujó con el hocico el cuerpo del joven guerrero con la débil esperanza de despertarlo. Hollín no se movió; sus ojos vidriosos miraban a la nada.

—Que el Clan Estelar ilumine su camino... —murmuró Zarzoso.

La hermana de Hollín, Acedera, acababa de dar a luz; ¿cómo superaría la pérdida de su hermano?

Los dos gatos más jóvenes estaban mirándolo como si esperaran que les dijera qué debían hacer. Con gran esfuerzo, se obligó a pensar.

—Llevadlo al centro del claro para que podamos velarlo —maulló—. Yo iré a buscar a Orvallo.

Orvallo era el hermano de Hollín y tenía que saberlo; tal vez pudiese ayudar a Acedera.

Zarzoso aguardó a que Zancudo y Zarpa Candeal cargaran con el cuerpo de Hollín, y luego comenzó a buscar al guerrero gris. No recordaba haber visto a Orvallo desde el final de la batalla, y sintió las afiladas garras de la angustia: no era posible que Orvallo hubiera muerto también, ¿verdad?

Justo entonces localizó al guerrero gris, semienterrado debajo de los espinos ahora arrancados que protegían la guarida de los guerreros. Estaba inmóvil, pero, cuando Zarzoso le quitó una rama de encima, logró levantar la cabeza.

—¿Los tejones... se han ido? —preguntó con voz ronca.

—Ya ha terminado todo —contestó Zarzoso—. Aunque me temo que hay malas noticias. ¿Puedes ponerte en pie?

Con un gruñido, Orvallo se revolvió entre las espinosas ramas hasta que consiguió levantarse. Apenas podía mantenerse en pie, porque una de sus patas le colgaba en un ángulo extraño, y Zarzoso temió que estuviera rota. Dejando que Orvallo se apoyara en él, lo guió al centro del claro, donde ahora yacía Hollín. Lo rodeaban Estrella de Fuego, Esquiruela y otros gatos, todos ellos cabizbajos.

Al ver el cadáver de su hermano, Orvallo soltó un aullido de abatimiento. Se acercó a él cojeando y hundió el hocico en su pelaje gris. Permaneció inmóvil unos segundos y luego levantó la vista, con los ojos rebosantes de tristeza.

—Debería contárselo a Acedera —dijo.

Estrella de Fuego agitó la cola para detenerlo.

—Primero necesitas que te examinen esa pata. Que otro...

—No —lo interrumpió Orvallo con determinación—. Déjame hacerlo a mí. Hollín era nuestro hermano. Acedera querrá saberlo de mi boca.

El líder del clan vaciló, aunque acabó asintiendo.

—De acuerdo, pero quiero que vayas a ver a Carbonilla en cuanto puedas.

—Estrella de Fuego, es a Hojarasca Acuática a quien tiene que ir a ver... —lo corrigió con dulzura Tormenta de Arena.

Estrella de Fuego parpadeó, aturdido por la conmoción y el cansancio.

—Lo siento —murmuró—. Todavía no puedo creer que Carbonilla haya muerto.

Zarzoso lo miró, compasivo. El líder del Clan del Trueno estaba muy unido a Carbonilla. Sin duda, su muerte lo había afectado profundamente.

«Estrella de Fuego va a necesitar mi ayuda», se dijo. Y preparándose para un mal trago, tocó a Esquiruela con la cola y le susurró:

—Traigamos el cuerpo de Carbonilla al claro.

—De acuerdo. Orvallo, ven con nosotros si quieres hablar con Acedera.

Los tres gatos se encaminaron hacia la maternidad. El zarzal que la rodeaba crecía cerca de la pared de la hondonada y era la guarida menos dañada del campamento. Esquiruela, Cenizo y Fronde Dorado habían permanecido allí durante la batalla, defendiendo la entrada mientras nacían los cachorros de Acedera. La maternidad sólo estaba aplastada en la zona por la que había entrado el tejón que había matado a Carbonilla después de librarse de Fronde Dorado.

Dalia y sus hijos estaban delante, acompañados de Nimbo Blanco, Fronda y Betulo, que yacía despatarrado en el suelo junto a su madre. Por un instante, Zarzoso pensó horrorizado que el aprendiz había muerto debido a sus heridas, hasta que vio cómo le subía y le bajaba el pecho. Fronda estaba inclinada sobre él, lamiéndole con cuidado el lomo.

Hojarasca Acuática y Centella se acercaron al mismo tiempo. La joven curandera llevaba en la boca un fardo de hierbas que dejó en el suelo mientras Zarzoso se aproximaba.

—Gracias al Clan Estelar, la entrada de la guarida de Carbonilla era demasiado estrecha para que los tejones se colaran en ella —maulló la curandera—. Todas las hierbas y bayas están intactas... —Con voz temblorosa, añadió—: Por favor, ¿podemos trasladar su cuerpo para que el clan pueda velarla?

—Eso hemos venido a hacer —le contestó Zarzoso.

Hojarasca Acuática parpadeó, agradecida.

—Muchas gracias, Zarzoso. Centella —continuó—, tráeme un poco de caléndula para Betulo, por favor. Después, di a todos los gatos heridos que puedan andar que vayan a mi guarida. Será más fácil tratarlos allí. Y si hay algunos que no puedan hacerlo, ven a contármelo; tendremos que examinar a ésos primero.

Centella asintió con brío y se marchó.

Hojarasca Acuática entró en la maternidad, seguida de Zarzoso, Esquiruela y Orvallo. La luz de la luna apenas penetraba en el zarzal, por lo que el interior estaba tan oscuro como una cueva, y Zarzoso esbozó una mueca al pisar un zarcillo espinoso. Le costó distinguir el cuerpo de Carbonilla, tendido de costado en un lecho blando de musgo. Tenía la cola enroscada sobre la nariz, y daba la impresión de estar dormida.

El atigrado se acercó a ella.

—¿Carbonilla?

Durante un instante, pensó que la curandera iba a levantar la cabeza y responderle, pero cuando enterró el hocico en su pelaje lo notó frío.

Acedera estaba tumbada más allá, en el extremo más alejado de la maternidad. Se había ovillado de espaldas al cadáver de Carbonilla, protegiendo a sus cachorros. Su compañero, Fronde Dorado, estaba a su lado con el pelo erizado. Cuando entraron los tres gatos, les enseñó los colmillos con un gruñido.

—Tranquilo, Fronde Dorado —dijo Zarzoso—. Somos nosotros. Ya no hay nada que temer.

Fronde Dorado se relajó, aunque siguió mostrándose un tanto receloso y se arrimó todavía más a Acedera. Hojarasca Acuática pasó ante Zarzoso y se puso a examinar cuidadosamente a la joven reina. El guerrero atigrado parpadeó, esperando a que los ojos se le acostumbraran a la penumbra, hasta que pudo ver a los cuatro cachorros acurrucados junto a su madre. Acedera miraba a Hojarasca Acuática con los ojos dilatados por la conmoción.

Orvallo se acercó a Zarzoso.

—¿Qué puedo decirle a mi hermana? —susurró—. Ya ha sufrido bastante. Lo de Hollín podría matarla.

—No cuando tiene a Hojarasca Acuática y a Fronde Dorado para cuidar de ella —lo tranquilizó Zarzoso—. Venga... es mejor que lo sepa por ti que por otro gato.

Orvallo asintió, aunque aún parecía dudar.

—Acedera... —empezó a decir, tocando con suavidad el hombro de su hermana.

—Orvallo, ¿eres tú? —maulló la gata, girando la cabeza para mirarlo—. ¿Estás herido?

—Me pondré bien —contestó él—. Pero tengo que darte una mala noticia. Se trata de Hollín. Ha... muerto.

Acedera se quedó mirándolo un instante como si no lo hubiera entendido. Luego echó la cabeza hacia atrás y lanzó un aullido estridente.

—¡No! ¡Oh, no!

Su cuerpo se sacudió con un espasmo de dolor, y Zarzoso pudo oír los tenues maullidos de protesta de los cachorritos al verse apartados del vientre de su madre.

—¡Acedera, cálmate! —exclamó Fronde Dorado, que se pegó a su costado y le cubrió la cara y las orejas con lametazos hasta que ella se estremeció y enterró la cabeza en su lomo—. Acedera, estoy contigo... —continuó el guerrero—. Piensa en los cachorros. Tienes que cuidar de ellos.

—¿Cómo ha muerto?

A Acedera le temblaba la voz, pero se movió para acomodar de nuevo a sus hijos en la curva de su vientre. Los pequeños volvieron a ocupar su lugar y siguieron mamando, presionando la barriga de la gata con sus diminutas y suaves zarpas.

—Lo han matado los tejones —respondió Orvallo.

—Hollín era un guerrero valiente —dijo Zarzoso—. Ahora está a salvo con el Clan Estelar.

Acedera asintió y estiró el cuello para consolar a Orvallo con un lametón.

—Gracias por venir a contármelo —susurró.

Hojarasca Acuática acercó el fardo de hierbas a la joven reina.

—Es borraja. Te ayudará a producir leche. —Vaciló un poco antes de añadir—: Si no puedes dormir, te daré unas semillas de adormidera, pero sería mejor para los cachorros que pasaras sin ellas.

—De acuerdo. Creo que podré aguantar sin tomarlas. —Acedera agachó la cabeza para comerse la borraja y, aunque esbozó una mueca por el sabor, se la tragó toda.

—Fronde Dorado, ¿puedes ir a buscar un poco de carne fresca para Acedera? —sugirió Hojarasca Acuática—. Y tú, Orvallo, será mejor que te quedes aquí para que te examine esa pata.

Fronde Dorado tocó la oreja de Acedera con el hocico y, cuando ya estaba a punto de salir de la maternidad, le prometió:

—Volveré enseguida.

Acedera lo siguió con la mirada.

—Yo tengo la culpa de que Carbonilla haya muerto —declaró con la voz ronca de dolor—. Ella podría haberse escapado del tejón, pero se quedó para ayudarme.

—¡No es culpa tuya! —Hojarasca Acuática sonó insólitamente feroz, y Zarzoso la miró sorprendido—. Carbonilla estaba cumpliendo con su deber como curandera. Ella tomó la decisión.

—Eso es cierto —maulló Esquiruela—. Acedera, piénsalo: si Carbonilla te hubiera dejado sola, el tejón podría haberte matado, y también a tus cachorros. Tú no habrías querido eso, y Carbonilla tampoco.

Acedera negó con la cabeza, estremeciéndose.

—Son unos cachorros preciosos —le dijo Zarzoso, intentando distraerla. Se acercó un poco más y observó durante unos instantes a los nuevos miembros del Clan del Trueno—. ¿Ya les has puesto nombre?

Acedera asintió.

—Éste es Topín. —Tocó la cabeza del más grande con la punta de la cola—. Es el único macho. Y luego están Melina y Rosellina. —Señaló por turnos a una atigrada de color dorado claro y a una gatita parda y blanca que parecía una copia minúscula de sí misma—. Y ésta es Pequeña Carboncilla.

Esquiruela soltó un grito ahogado. La esponjosa cachorrita gris le resultaba inquietantemente familiar, y

Zarzoso no pudo evitar lanzar una rápida mirada al cuerpo de Carbonilla, a sus espaldas. Hojarasca Acuática, que estaba inclinada sobre la pata herida de Orvallo, se quedó paralizada un momento.

—Creo que a Carbonilla le habría encantado —maulló al cabo, y siguió con lo que estaba haciendo.

—Todos parecen fuertes y sanos —dijo Zarzoso—. Venga, Esquiruela, ahora tenemos que ocuparnos de Carbonilla.

Esquiruela se detuvo para rozar con suavidad el lomo de su hermana con la punta de la cola.

—En cuanto puedas, deberías descansar un poco. Tienes muy mal aspecto.

—No tengo tiempo de descansar —respondió Hojarasca Acuática sin mirarla—. ¿Cómo van a aguantar todos los heridos si yo echo una cabezadita?

Esquiruela parecía inquieta.

—Pero... me preocupas, Hojarasca. Puedo imaginar lo duro que es esto para ti.

La joven curandera no contestó. Zarzoso vio que sólo quería que la dejaran tranquila para tratar a Orvallo y dio un empujoncito a Esquiruela.

—Venga —repitió, y bajó la voz para añadir—: Dale a tu hermana un poco de espacio. Podrá superarlo; sólo necesita tiempo.

No muy convencida, Esquiruela se volvió en el estrecho recinto para ayudar a Zarzoso a sacar el cuerpo inerte de Carbonilla de la maternidad. Dalia y sus cachorros seguían apiñados en la entrada con Nimbo Blanco y Fronda. Centella ya había ido a buscar caléndula y ahora estaba curando las heridas de Betulo.

—No podéis marcharos —protestó Nimbo Blanco—. Los pequeños y tú pertenecéis a este lugar.

Dalia negó con la cabeza y sus ojos se clavaron en el cadáver de la curandera.

—Mis hijos podrían haber muerto —dijo—. Incluso yo podría haber caído. ¿Y qué habría sido de ellos entonces? Estarán más seguros en el cercado de los caballos.

Los tres gatitos se quejaron.

—¿Y qué pasa con los Dos Patas? —contestó Nimbo Blanco—. Vinisteis aquí porque temías que te arrebataran a tus hijos.

Dalia flexionó las garras, con los ojos empañados por la duda. Antes de que pudiera hablar, Centella intervino:

—A lo mejor los cachorros ya están a salvo de los Dos Patas. Al fin y al cabo, ya son lo bastante grandes para resultar útiles cazando ratas y ratones en el establo.

—Pero nosotros no queremos volver allí —se quejó Bayito—. Queremos quedarnos aquí.

Dalia le dio un coletazo.

—Tú no sabes lo que dices. ¿Quieres que venga un tejón y te atrape?

—Sea como sea, ninguno de vosotros ha resultado herido —señaló Esquiruela—. El clan se ha encargado de manteneros a salvo.

—Por favor, quedaos —les pidió Fronda—. Ahora que ha llegado la estación de la hoja nueva, la vida aquí será mucho más fácil.

Dalia la miró dubitativa.

—¿Podéis prometerme que los tejones no volverán?

—Nadie puede prometerte eso —contestó Nimbo Blanco—, pero estoy convencido de que no sabremos nada de ellos durante mucho tiempo.

Dalia negó con la cabeza y empujó a sus hijos hacia la maternidad.

—Vamos —les dijo—. Necesitáis descansar después de esta noche tan espantosa.

—Pero ¡si no estamos cansados! —se lamentó Ratoncillo.

Dalia no contestó. Antes de desaparecer, le lanzó a Nimbo Blanco una última mirada llena de temor e incertidumbre.

Fronda la siguió.

—La ayudaré a instalarse.

—¿Sabes? —maulló Centella sin mirar a Nimbo Blanco—. Puede que Dalia tenga razón. Ella sabe qué es lo mejor para sus cachorros, y quizá estén más seguros en el cercado de los caballos.

Nimbo Blanco abrió la boca para protestar, pero luego la cerró.

—Será mejor que vayas a la guarida de Hojarasca Acuática —le dijo Centella, como si no quisiera seguir hablando de la minina—. La zarpa te está sangrando de nuevo. Necesitas más telarañas.

Nimbo Blanco lanzó una última mirada a la maternidad y masculló:

—Sí, enseguida voy.

Zarzoso se volvió de nuevo hacia el cuerpo de Carbonilla y se le encogió el corazón al ver su lustroso pelaje gris y sus ojos azules, vacíos y vidriosos. Esquiruela estaba junto a él, cabizbaja, y el atigrado vio cómo su lomo se erizaba, atravesado por un escalofrío. Entonces se pegó a su costado, esperando que la gata no se apartase. Y como Esquiruela no se movió, el guerrero permaneció un instante con los ojos cerrados, aspirando su dulce y familiar aroma.

—Vamos —dijo quedamente—. Pronto terminará la noche. Es la hora de la vigilia.

Cargaron de nuevo con el cuerpo de Carbonilla para llevarlo al claro y dejarlo junto al de Hollín. Zancudo y Zarpa Candeal tenían el hocico enterrado en el pelaje gris del guerrero muerto.

—Adiós —murmuró Zarzoso, tocando a Carbonilla con su hocico—. El Clan Estelar te honrará.

—Te echaremos de menos —añadió Esquiruela—. Y jamás te olvidaremos.

Zarzoso habría querido quedarse junto a la curandera muerta y velarla como era debido, pero había demasiadas cosas que hacer. Se acercó a Estrella de Fuego, que seguía en el centro del campamento con Borrascoso, Rivera y Medianoche.

—Creo que deberíamos empezar por la guarida de los guerreros.

Medianoche inclinó la cabeza ante Estrella de Fuego.

—Ahora he de marchar —anunció—. De noche, bien se viaja.

—Pero debes de estar tan cansada como todos nosotros —protestó el líder—. Quédate y duerme un poco.

Medianoche se volvió para contemplar el arrasado campamento.

—Aquí, nada más que hacer tengo. A mi cueva del mar regreso, a oír en la orilla las olas, y en la hierba la brisa.

—Si no hubieras traído al Clan del Viento para ayudarnos, el Clan del Trueno habría sido aniquilado. Jamás podremos agradecértelo lo suficiente.

—Darme las gracias no debes. Demasiado tarde mi aviso llegó. De paz no quiso hablar mi especie.

—Pero ¿por qué? —le preguntó Rivera, con los ojos dilatados de pesar—. En las montañas nunca hemos tenido problemas con los tejones. ¿Acaso son como Colmillo Afilado y quieren convertir a los gatos en presas?

Medianoche negó con la cabeza.

—Gatos no comen los míos. Pero los gatos de su territorio los expulsaron, el Clan del Río primero, al otro lado del lago, aquí después. Venganza buscan, y el territorio quieren recuperar.

—Recuerdo que Alcotán informó de eso en la Asamblea —maulló Estrella de Fuego—. Él fue el guerrero del Clan del Río que echó a un tejón.

Zarzoso tomó aire con brusquedad, dispuesto a defender a su medio hermano. ¿Es que sus compañeros iban a culpar a Alcotán del ataque de los tejones?

—Nosotros también echamos a una tejona de nuestro territorio... y tenía cachorros —apuntó Esquiruela—. ¡Y pensar que entonces me dio lástima!

—Me pregunto si eso significa que van a volver —murmuró Estrella de Fuego, pensativo—. Las patrullas tendrán que estar muy alertas.

—Yo también lo estaré —repuso Medianoche—. Si de algo me entero, vendré o un mensaje enviaré. Pero ahora debo irme; de todos los gatos amigos despedidme.

—Adiós, Medianoche —le dijo Borrascoso—. Me ha alegrado volver a verte.

Los ojillos de la tejona se posaron en él un instante.

—Los espíritus te observan —le dijo—. Los del Clan Estelar... y también los de la Tribu de la Caza Interminable. El camino que recorres duro es, pero aún a su fin no ha llegado.

El guerrero gris inclinó la cabeza.

—Gracias, Medianoche.

—Ojalá no tuvieras que marcharte —le dijo Zarzoso a la tejona. Y añadió, lanzando una mirada a su líder—: ¿No podrías hacerte una madriguera en este bosque y quedarte con nosotros?

—¡Sí, por favor! —exclamó Esquiruela.

La vieja tejona negó con la cabeza con una profunda sabiduría en los ojos.

—Éste mi lugar no es —respondió—. Pero quizá el Clan Estelar de nuevo nos reúna.

—Eso espero —maulló Zarzoso.

—Entonces, adiós, Medianoche. —Estrella de Fuego inclinó la cabeza ante la tejona con el mayor de los respetos—. El Clan del Trueno te honrará siempre.

La acompañó hasta la entrada del campamento, como si tampoco él quisiera verla partir. Manto Polvoroso y Tormenta de Arena, que estaban juntando los espinos de la barrera destrozada, dejaron de trabajar un momento para despedirse también de Medianoche.

Flanqueado por Esquiruela y Borrascoso, Zarzoso se quedó mirando cómo la vieja tejona abandonaba la hondonada atravesando los restos de la barrera de espinos con sus anchas y planas zarpas. Por segunda vez, el Clan del Trueno había necesitado la ayuda de Medianoche para sobrevivir. ¿Cómo podían sentirse a salvo estando ella tan lejos, en el lugar donde se ahoga el sol? Zarzoso ni siquiera sabía si podría encontrar de nuevo aquel acantilado arenoso.

«Debo seguir adelante —se dijo—. Daría hasta mi último aliento para ayudar a mi clan. Ahora, el Clan del Trueno me necesita más que nunca.»

Borrascoso se volvió hacia su amigo, dando la espalda al oscuro bosque por el que había desaparecido Medianoche.

—Bien. ¿Qué hay que hacer ahora?

—Creo que ya sabemos cómo están los gatos, y Hojarasca Acuática y Centella están cuidando de los heridos. Aun así, todos necesitamos descansar y recuperarnos —contestó Zarzoso—. Eso significa que debemos preparar sitios para dormir. Y ocuparnos de la carne fresca.

—Rivera y yo cazaremos para el clan por la mañana —prometió Borrascoso—. De momento, trabajaré en la guarida de los guerreros. ¿Dónde está?

«Buena pregunta», pensó Zarzoso, y señaló con la cola el espino aplastado que crecía junto al muro más alejado de la hondonada.

—Ahí.

Las ramas eran bajas y frondosas, y proporcionaban una buena protección contra el viento frío y la lluvia de la estación sin hojas. Pero los tejones habían destrozado el dosel vegetal cuando intentaron atrapar a los gatos que se habían refugiado dentro, y ahora ya no parecía una guarida.

Borrascoso parpadeó.

—Vale. Me pondré en marcha.

Y corrió hacia donde le había indicado Zarzoso.

—Rivera, tú podrías ir a echar un vistazo a los veteranos —le propuso Esquiruela—. Su guarida está debajo de aquel avellano retorcido. Ve a ver si necesitan ayuda.

Rivera asintió y también desapareció entre las sombras.

Zarzoso se disponía a seguir a su amigo de la Tribu de las Aguas Rápidas cuando se les acercó Cenizo.

—¿Vas a velar a Hollín y Carbonilla? —le preguntó a Esquiruela.

—Ve tú primero —le contestó la guerrera—. Ahora quiero ayudar a reconstruir las guaridas, pero intentaré ir a velarlos más tarde. Carbonilla y Hollín lo entenderían.

Cenizo parpadeó, y en sus ojos azules se adivinó una expresión dolida, como si se tomara la negativa como algo personal.

—De acuerdo. Te veré luego.

Y fue a tumbarse junto a los demás gatos que rodeaban los dos cuerpos inertes.

Esquiruela le tocó las orejas a Zarzoso con la cola.

—¿No crees que deberías ir a la guarida de Hojarasca Acuática para que te examine esos cortes?

A pesar de todo lo que había sucedido, la mirada de Esquiruela hizo que el corazón de Zarzoso ronroneara como un cachorrito.

—Todavía no —respondió—. Hojarasca Acuática ya tiene bastante trabajo, y hay muchos gatos en peor estado que yo. Ayudaré a Borrascoso con la guarida de los guerreros. Todo el mundo está agotado, y pronto amanecerá.

—Entonces yo me ocuparé de la carne fresca. El montón debe de estar desperdigado, pero no creo que los tejones hayan tenido tiempo de comerse nuestras presas. Tal vez consiga recuperar suficiente comida hasta que podamos organizar patrullas de caza. Si encuentro algo comestible, te llevaré un poco.

—Gracias.

Zarzoso se quedó mirando cómo la gata rojiza cruzaba el claro y luego se encaminó hacia los restos de la guarida de los guerreros. Le dolían todos los músculos del cuerpo, notaba que el corte de la pata le palpitaba, y se sentía tan cansado que apenas podía poner una pata delante de la otra, pero sus compañeros de clan lo necesitaban. Tenía que encontrar fuerzas para ayudarlos.

El espino en el que los guerreros habían instalado su dormitorio crecía cerca de la parte más alta del muro de la hondonada, no muy lejos del montón de rocas que llevaban a la Cornisa Alta. Al acercarse, Zarzoso comprobó que, a pesar de que las ramas exteriores estaban rotas y aplastadas, más adelante, hacia el tronco principal, parecían estar menos dañadas. Esperaba que el hueco que quedaba sirviera de cobijo a los guerreros, aunque tuvieran que apretujarse un poco hasta que el espino recuperara su frondosidad en la estación de la hoja nueva.

Mientras olfateaba con cuidado las destrozadas ramas exteriores, apareció Borrascoso, que arrastraba un revoltijo de espinas.

—Hola... —lo saludó resollando, después de soltar la carga para recobrar el aliento. Entornando los ojos, añadió—: ¿No deberías estar descansando, Zarzoso? Pareces hecho polvo, ¿sabes?

—Todos estamos hechos polvo —replicó el atigrado—. Ahora no puedo descansar; hay demasiadas cosas que hacer.

Borrascoso recorrió el claro con la mirada.

—Desde luego que sí.

Zarzoso posó la cola en el costado de su amigo.

—Me alegro de verte —maulló—. El Clan Estelar no podría haber escogido un momento mejor para traerte hasta aquí.

—Bueno... ahora es la Tribu de la Caza Interminable la que cuida de mí.

—Unos antepasados te trajeron hasta aquí. No me importa de quién sean; me siento igualmente agradecido.

Esquiruela llegó justo en aquel instante, sujetando un par de ratones por la cola.

—Toma —le dijo a Zarzoso—. Come algo. Necesitas recuperar fuerzas. —Luego empujó el segundo ratón hacia Borrascoso—. Y tú también.

—No, gracias —respondió el guerrero gris—. Rivera y yo hemos comido de camino aquí. Ahora mismo no tengo hambre.

—¿Estás seguro? Si no te lo comes tú, se lo llevaré a los veteranos. He encontrado muchas piezas de carne fresca —dijo, mirando a Zarzoso—. Están un poco pisoteadas, pero bastarán hasta mañana.

Con una sacudida de la cola, recogió el segundo ratón y se dirigió a la guarida de los veteranos.

Mientras su amigo regresaba al interior de la guarida, Zarzoso se sentó a comerse el ratón. Estaba aplastado y cubierto de tierra, como si lo hubiera pisado la enorme zarpa de un tejón, pero tenía demasiada hambre para que eso le importara. Lo devoró en unos pocos bocados, y luego fue a ayudar a Borrascoso con las ramas estropeadas. Cuando empezó a separar las rotas de las intactas, el corte de la pata comenzó a sangrarle de nuevo; las espinas se le clavaban en las zarpas y le arañaban el costado, añadiendo nuevos zarpazos a su cuerpo.

Poco después, al salir de la guarida tirando de una rama especialmente tenaz, percibió el olor de Esquiruela. El guerrero soltó la rama y se volvió. La gata estaba detrás de él con una goteante bola de musgo.

—He pensado que necesitarías beber un poco —maulló la joven guerrera.

—Gracias.

Mientras lamía agua del musgo, Zarzoso pensó que jamás había probado nada tan delicioso. Parecía empapar todas las partes de su cuerpo, dándole nuevas energías.

Cuando acabó de beber, Esquiruela recogió la bola de musgo y se la aplicó con cuidado en la pata herida. Sus ojos se encontraron con los del guerrero, que se estremeció por su cercanía.

—Esquiruela, lo siento todo muchísimo... —empezó.

Ella le pasó la punta de la cola por la boca.

—Lo sé —murmuró.

Zarzoso pensó que podría quedarse así toda la eternidad, ahogándose en las profundidades de sus ojos verdes, pero un movimiento lo distrajo y, al levantar la vista, descubrió que Cenizo estaba, una vez más, fulminándolo con la mirada.

El guerrero gris había abandonado la vigilia de sus compañeros muertos y ahora estaba cruzando el claro.

Al cabo de unos instantes, giró en redondo y desapareció tras las zarzas que protegían la guarida de la curandera.

Zarzoso retrocedió y miró a Esquiruela.

—¿Y qué pasa con Cenizo? —quiso saber.

No necesitaba decir nada más. En las últimas lunas, Esquiruela y Cenizo se habían hecho íntimos, y el guerrero gris podía tener buenas razones para sentir que Zarzoso estaba pisándole el terreno.

Esquiruela soltó el musgo.

—No te preocupes por Cenizo. Yo hablaré con él. —En sus ojos había pena, pero ni una sombra de duda. Le tocó el hocico con el suyo—. Ahora tengo que ir a llevar agua a los veteranos. Te veré luego.

Aturdido, Zarzoso la vio marchar. Cuando reanudó su trabajo y siguió tirando de la rama, pensó que apenas podía creer lo deprisa que había cambiado todo y lo poco que Esquiruela y él habían necesitado decirse. Sus discusiones, la forma en que habían intentado hacerse daño a propósito... Todo eso había desaparecido tras el ataque de los tejones, ahora que se habían dado cuenta de lo importantes que eran el uno para el otro. Ni siquiera necesitaban pedirse perdón; sólo debían centrarse en todas las lunas que tenían por delante.

Cuando por fin consiguió separar la rama, Borrascoso salió de la guarida empujando una bola de musgo y espinas.

—Es genial ver que Esquiruela y tú os seguís llevando de maravilla.

—Sí, es una gata fabulosa —masculló Zarzoso. No quería contarle a su amigo que Esquiruela y él habían estado un tiempo distanciados—. ¿Por qué no le llevamos algunas de estas ramas a Tormenta de Arena, para la barrera de la entrada?

—Vale. —El guerrero gris esbozó una sonrisa, como si supiera que Zarzoso estaba intentando cambiar de tema a propósito—. ¿Sabes? —continuó—, yo siento justo lo mismo por Rivera.

Levantó el extremo de una larga rama, pero, antes de que pudiera dar más de dos pasos, Zarzoso vio que la joven gata de las montañas se encaminaba hacia ellos con una enorme bola de musgo entre los dientes.

—Los veteranos se pondrán bien —les informó, después de dejar la bola al lado de Zarzoso—. Hojarasca Acuática ha cubierto con telarañas las heridas de Musaraña y les ha dado a todos semillas de adormidera para que descansen. Esquiruela ha ido a buscar agua para ellos.

—Gracias por tu ayuda, Rivera —maulló Zarzoso, señalando la bola de musgo.

—La he sacado de la guarida de los veteranos porque está llena de espinas. Nadie podría dormir encima de esto. ¿Puedes decirme cuál es el mejor lugar para recoger más musgo?

—¿Seguro que no estás demasiado cansada? Habéis hecho un viaje muy largo...

Rivera agitó las orejas.

—Estoy en mejor forma que tú. Además, nos tomamos el viaje con calma; hace más de una luna que salimos de nuestro territorio.

—Ya pensábamos que nunca os encontraríamos —añadió Borrascoso.

—¿Cómo lo hicisteis? —quiso saber el atigrado.

Justo en ese momento, captó un movimiento a sus espaldas y dio un salto hacia atrás, pero sólo era Fronde Dorado, que iba de camino a la maternidad con carne fresca.

—¿Acaso os mostró el camino la Tribu de la Caza Interminable?

Borrascoso y Rivera intercambiaron una mirada fugaz.

—Ojalá —contestó el guerrero gris—. Si hubiera sido así, tal vez habríamos llegado antes. No, deambulamos por las colinas hasta que nos tropezamos con un gato descarriado que conocía a otros que vivían con caballos. ¿Los conoces?

—Ah, sí, los gatos del cercado de los caballos —respondió Zarzoso—. Sabemos quiénes son. De hecho, ahora una de las hembras vive aquí con sus cachorros.

Borrascoso pareció sorprendido.

—Bueno, la cuestión es que el descarriado nos dijo que los otros le habían contado que un gran número de gatos se habían instalado en la zona. Teníais que ser vosotros, así que el descarriado nos explicó cómo llegar hasta aquí.

—Entonces, ¿todavía no habéis estado en el Clan del Río?

Borrascoso negó con la cabeza, pero, antes de que pudiera decir algo más, Rivera le tocó el lomo a Zarzoso.

—¿Y el musgo? Tus veteranos estarán esperando.

—Sí, claro. Vamos a llevar estas ramas a la entrada del campamento y te lo enseño.

Zarzoso y el guerrero gris arrastraron las ramas hasta donde estaban Tormenta de Arena, Manto Polvoroso y Estrella de Fuego trabajando en la barrera de espinos. Rivera los siguió con su bola de musgo.

—Es por ahí —le indicó Zarzoso, apuntando con la cola hacia el bosque, y sin poder reprimir un escalofrío de espanto al recordar cómo los tejones habían surgido entre las sombras lanzando rugidos y con la muerte en los ojos—. Sigue adelante en línea recta, y encontrarás mucho musgo alrededor de las raíces de los árboles.

—Iré contigo, Rivera —maulló Borrascoso—. Nunca se sabe; puede que aún haya tejones rondando por aquí.

—He apostado vigilantes —les dijo Estrella de Fuego—. Debería ser seguro.

Y señaló con las orejas hacia lo alto de la hondonada, donde Zarzoso apenas distinguió las siluetas difusas de Nimbo Blanco y Espinardo. Borrascoso siguió su mirada y luego se volvió hacia Rivera.

—Aun así, iré contigo. Necesitaremos más musgo para la guarida de los guerreros.

Él y Rivera se dirigieron hacia el bosque y, al volverse de nuevo hacia el campamento, Zarzoso vio a Hojarasca

Acuática saliendo de su guarida. Cuando la joven llegó junto al cuerpo de Carbonilla, inclinó la cabeza y posó el hocico en el suave pelaje de su mentora.

—Perdóname, Carbonilla —murmuró, y Zarzoso, que estaba bastante cerca, pudo oír sus palabras—. Me gustaría quedarme a velarte, pero hay demasiado que hacer. Sé que tú querrías que cuidara del clan. —Y dicho eso, levantó la cabeza, pareció hacer de tripas corazón y se acercó a Zarzoso—. Te quiero en mi guarida ahora mismo —maulló—. Hay que tratar esas heridas.

—Pero...

—No discutas, Zarzoso. Ven. —Por un instante, Hojarasca Acuática sonó tan enérgica como su hermana—. ¿De qué vas a servir si se te infecta esa herida?

El guerrero suspiró.

—De acuerdo, ya voy...

Cuando la joven curandera pasó ante él, le tocó el lomo con la punta de la cola.

—Gracias, Hojarasca Acuática. Quiero decir, gracias por regresar. El Clan del Trueno te necesita.

Ella le lanzó una mirada cargada de pesar antes de dirigirse hacia sus padres, que estaban en la entrada del campamento.

—¡Estrella de Fuego! —exclamó—. Todavía no he tenido ocasión de examinar tus heridas...

Mientras se acercaba a la guarida de Hojarasca Acuática, Zarzoso vio que Cenizo salía de ella cruzando la cortina de zarzas. Varias telarañas le cubrían la oreja desgarrada, y le habían aplicado muchas más a lo largo del costado y en la pata delantera.

—¿Te encuentras bien? —le preguntó Zarzoso cuando se cruzaron.

Cenizo ni siquiera lo miró.

—Sí, gracias —respondió secamente.

El atigrado lo observó mientras atravesaba el claro hacia la maternidad, donde Fronde Dorado y Zancudo estaban sacando los zarcillos rotos. Cenizo se puso a trabajar con ellos.

Justo delante de la grieta que llevaba a la guarida de Hojarasca Acuática, vio a Betulo, ovillado y dormido en un lecho de frondas, con una zarpa sobre el hocico. Aunque no era más que un aprendiz, había luchado con mucho valor y había ayudado a proteger a Dalia y a sus cachorros mientras escapaban de la hondonada. Las heridas de sus ancas, donde los zarpazos le habían arrancado parte del pelo, estaban cubiertas con una cataplasma de caléndula. Zarzoso arrugó la nariz ante el acre olor de las hierbas mascadas.

Al otro lado de la entrada de la guarida estaba Orvallo, tumbado entre los helechos. Cuando Zarzoso traspasó la cortina vegetal, el gato gris levantó la cabeza y parpadeó amodorrado.

—Hola, Zarzoso —lo saludó con voz pastosa—. ¿Está todo bien?

—Lo estará. ¿Y tu pata?

—Gracias al Clan Estelar, no está rota; sólo estaba dislocada... —Soltó un ronroneo somnoliento—. Hojarasca Acuática me la ha recolocado.

Volvió a cerrar los ojos y apoyó el hocico sobre las patas.

Centella salió de la guarida con la boca llena de hierbas. Saludó a Zarzoso con la cabeza y luego se inclinó sobre Betulo y Orvallo para olfatearlos.

—Están mejor. Zarzoso, cuando vuelva Hojarasca Acuática, dile que he ido a llevarle caléndula a Fronde Dorado. Está trabajando en la maternidad porque no quiere separarse de Acedera.

—De acuerdo —respondió el atigrado, y se sentó junto a los dos gatos dormidos.

Hojarasca Acuática llegó al cabo de un momento, seguida de Estrella de Fuego. Examinó minuciosamente a Zarzoso y luego le dio un lametón en el profundo corte de su pata.

—Ésta es la única herida grave —maulló al cabo—. Quiero echarle un vistazo todos los días, ¿entendido? Espera aquí mientras te traigo un poco de caléndula.

Se detuvo y se quedó mirando unos segundos al infinito, antes de respirar hondo y desaparecer en su guarida.

—¿Hojarasca Acuática estará bien? —le susurró Zarzoso a Estrella de Fuego—. No hay ninguna curandera que cuide de ella.

—Le diré a Esquiruela que no le quite el ojo de encima.

La joven gata regresó enseguida con las hojas de caléndula y comenzó a mascarlas para hacer una cataplasma.

—Se nos está acabando la caléndula —protestó, con la punta de una hoja asomándole entre los dientes—. Alguien tendrá que ir a buscar más a primera hora de la mañana.

—Yo me ocuparé de eso —le prometió Estrella de Fuego—. Aunque... Zarzoso, ¿podrías encargarte tú? Busca a un gato que no esté demasiado malherido.

El atigrado asintió con la cabeza.

—Por supuesto, Estrella de Fuego.

Al salir de la guarida de la curandera, el atigrado vio a Borrascoso junto al dormitorio de los guerreros, haciéndole señas con la cola.

—Creo que hemos terminado por esta noche —maulló—. Hemos apartado las ramas que estaban peor y hemos extendido un poco de musgo fresco. Tal vez estéis un tanto apretujados, pero ahora todos podréis descansar.

—¿Y vosotros?

—Rivera y yo seguimos en buenas condiciones. Montaremos guardia el resto de la noche.

—Gracias.

De repente, Zarzoso notó que las patas empezaban a fallarle. La sola idea de ovillarse a dormir hizo que se diera cuenta de lo agotado que estaba. Tocó el lomo de Borrascoso con la punta de la cola y se metió en la guarida de los guerreros.

Había un espacio libre cerca del tronco central del espino, en el que podían acomodarse todos los gatos que estuvieran demasiado cansados para preocuparse por dónde dormían. Zancudo y Cenizo ya estaban durmiendo, y a su lado, Manto Polvoroso y Fronda compartían lenguas, amodorrados. Zarzoso los saludó en voz baja y se derrumbó sobre el musgo y los helechos. Un segundo más tarde, el sueño lo engulló como una ola negra.

3

Hojarasca Acuática abrió los ojos, pegajosos por el sueño, y parpadeó. Estaba tumbada en medio de la hondonada rocosa, junto al cuerpo de Carbonilla. A su lado vio a Estrella de Fuego, con el hocico enterrado en el pelaje gris de su amiga y los ojos convertidos apenas en rendijas, como si estuviera perdido en los recuerdos de la gata que había sido su aprendiza. Por encima de la hondonada, el cielo tenía una claridad lechosa con las primeras luces del alba.

La joven curandera abrió la boca en un intento de aspirar por última vez el olor de su adorada mentora, pero sólo captó el sabor de la muerte. Había ido a velar a Carbonilla después de tratar a todos los gatos heridos, pero el agotamiento la había vencido y se había quedado dormida. «No he podido permanecer despierta ni siquiera por ti», pensó, desesperada.

Jamás olvidaría el sueño que había tenido en su huida con Corvino Plumoso, cuando oyó el espantoso grito de dolor de Carbonilla al ser atacada mortalmente por el tejón. «Debería haberme quedado aquí», pensó, destrozada por un sentimiento de culpabilidad más afilado que las garras de un tejón.

Aun así, y a pesar de que había decidido regresar con el Clan del Trueno, no podía quitarse de la cabeza lo ocurrido con Corvino Plumoso. El brillo de sus ojos ámbar cuando le dijo que la quería... El dolor en su voz cuando comprendió que el corazón de la joven estaba atado a su condición de curandera del Clan del Trueno, y no a él. Hojarasca Acuática se había enfrentado a una decisión dificilísima, pero al final supo que su lugar estaba allí, en la hondonada rocosa. Había renunciado a Corvino Plumoso... y también había perdido a Carbonilla. Lo único que le quedaba eran sus obligaciones con su clan.

Al incorporarse para estirar sus agarrotadas patas, con cuidado de no molestar a su padre, vio que Borrascoso estaba montando guardia justo delante de la guarida de los guerreros. Rivera vigilaba el campamento sentada cerca de la entrada, y otros gatos habían empezado también a ponerse en marcha. Fronde Dorado asomó la cabeza desde la maternidad y volvió a desaparecer en el interior. Al cabo de un instante, Zarzoso y Manto Polvoroso salieron de la guarida de los guerreros y se detuvieron a saborear el aire.

Enseguida vendrían los veteranos para llevarse del campamento los cuerpos de Carbonilla y Hollín, y enterrarlos. Hojarasca Acuática inclinó la cabeza para tocar con el hocico el lomo de su mentora y restregarlo contra su suave pelaje gris. Cerró los ojos, tratando de percibir el espíritu de la curandera, pero los guerreros del Clan Estelar estaban desapareciendo ya en lo alto, mientras el cielo se tornaba más claro.

«¿Carbonilla? ¡Dime que sigues conmigo!»

Intentó imaginarse caminando entre las estrellas, rozando por todas partes pelajes plateados, pero no pudo captar ni rastro del familiar olor de su mentora. ¿Acaso la curandera la rechazaba por haber abandonado el Clan del Trueno con Corvino Plumoso? ¿Nunca más volvería a oír su voz, ni siquiera en sueños?

«Carbonilla, lo siento. ¡Lo siento! —Sollozó para sus adentros—. No me dejes sola de esta manera...»

—Puedo arreglármelas. No necesito ver para cargar con mis compañeros de clan.

La voz de Rabo Largo interrumpió la desesperada súplica de Hojarasca Acuática. Cuando abrió los ojos, la joven vio aproximarse a los tres veteranos, con Musaraña en cabeza y Flor Dorada guiando a Rabo Largo.

—Tienes toda la razón —coincidió Musaraña—. Los llevaremos los tres juntos; no te preocupes.

Estrella de Fuego se puso en pie, moviéndose con torpeza a causa de las heridas y el cansancio. Zarpa Candeal salió de entre los restos de la guarida de los aprendices mirando a su alrededor con nerviosismo, como si quisiera asegurarse de que no habían aparecido más tejones. Espinardo, que había sido el mentor de Hollín, se acercó a hundir el hocico, por última vez, en el helado pelaje gris del guerrero muerto.

—Le enseñaste muy bien —maulló Hojarasca Acuática quedamente, compartiendo su dolor—. Murió como un valiente, luchando por sus compañeros de clan.

Orvallo se abrió paso entre los gatos que se apiñaban alrededor de los cadáveres, y la joven curandera vio que ya podía apoyarse sobre la pata herida, aunque los músculos desgarrados tardarían un tiempo en sanar.

—Ten cuidado —le advirtió—. Si fuerzas la pata, acabarás con una cojera permanente.

Orvallo asintió y se volvió hacia Musaraña.

—Quiero ayudaros, por favor. Hollín era mi hermano.

La veterana marrón inclinó la cabeza.

—Muy bien.

Ella y Orvallo cargaron con el cuerpo de Hollín, y Flor Dorada y Rabo Largo, con el de Carbonilla. Con un estremecimiento de dolor, Hojarasca Acuática tuvo que apartarse para dejar que se llevaran a su mentora. Justo en ese instante, el olor de su hermana la rodeó y notó el calor de su cuerpo. Se apoyó en ella, agradecida por el consuelo de su presencia.

El resto del clan permaneció con la cabeza gacha mientras los veteranos atravesaban la maltrecha barrera de espinos y se internaban en el bosque.

Cuando desaparecieron, Estrella de Fuego comenzó a organizar patrullas. Esquiruela se volvió hacia Zarzoso y, muy juntos, se dirigieron a la guarida de los guerreros.

Hojarasca Acuática irguió las orejas, sorprendida. Creía que su hermana y Zarzoso ya no estaban juntos. Miró a su alrededor buscando a Cenizo y vio que él también estaba observando a la pareja; a la joven le impresionó la expresión de furia del guerrero gris.

Un repentino miedo por su hermana la arrolló, como una ola helada. Recordó el sueño en el que se había encontrado deambulando por un bosque oscuro y desconocido, sin rastro alguno del Clan Estelar. Se había escondido en el lindero de un claro, donde vio a Estrella de Tigre instruyendo a sus hijos, Alcotán y Zarzoso, instándolos a conseguir el poder de sus clanes. Zarzoso tenía una herencia temible, y Hojarasca Acuática no estaba segura de que fuera lo bastante fuerte para resistirse a los traicioneros dictados de su padre.

¿Debía contarle ese sueño a Esquiruela? Dio un paso para ir en busca de su hermana, pero luego se detuvo. Ya tenía bastante con cuidar de los heridos, y entre las obligaciones de una curandera no estaba la de interferir en la amistad de otros gatos. Además, aquél no había sido un sueño del Clan Estelar, así que no podía estar segura de su significado ni saber si era una advertencia sobre el futuro.

Se acercó a Cenizo.

—Tengo que examinar tus heridas —maulló—. Sobre todo, esa oreja desgarrada.

Cenizo seguía mirando a Esquiruela con los ojos centelleantes de rabia.

—De acuerdo.

Aguantó sin moverse mientras Hojarasca Acuática le olfateaba las heridas del costado y la pata delantera y cuando le examinó cuidadosamente la oreja.

—Están curándose bien —dijo al cabo la joven—. Si quieres, te daré unas semillas de adormidera para que descanses mejor.

Cenizo negó con la cabeza.

—No, gracias. Estaré bien.

Tras echar una última mirada al otro lado del claro, el guerrero gris fue a reunirse con Manto Polvoroso y Espinardo, que estaban reconstruyendo la barrera de espinos.

Al volver hacia su guarida, Hojarasca Acuática vio que Centella cruzaba decidida el claro con su hija a la zaga.

—Hojarasca Acuática, ¿quieres que vaya a buscar hierbas? —se ofreció la guerrera—. Zarzoso dice que puedo llevarme a Zarpa Candeal para que me ayude.

—Sería estupendo —respondió la curandera.

Y le dedicó un gesto amable a la pequeña aprendiza. Zarpa Candeal parecía nerviosa. «Probablemente se imagina que el bosque está infestado de tejones. ¡Y no la culpo por ello!», pensó.

—Lo que más necesitamos es caléndula —le dijo a Centella—. Encontraréis de sobra junto al arroyo.

La guerrera asintió.

—Conozco un buen lugar. Gracias al Clan Estelar que ha llegado la estación de la hoja nueva.

Hojarasca Acuática experimentó una repentina gratitud hacia su compañera de clan. Se sintió culpable al recordar que había creído que Centella estaba intentando ocupar su puesto.

—Es estupendo que Carbonilla te enseñara tan bien —maulló—. Está claro que ahora vas a serme de gran ayuda.

El ojo bueno de la guerrera centelleó de alegría.

—Entonces nos vamos. Venga, Zarpa Candeal.

Con un movimiento de la cola, corrió hacia la entrada del campamento con la aprendiza pisándole los talones.

Hojarasca Acuática regresó a su guarida. Betulo, que se despertó cuando ella cruzó la cortina de zarzas, trató de ponerse en pie y volvió a derrumbarse en su lecho de frondas.

—No intentes levantarte —le advirtió la joven curandera—. Quiero echarle un vistazo a tu ojo.

Betulo era el gato que más le preocupaba de todos. Había participado en una batalla muy cruenta y no tenía la fortaleza de un adulto para recuperarse de heridas tan graves.

El zarpazo que rodeaba el ojo del aprendiz estaba rojo e inflamado, y sólo se veía un leve brillo entre la carne hinchada. Hojarasca Acuática pensó que tenía mucha suerte de no haberlo perdido y se estremeció al imaginarse las garras romas de un tejón rasgando la cara del joven.

Dentro de su guarida, donde almacenaba las provisiones, la curandera encontró las dos últimas hojas de caléndula. Gracias al Clan Estelar que Centella había ido a buscar más. Las sacó y comenzó a mascarlas, pero cuando intentó extender la pulpa sobre el ojo de Betulo, el aprendiz se apartó.

—Escuece —se quejó.

—Lo sé, y lo siento. Pero te dolerá más si se infectan los cortes. Venga. —Intentó animarlo—: Ya no eres un cachorrito.

Betulo asintió y se preparó poniendo todo el cuerpo en tensión. Hojarasca Acuática le aplicó más pulpa de caléndula y soltó un suspiro de alivio al ver que el jugo sanador penetraba en el ojo herido.

—Procura dormir un poco más —le sugirió tras examinar las heridas de las ancas—. ¿Necesitas semillas de adormidera?

—No, no me hacen falta —maulló Betulo, ovillándose de nuevo—. ¿Le dirás a Cenizo que hoy no voy a poder entrenar?

—Claro —respondió la gata.

Esperó a que el aprendiz se durmiera de nuevo y luego se dirigió a la maternidad con más borraja para Acedera. De camino vio a Borrascoso y Rivera, que volvían al campamento cargados con carne fresca, y sólo entonces se dio cuenta de lo hambrienta que estaba. No recordaba cuándo había comido por última vez; debió de ser antes de su desesperado regreso con Corvino Plumoso desde las montañas, para avisar a su clan.

Se acercó a Borrascoso y Rivera. Ya habían conseguido un pequeño montón de piezas, lo que demostraba lo duro que habían estado trabajando los visitantes esa mañana.

—Hola —la saludó Rivera—. Ahora mismo iba a llevarte algo de comer a tu guarida.

—No hace falta, gracias. Comeré aquí —contestó la curandera después de dejar la borraja—. Si es que estáis seguros de que hay bastante... ¿Acedera y los veteranos ya han tomado algo?

—Ahora mismo iba a encargarme de eso —respondió Borrascoso—. Tú toma lo que quieras, Hojarasca Acuática. Hay presas de sobra, y Tormenta de Arena y Nimbo Blanco también están cazando.

Dicho eso, agarró un par de ratones y se encaminó hacia la maternidad. Rivera llevó carne fresca a los veteranos, mientras Hojarasca Acuática escogía para ella un campañol. Cuando se sentó a comérselo, aparecieron Espinardo y Cenizo.

Espinardo le lanzó una breve mirada e inclinó la cabeza torpemente.

—Me alegro de tenerte de vuelta —masculló.

Hojarasca Acuática se sintió tan incómoda como él. No quería hablar con nadie sobre los motivos por los que se había marchado del clan.

—Y yo me alegro de estar de vuelta —respondió. Fue un alivio que estuviera con ellos Cenizo y que el mensaje de Betulo le permitiera cambiar de tema—. Por cierto, pasarán unos días antes de que tu aprendiz esté en condiciones de entrenar de nuevo.

Cenizo asintió.

—Luego iré a verlo —prometió.

Hojarasca Acuática engulló el campañol con veloces mordiscos y luego se fue a la maternidad para ver cómo estaba Acedera. El sol había rebasado los árboles que crecían en lo alto de la hondonada y brillaba en un cielo azul y salpicado con blancos retazos de nubes. La curandera agradeció el calor en la piel y pensó que a los gatos heridos les iría bien tomar el sol en el claro mientras se limpiaban las guaridas.

Durante la noche habían sacado de la maternidad las ramas dañadas, dejando unos cuantos agujeros por los que se colaba el sol. Los tres hijos de Dalia estaban jugando alrededor de su madre, saltando sobre los brillantes puntos de luz.

—¡Chúpate ésa, tejón maligno! —chilló Bayito.

—¡Fuera de nuestro campamento! —gruñó Pequeña Pinta, mientras Ratoncillo bufaba mostrando los dientes.

—Ya basta. —Dalia los atrajo con la cola—. Si queréis divertiros con juegos tan brutos, tendréis que salir de aquí. Estáis molestando a Acedera. Acordaos de lo chiquitines que son sus cachorros.

—Sí, nosotros ya no somos los más pequeños —presumió Bayito—. Pronto seremos aprendices.

Dalia no contestó, pero a Hojarasca Acuática le pareció ver incertidumbre en sus ojos.

Bayito asomó la cabeza por detrás de la protectora cola de su madre.

—¡Hola, Hojarasca Acuática! ¿Dónde has estado? Te echábamos de menos. ¿Tu amigo del Clan del Viento va a quedarse con nosotros?

—¡Chist! —lo riñó Dalia, dándole un toque en la oreja con la punta de la cola—. No molestes a nuestra curandera. ¿No ves que está ocupada?

Hojarasca Acuática inclinó la cabeza ante Dalia, agradecida; el hecho de tener la boca llena de borraja era la excusa perfecta para no responder, así que se internó más en la maternidad, en busca de Acedera.

La joven gata parda estaba acurrucada en un mullido lecho de musgo y frondas, con sus cuatro cachorros acomodados contra el vientre. Fronde Dorado estaba a su lado, compartiendo con ella la carne fresca que Borrascoso les había llevado.

—Hola, Hojarasca Acuática. —Acedera parpadeó adormilada—. ¿Eso es más borraja?

—Sí. —La curandera dejó las hojas a su lado, para que su amiga pudiera alcanzarlas—. Con cuatro pequeños que alimentar, debes asegurarte de producir leche suficiente.

—Son peores que los zorros cuando están hambrientos —ronroneó Fronde Dorado, radiante y orgulloso de sus retoños.

Hojarasca Acuática se alegró al comprobar que el guerrero parecía más tranquilo y que estaba recuperándose de la conmoción del ataque que habían sufrido, pues así podría cuidar de su pareja y de sus hijos.

—Son cachorros robustos y sanos —maulló la joven curandera—. Justo lo que necesita el clan.

Mientras Acedera se comía la borraja, Hojarasca Acuática recordó las aventuras que habían corrido juntas en el antiguo bosque, cuando ella no era más que una aprendiza y Acedera una guerrera despreocupada y joven. Nunca volverían a estar así de unidas. Ahora su amiga era madre, y ella, la curandera del Clan del Trueno. Al huir con Corvino Plumoso, había vislumbrado con brevedad cómo sería dar la espalda a sus obligaciones... pero el corazón la había llevado de vuelta a su clan.

Hojarasca Acuática casi podía percibir la distancia que iba abriéndose entre ella y Corvino Plumoso, como si fuera el desfiladero de una montaña. Sintió que el dolor le retorcía las entrañas, pero se obligó a ignorarlo. Había escogido la vida de curandera, ya no había vuelta atrás.

—Ahora procura dormir un poco —le dijo a Acedera—. Fronde Dorado, asegúrate de que descanse.

El guerrero lamió con afecto las orejas de Acedera.

—Así lo haré.

Hojarasca Acuática salió de la maternidad, y sus ojos pestañearon bajo la brillante luz del sol. Había renunciado a Corvino Plumoso, su mentora estaba muerta y su mejor amiga tenía un compañero y cuatro cachorros de los que preocuparse. Incluso su hermana, Esquiruela, que antes lo compartía todo con ella, volvía a estar con Zarzoso. Ella quería que Esquiruela fuera feliz, pero añoraba el vínculo especial que ambas compartían.

«¡Oh, Clan Estelar! —se dijo—. He renunciado a todo por ti. Espero que fuese eso lo que querías.»

Durante el resto del día, Hojarasca Acuática se consagró a sus tareas. Centella y Zarpa Candeal trabajaron sin descanso recolectando plantas medicinales, y, para cuando se puso el sol, habían reabastecido las provisiones de hierbas y bayas, de modo que la joven curandera había podido tratar las heridas de todos los gatos del clan. Cuando todo el mundo se retiró a sus guaridas para el descanso que tanto necesitaban, Hojarasca Acuática observó el campamento y vio que las espantosas secuelas del ataque estaban empezando a difuminarse. Manto Polvoroso y sus ayudantes habían apilado espinos para formar una nueva barrera en la entrada que ya estaba casi completada, mientras que Tormenta de Arena y los demás cazadores habían atrapado presas de sobra para reponer el montón de carne fresca.

Hojarasca Acuática estaba agotada, pero sabía que no iba a poder dormir. En vez de regresar a su guarida, cruzó el claro y la barrera de espinos reconstruida a medias y salió de la hondonada. De forma instintiva, sus patas la llevaron hacia el lago, hasta que llegó al espacio abierto que seguía al bosque y pudo contemplar el agua iluminada por las estrellas.

La inundaron recuerdos de las noches en que se había escabullido del campamento para reunirse con Corvino Plumoso. Entonces, sus patas parecían tan ligeras como el aire mientras corría entre los helechos a su lugar de encuentro.

Ahora todo había cambiado. La pena y la pérdida le pesaban como una losa. Se acomodó en un banco de arena cubierto de hojas secas y dejó que su mirada se posara sobre la estrellada superficie del lago.

Apenas unos segundos después, vio que las estrellas del agua estaban moviéndose. Al principio pensó que se trataba del viento, que alborotaba la superficie, pero no había ni una brizna de brisa. Sintió un hormigueo. En lo alto, las estrellas del Manto Plateado resplandecían como siempre, frías, blancas y quietas, pero, en el lago, algunas zonas del agua estaban oscuras y vacías; sin embargo, el reflejo de las estrellas empezó a nadar centelleando hasta concentrarse en dos finos senderos.

La joven curandera soltó un grito ahogado. Las estrellas dibujaban dos pares de pisadas que se entrelazaban a través de las oscuras aguas.

¿Era aquello un mensaje del Clan Estelar? ¿O es que estaba soñando? Un movimiento al final de las huellas estrelladas captó su atención y llevó su mirada al otro lado del lago. Habían aparecido dos gatos que se alejaban de ella dejando más estrellas en su estela. Al principio eran dos figuras difusas y oscuras, y Hojarasca Acuática se esforzó por distinguirlas, esperando ver a guerreros del Clan Estelar. Luego, a medida que las figuras se iban volviendo más nítidas, vio que uno era un atigrado oscuro de anchos hombros y que el otro era más pequeño, de constitución más esbelta y pelaje rojizo oscuro.

A Hojarasca Acuática le latió el corazón con más fuerza. Eran Zarzoso y Esquiruela, no cabía duda. Los veía alejarse uno al lado del otro, tan cerca que se rozaban y sus huellas se unían en un solo sendero luminoso. Sus pisadas seguían y seguían, centelleando a través del agua oscura. Luego, los gatos se fundieron con las sombras, y las estrellas reflejadas se diseminaron por la superficie del lago hasta volver a coincidir con las estrellas del cielo.

La joven curandera se estremeció. El Clan Estelar sabía que estaba preocupada a causa de Zarzoso y que su confianza en él había disminuido a raíz del siniestro sueño en el que había visto a Estrella de Tigre. Sus antepasados debían de haberle enviado esa señal para comunicarle que el destino del atigrado estaba tan entrelazado con el de Esquiruela que nadie podría separar sus caminos.

Entonces, ¿cabía pensar que el Clan Estelar aprobaba al compañero que había elegido Esquiruela? Si ése era el caso, Hojarasca Acuática no debía preocuparse por la sombría visión de Estrella de Tigre entrenando a sus hijos. No tenía que advertir a su hermana sobre su relación con Zarzoso. El futuro de los dos jóvenes se hallaba en manos del Clan Estelar.

Se sintió reconfortada, como si la rodeara una cálida brisa. Se ovilló entre las quebradizas hojas y se quedó dormida.

Sus ojos parpadearon al abrirse apenas unos momentos después. Estaba tumbada en la hondonada, y las sombras de las hojas bailaban sobre su pelaje mientras una suave brisa movía las ramas de las hayas. Captó un dulce olor y al levantar la cabeza vio a Jaspeada, sentada sobre una raíz a una cola de distancia.

—¡Jaspeada! —exclamó, consciente de que estaba soñando. De pronto, recordó la última vez que había hablado con la hermosa gata parda y se puso en pie de un salto, temblando de rabia—. ¡Me mentiste! Me dijiste que abandonara al Clan del Trueno, que me escapara con Corvino Plumoso. ¡Y Carbonilla ha muerto porque dejé mi clan!

—Calma, querida. —Jaspeada bajó con cuidado de la raíz y restregó el hocico en el lomo de la joven—. Yo te dije que siguieras a tu corazón... y tu corazón está con tu clan. De modo que, al fin y al cabo, has seguido a tu corazón.

Hojarasca Acuática se quedó mirándola, desconcertada. Corvino Plumoso le había dicho exactamente lo mismo antes de regresar al Clan del Viento.

—Entonces, ¿por qué no me explicaste que era eso lo que querías decir? —protestó.

—¿Me habrías escuchado? —Los ojos de Jaspeada revelaban el dolor de un amor imposible—. Debías tomar la decisión de marcharte con Corvino Plumoso. Era la única forma de que descubrieras que ése no era el camino correcto para ti.

Hojarasca Acuática sabía que la guerrera tenía razón. No había comprendido lo comprometida que estaba con su clan hasta que intentó abandonarlo.

—Pero... ¡Carbonilla ha muerto! —repitió con desconsuelo.

—Carbonilla sabía que eso iba a suceder —maulló Jaspeada—. Sabía que no había forma de evitarlo. Ni siquiera el Clan Estelar puede desviar la senda del destino. Por eso no intentó impedir que te fueras. ¿Acaso crees que las cosas habrían sido distintas si te hubieras quedado?

—Sé que sí —insistió la joven—. ¡De haberlo sabido, jamás me habría marchado!

—Tendrás que cargar con ese peso un largo tiempo, pero te aseguro que no podrías haber hecho nada para cambiar lo que le ocurrió a Carbonilla.

Jaspeada se apretó contra el costado de la joven curandera, aunque su reconfortante calidez no bastó para mitigar el dolor de Hojarasca Acuática.

—Desde que Carbonilla murió, no la he visto en sueños —susurró la joven—. No he notado su presencia, captado su olor ni oído su voz. Debe de estar enfadada conmigo, o ya habría venido a visitarme.

—No, Hojarasca Acuática. Carbonilla te quería; ¿crees que te abandonaría después de muerta? De momento, sus patas recorren otro camino.

Dentro de Hojarasca Acuática brotó una nueva angustia. Creía comprender los vínculos entre los curanderos y los espíritus de sus antepasados guerreros. ¿Qué era eso de «otro camino»? ¿Acaso Jaspeada se refería a que Carbonilla estaba deambulando por el bosque oscuro en el que ella había visto a Estrella de Tigre?

—¿Qué quieres decir? —preguntó, erizando el pelo del cuello—. ¿Dónde está Carbonilla?

—Eso no puedo decírtelo. Pero está bien, te lo prometo, y volverás a verla pronto, antes de lo que crees.

La voz de Jaspeada se apagó. La calidez en el costado de Hojarasca Acuática se fue con la brisa, y el pelaje pardo de la gata del Clan Estelar se confundió con las sombras hasta que la joven curandera ya no pudo verla. Sólo su olor permaneció unos segundos más.

Hojarasca Acuática abrió los ojos y vio la lisa superficie del lago, salpicada todavía por el reflejo de incontables estrellas. La invadió una nueva oleada de tristeza por Carbonilla. ¿Por qué había tenido que morir? ¿Por qué no había ido a visitarla en sueños, como Jaspeada? Le entraron ganas de gemir como un cachorrito abandonado.

En vez de eso, se puso en pie y se desperezó.

—Estés donde estés, Carbonilla —maulló en voz alta—, si puedes oírme, te prometo que jamás volveré a dejar a nuestro clan. Ahora soy su curandera y seguiré tus pasos hasta que llegue mi hora de caminar con el Clan Estelar. —Y, vacilante, añadió—: Pero, por favor, si alguna vez he significado algo para ti, ven a verme cuando puedas y dime que me has perdonado.

4

A Zarzoso lo despertó una fría brisa que le revolvía el pelo. Abriendo la boca en un gran bostezo, miró hacia arriba. Se veía un trozo de cielo pálido a través de un agujero irregular, donde antes las ramas del espino protegían la guarida de los guerreros. Estaba amaneciendo y era hora de ponerse a trabajar de nuevo, pero el joven guerrero se sentía más animado tras una noche de descanso reparador, tranquilo y sin sueños.

A su alrededor, los demás gatos también empezaban a despertarse. Nimbo Blanco se levantó e hizo un gesto de dolor al apoyar la pata en la que había perdido una garra.

—¡Tejones! —resopló—. No quiero ni pensar en volver a verlos.

Y salió al claro.

Zarzoso se había dormido con Esquiruela ovillada a su lado, aspirando su dulce olor. Pero ahora la gata ya no estaba allí y había dejado tras ella un pequeño hueco aplastado en el musgo. El atigrado sintió un hormigueo al ver que Cenizo tampoco estaba. Se levantó de un salto y sus heridos hombros lo hicieron protestar con un alarido de dolor. Sin embargo, antes de que consiguiera salir al claro, oyó a Esquiruela y a Cenizo justo fuera de la guarida. Se quedó inmóvil, oculto tras una rama, para escuchar.

—Mira, Cenizo —por su tono de voz, Zarzoso supo que Esquiruela estaba intentando contenerse con todas sus fuerzas—, me importas de verdad como amigo, pero no quiero nada más que eso.

—Pero ¡yo te amo! —protestó el guerrero. Y más inseguro, añadió—: Haríamos una pareja estupenda, Esquiruela. Lo sé.

Zarzoso sintió una punzada de compasión por el joven gato gris y recordó cómo se había sentido él cuando pensaba que había perdido el afecto de la joven.

—Lo lamento —continuó Esquiruela—. Jamás ha sido mi intención hacerte daño, pero Zarzoso... Bueno, estoy convencida de que el Clan Estelar nos ha destinado a estar juntos.

—¡No sé cómo puedes decir eso! —masculló Cenizo—. Tú misma dijiste que era imposible confiar en un gato con su herencia. Zarzoso es un gran guerrero, lo sé, pero sigue siendo hijo de Estrella de Tigre.

La compasión que sentía Zarzoso se esfumó al instante. Desenvainó sus largas y curvadas garras y las hundió en el suelo. ¿Nunca sería juzgado por lo que era, en vez de por lo que había sido su padre? Peor aún: ¿Acaso Esquiruela sería incapaz de confiar en él por el simple hecho de ser hijo de Estrella de Tigre?

—Yo juzgaré a Zarzoso por sus acciones —replicó la joven, acalorada—, no por algo que hicieron otros gatos antes de que yo naciera.

—Sólo me preocupo por ti, Esquiruela —maulló Cenizo—. Yo sí me acuerdo de Estrella de Tigre. Sus patas estaban manchadas con la sangre de gatos inocentes. ¿Sabes que asesinó a mi madre para atraer a una manada de perros hasta nuestro campamento?

Esquiruela murmuró algo que el atigrado no pudo oír, pero luego continuó con más claridad:

—... Aun así, eso no significa que Zarzoso vaya a acabar siendo como su padre.

Un movimiento a sus espaldas llamó la atención del atigrado y vio que había más guerreros despertándose.

De modo que, como no quería que lo pillaran escuchando a escondidas, salió al claro.

Esquiruela se volvió al verlo aparecer.

—¡Hola, Zarzoso!

El cielo estaba despejado y la luz era más intensa. Pronto expulsaría el frío del amanecer, pero, para Zarzoso, la calidez de los ojos de Esquiruela era incluso mejor. Se acercó a entrechocar el hocico con ella, tratando de ignorar la gélida mirada de Cenizo.

Mientras se desperezaba para desentumecerse, vio que Estrella de Fuego salía de su guarida en la Cornisa Alta para saborear el aire matinal.

—¡Estrella de Fuego! —gritó—. ¿Ya ha salido la patrulla del alba?

—No. ¿Te gustaría encabezarla?

Zarzoso inclinó la cabeza.

—Por supuesto. ¿Vienes conmigo? —le preguntó a Esquiruela.

La joven asintió.

—Yo voy a ver cómo está Betulo —dijo Cenizo secamente, y se dirigió a grandes zancadas a la guarida de Hojarasca Acuática sin esperar una respuesta.

Esquiruela se quedó mirándolo; sus ojos verdes reflejaban inquietud.

—Lamento que esté dolido. Creía que era el compañero adecuado para mí, pero ahora sé que no lo es. Y no sé cómo hacer que lo comprenda.

No había nada que Zarzoso pudiera decir para que Esquiruela se sintiera mejor, de modo que se limitó a restregar el hocico contra el de ella. Pero ¿cómo reaccionaría el clan? ¿Se pondría de su lado o del de Cenizo? El guerrero gris era muy querido por todos los miembros del Clan del Trueno, mientras que los mejores amigos de Zarzoso eran los gatos que habían viajado al lugar donde se ahoga el sol, y todos, excepto Esquiruela, pertenecían a clanes diferentes.

Oyó un ruido a sus espaldas cuando Centella salió al claro. La gata miró a su alrededor como si estuviera buscando a Nimbo Blanco y, al verlo delante de la maternidad, irguió las orejas. El guerrero estaba charlando con Dalia mientras los tres hijos de la minina intentaban subírsele encima. Zarzoso vio una sombra de tristeza en los ojos de Centella y sintió una punzada de rabia. Nimbo Blanco debía de tener abejas en el cerebro si no era capaz de ver el daño que estaba haciéndole a Centella al prestarle tanta atención a Dalia.

—Hola, Centella —la saludó, fingiendo que no había notado nada—. ¿Quieres acompañarnos en la patrulla del alba?

La guerrera negó con la cabeza.

—Gracias, pero le prometí a Hojarasca Acuática que la ayudaría esta mañana. ¿Puedo llevarme a Zarpa Candeal otra vez?

—Claro. Es una buena idea tenerla ocupada mientras Fronde Dorado está en la maternidad con Acedera.

—Gracias. Iré a llamarla. —Centella dio un paso hacia la guarida de los aprendices y luego se detuvo para mirar atrás—. Es estupendo ver que Esquiruela y tú estáis juntos de nuevo —añadió en voz baja.

Zarzoso se quedó mudo de sorpresa mientras Centella se alejaba llamando a Zarpa Candeal, pero estaba impaciente por ponerse en marcha, y se asomó al interior de la guarida de los guerreros para buscar a alguien que los acompañara. Manto Polvoroso estaba levantándose en aquel preciso instante, sacudiéndose trocitos de musgo del pelo.

—¿Patrulla del alba? —le propuso Zarzoso.

Manto Polvoroso agitó los bigotes.

—Enseguida estoy contigo. Si el Clan de la Sombra se ha enterado de lo de los tejones, quizá esté pensando en apoderarse de nuestro territorio mientras estamos recuperándonos.

Zarzoso había pensado exactamente lo mismo. La frontera del Clan del Viento no le inquietaba. Estrella de Bigotes había acudido con sus guerreros para ayudarlos a librarse de los tejones, y no sería tan traicionero como para aprovecharse de la debilidad del Clan del Trueno. Pero Estrella Negra, el líder del Clan de la Sombra, era muy distinto. Él aprovecharía cualquier oportunidad para ampliar su territorio.

Tras llamar a Espinardo para completar la patrulla, Zarzoso regresó al claro. En cuanto los demás guerreros se reunieron con él, los guió a través de los espinos de la entrada y hacia el lago.

Cuando los árboles comenzaron a menguar, el sol estaba alzándose ya por encima de las colinas y el lago destellaba con tal brillo que cegó a Zarzoso. La brisa soplaba sobre el agua, alborotándole el pelaje. Mientras recorría la orilla en dirección al arroyo que marcaba la frontera con el Clan de la Sombra, el atigrado se dio cuenta de lo genial que era tener a Esquiruela de nuevo a su lado. Discutir con ella siempre le había resultado tan desagradable como que lo tocaran a contrapelo.

—Ve tú delante —le ordenó a Espinardo—. Revisa las marcas olorosas del Clan de la Sombra hasta el árbol muerto. Comprueba que estén donde deberían y espéranos allí. —En cuanto el joven echó a correr, se dirigió a Manto Polvoroso y Esquiruela—: Nosotros renovaremos nuestras marcas y buscaremos rastros del Clan de la Sombra en nuestro territorio.

Condujo a la patrulla arroyo arriba hasta el punto en que el riachuelo se desviaba, internándose en el territorio del Clan de la Sombra.

Manto Polvoroso soltó un bufido.

—Todavía no me puedo creer que permitiéramos que el Clan de la Sombra dejara sus rastros aquí —maulló, agitando la cola con irritación—. El arroyo debería ser la frontera. Eso es evidente para cualquiera.

Esquiruela enroscó la cola, divertida.

—Intenta decirle eso a Estrella Negra. Podrías perder las dos orejas.

Su antiguo mentor resopló y continuaron andando, siguiendo la línea fronteriza. Pocos pasos después, Zarzoso oyó el ruido de un gato corriendo entre los árboles situados más adelante. Levantó la cola para que los demás se detuvieran y luego saboreó el aire, pero sólo detectó el olor del Clan del Trueno.

De pronto, una mata de helechos se sacudió con violencia, y Espinardo irrumpió en el claro.

—¿Qué estás haciendo aquí? —lo riñó Zarzoso—. Te he dicho que esperaras junto al árbol muerto. No has tenido tiempo de...

—Lo sé —lo interrumpió Espinardo, resollando—. Pero es que he encontrado algo realmente extraño. Tenéis que venir a echar un vistazo.

—¿Qué pasa ahora? —suspiró Manto Polvoroso, alzando la vista en un gesto de hastío—. Espero que no se trate de tejones.

—¿Problemas con el Clan de la Sombra? —le preguntó Zarzoso con brusquedad.

—No, son los Dos Patas —respondió Espinardo sin aliento—. Nunca había visto nada igual.

Hizo una seña con la cola para que lo siguieran. Zarzoso intercambió una mirada con Esquiruela y echó a andar tras Espinardo, sin dejar de estar atento a cualquier posible rastro del Clan de la Sombra en el lado de la frontera del Clan del Trueno. No captó nada, aparte de las marcas habituales, hasta que Espinardo los condujo a un pequeño claro. El suelo estaba casi cubierto de frondosos helechos y las verdes hojas nuevas se desplegaban bajo el pálido sol.

Zarzoso sintió que se le erizaba el pelo del lomo al detectar un nuevo olor.

—Huele a zorro —gruñó.

—Pero no es un rastro reciente —señaló Esquiruela—. Por aquí no ha pasado un zorro desde hace, por lo menos, dos días.

Aun así, el atigrado no se tranquilizó. Había descubierto una senda a través de los helechos, un camino estrecho lleno de pisadas, y allí, el olor a zorro era más fuerte; no cabía duda de que la repugnante criatura lo usaba con regularidad, y Zarzoso se dijo que deberían inspeccionar la zona más tarde para comprobar si había una madriguera cerca.

Espinardo se había parado un poco más arriba del sendero de los zorros, a unas pocas colas de la frontera del Clan de la Sombra.

—Aquí está lo de los Dos Patas —maulló, apuntando con la cola.

Zarzoso se abrió paso entre los helechos para evitar pisar la senda de los zorros. Cerca del joven guerrero había algo brillante. Era una tira de un material fino y reluciente, enrollada en un lazo y atada a un palo clavado en el suelo.

—Tienes razón; debe de ser de los Dos Patas. Usan esa cosa brillante para hacer vallas con las que cercar a sus ovejas.

—Y huele a Dos Patas de arriba abajo —añadió Manto Polvoroso—. ¿Qué hace esto aquí? ¿Para qué es?

Espinardo bajó la cabeza para olfatearlo mejor, pero Manto Polvoroso lo apartó de un empujón antes de que pudiera tocarlo.

—¡Cerebro de ratón! —le espetó—. ¿Es que tu mentora nunca te dijo que no metieras las narices donde no debes antes de saber con qué te las estás viendo?

—Claro que sí, Musaraña me lo enseñó todo —contestó el joven, mirando ceñudo al guerrero.

—Pues entonces tenlo en cuenta.

Esquiruela y Zarzoso examinaron minuciosamente el lazo y el palo.

—¿Qué pasa si lo tocamos? —preguntó Esquiruela, estirando una pata con cautela.

Zarzoso le dio un golpecito para apartarla.

—No debemos arriesgarnos a hacernos daño —le advirtió.

—Pero ¡tenemos que hacer algo! —protestó ella—. Espera, probemos con esto.

Y agarró un largo palo con los dientes.

—Ten mucho cuidado.

La gata le contestó agitando las orejas; luego se aproximó con sigilo a la cosa de los Dos Patas y metió el palo en el reluciente lazo. El alambre se cerró de inmediato, atrapando el extremo del palo. Espinardo soltó un grito de alarma y retrocedió de un salto, con el pelo erizado y las orejas gachas.

Zarzoso se quedó donde estaba, pero sintió que lo recorría un escalofrío de las orejas a la punta de la cola. Cerró los ojos, imaginándose a un gato pasando por el sendero, ajeno al peligro, metiendo la cabeza en el lazo y...

—Eso podría partirle el cuello a cualquiera...

—O estrangularlo hasta morir —añadió Manto Polvoroso, muy serio.

Esquiruela soltó el palo.

—No lo han puesto para nosotros —dijo con convencimiento—. Los Dos Patas lo han colocado en una senda de zorros. Lo más probable es que quieran atraparlos con esto.

—Pero ¿por qué? —preguntó Espinardo.

Manto Polvoroso se encogió de hombros.

—Están locos. Todos los Dos Patas están locos.

Zarzoso volvió a mirar la tira de material reluciente, más delgada que un zarcillo de hiedra: se había cerrado con tanta firmeza alrededor del palo que había machacado la pálida corteza verde.

—Éste ya es inofensivo —maulló—, pero podría haber más. Tendremos que informar al resto y asegurarnos de que todos sepan que deben ir con cuidado.

—Por lo menos ya sabemos qué hacer con ellos. —Manto Polvoroso inclinó la cabeza ante su antigua aprendiza—. Buena idea, Esquiruela.

Los ojos verdes de la guerrera centellearon; Manto Polvoroso no hacía elogios a la ligera.

—Espinardo también ha hecho un buen trabajo al descubrirlo y avisarnos —añadió Zarzoso. Pero se le contrajo el estómago al pensar en la facilidad con que el joven podría haber caído en la trampa—. Será mejor que regresemos al campamento —decidió—. Y tengamos mucho cuidado con dónde ponemos las patas. El bosque podría estar lleno de estas cosas.

Mientras avanzaban a lo largo de la frontera del Clan de la Sombra, Zarzoso dejó que Manto Polvoroso se pusiera en cabeza, y él y Esquiruela se colocaron en la retaguardia. El atigrado hacía lo posible para evitar que lo distrajera la proximidad de la guerrera, pues debía saborear el aire y mantener los ojos bien abiertos por si había más de esos siniestros lazos brillantes.

—¿Crees que deberíamos avisar al resto de los clanes acerca de esas trampas para zorros? —le preguntó a la joven guerrera.

Esquiruela lo miró con cautela.

—Estás pensando en Alcotán, ¿verdad?

—No, no pensaba sólo en el Clan del Río —contestó Zarzoso, procurando que no se le erizara el pelo del cuello—. Probablemente el Clan del Viento no tenga de qué preocuparse, excepto en la zona de bosque del otro lado del arroyo. Pero estoy seguro de que debe de haber trampas en el territorio del Clan de la Sombra; la que hemos encontrado estaba justo en la frontera.

—Es Estrella de Fuego quien debe decidir si se lo contamos o no —repuso la joven—. Lo más probable es que lo anuncie en la próxima Asamblea.

Zarzoso se detuvo para mirarla.

—Esquiruela, ¿podemos hablar de esto sin atacarnos? ¿De verdad has pensado que quería avisar al Clan del Río sólo por Alcotán?

Alcotán, su medio hermano, el hijo de Estrella de Tigre, el gato en el que la guerrera se negaba a confiar. Si Esquiruela y él iban a estar juntos, tendrían que resolver ese problema de una vez por todas.

—Sí, lo he pensado. —Para alivio de Zarzoso, ella fue directa, pero no parecía enfadada—. Ya sabes lo que siento hacia Alcotán.

—Pero es mi hermano —le recordó el guerrero—. Eso no puedo dejarlo a un lado, al igual que no puedo olvidar que Trigueña es mi hermana, aunque ahora sea guerrera del Clan de la Sombra.

Se preguntó si estaba siendo del todo sincero. Jamás había paseado en sueños con Trigueña, cosa que sí hacía con Alcotán, siguiendo caminos retorcidos para reunirse con su padre, Estrella de Tigre. Trigueña jamás se les había unido en esos encuentros, donde Alcotán y él eran instruidos para liderar a sus clanes. Sabía que nunca podría hablarle a Esquiruela, ni a ningún otro gato del Clan del Trueno, del oscuro bosque y del oscuro guerrero que lo esperaba allí.

«Y no veo por qué debería hacerlo —se dijo—. Jamás lo entenderían. Quizá Estrella de Tigre pueda enseñarme algunas cosas, pero eso no significa que yo vaya a actuar como él para obtener el poder.»

—Trigueña es distinta —insistió Esquiruela—. Para empezar, viajó con nosotros. Y también tiene sangre del Clan del Trueno.

Zarzoso se tragó una protesta. Quería zanjar la discusión, no comenzarla de nuevo.

—Piensa en esto: si Hojarasca Acuática se hubiera ido al Clan del Viento con Corvino Plumoso, ¿te preocuparías menos por ella?

—¡Por supuesto que no! —A Esquiruela se le salieron los ojos de las órbitas—. Podría largarse con todo el Clan del Viento y seguiría siendo mi hermana.

—Y Alcotán sigue siendo mi hermano. Igual que Trigueña. Siempre seremos familia, aunque pertenezcamos a clanes diferentes. Tú tienes la suerte de tener a tu hermana en tu mismo clan. Yo daría cualquier cosa por tener a los míos conmigo.

Esquiruela lo observó con sus penetrantes ojos verdes.

—De acuerdo —dijo al cabo—. Supongo que eso puedo entenderlo. Es sólo que no me gusta sentir que, para ti, Alcotán es más importante que tus compañeros de clan.

—No lo es —dijo el guerrero al instante—. Siempre pondré a mi clan en primer lugar.

—¡Zarzoso! —los interrumpió la voz de Manto Polvoroso. El atigrado marrón se abrió paso entre una mata de helechos, con Espinardo a la zaga—. ¿Estamos patrullando o qué? ¿Es que piensas pasarte aquí todo el día chismorreando?

—Lo siento —maulló el guerrero, yendo hacia Manto Polvoroso para guiar al grupo a lo largo de la frontera.

Mientras Manto Polvoroso, Espinardo y Esquiruela lo seguían, el joven guerrero pensó que ojalá sus razonamientos sobre Alcotán hubieran convencido a Esquiruela más de lo que lo habían convencido a él mismo... y que, si alguna vez tenía que elegir, fuera realmente capaz de poner a su clan por delante de su hermano.

5

—¡Que todos los gatos lo bastante mayores para cazar sus propias presas se reúnan aquí, bajo la Cornisa Alta!

El aullido de Estrella de Fuego sorprendió a Hojarasca Acuática volviendo de la guarida de los veteranos, donde había estado examinando la herida de Musaraña. La gata marrón seguía estando agarrotada, pero los zarpazos habían empezado a curarse y no había señal de infección.

Hojarasca Acuática se dirigió al borde del claro y se detuvo debajo de la cornisa en la que se hallaba Estrella de Fuego, contemplando a su clan. Tormenta de Arena y Espinardo se separaron del montón de carne fresca, y Nimbo Blanco y Orvallo dejaron su trabajo en la barrera de espinos. A Hojarasca Acuática se le revolvió el estómago de inquietud. La patrulla del alba acababa de regresar y había ido enseguida en busca de Estrella de Fuego. ¿Habrían descubierto más tejones? ¿O tal vez habían visto alguna señal de que el Clan de la Sombra estaba intentando apoderarse de parte de su territorio?

Tratando de aplacar su nerviosismo, la joven curandera se sentó al lado de Fronda, que la saludó y le preguntó angustiada:

—¿Cómo está Betulo?

—Se pondrá bien —respondió la gata.

Betulo era hijo de Fronda, el único de la camada que había sobrevivido a la hambruna en el antiguo bosque, así que entendía la preocupación de la guerrera por sus heridas.

—La hinchazón del ojo está bajando, pero lo tendré unos días más conmigo para asegurarme de que no se le infecte.

Fronda le lamió la oreja con gratitud.

—Eres una curandera maravillosa, Hojarasca Acuática. Me alegro muchísimo de que hayas vuelto.

«No soy maravillosa —pensó ella—. ¡Abandoné a mi clan!»

Los veteranos salieron de su guarida y se acomodaron cerca de la pared rocosa mirándose nerviosos, como si esperasen malas noticias. Borrascoso y Rivera se quedaron en el lindero del claro, como si no estuvieran seguros de si debían estar allí o no.

Hojarasca Acuática los invitó a acercarse con la cola.

—Venid a sentaros a mi lado. Podéis uniros a nosotros mientras estéis aquí.

Asintiendo agradecidos, Borrascoso y Rivera se sentaron junto a la joven. Dalia acudió con sus tres cachorros, y Fronde Dorado se instaló en la entrada de la maternidad, desde donde podía oír a Estrella de Fuego sin alejarse demasiado de Acedera.

Zarzoso y el resto de la patrulla del alba estaban juntos al pie de las rocas caídas. Hojarasca Acuática vio que todos tenían la cola erizada y los ojos alerta, como si percibieran la proximidad de un peligro.

—¡Gatos del Clan del Trueno! —empezó Estrella de Fuego—. La patrulla del alba ha encontrado algo que todos debéis saber. Zarzoso, ¿quieres contarlo, por favor?

El joven atigrado se subió de un salto a una de las rocas.

—En una senda de zorros hemos encontrado una trampa de los Dos Patas. Está hecha con un material fino y brillante en forma de lazo, unido a un palo clavado en el suelo. Cuando tocas el lazo, éste se cierra de golpe. Cualquier gato que meta la cabeza ahí podría morir.

Antes de que acabara de hablar, brotaron maullidos de preocupación entre los gatos que lo rodeaban. Cenizo se agazapó con el cuello erizado, como si estuviera a punto de saltar sobre un enemigo oculto, mientras que Zarpa Candeal pegó la barriga al suelo, aterrorizada. A su lado, Nimbo Blanco sacudió la cola y mostró los colmillos con un bufido.

La voz de Musaraña se elevó sobre las demás:

—¿Y esas trampas están por todo el territorio?

Zarzoso ondeó la cola para pedir silencio y poder contestar. Hojarasca Acuática pensó que tenía un aspecto imponente plantado sobre la roca. No costaba imaginárselo convertido en lugarteniente del clan. «¿Hace lo correcto Estrella de Fuego confiando aún en el regreso de Látigo Gris? —se preguntó—. ¿O sería mejor para el clan aceptar que se ha ido y nombrar a un nuevo lugarteniente?»

—Sólo hemos encontrado una trampa —respondió Zarzoso—. Pero es lógico suponer que hay más.

—¿Por qué? —preguntó Orvallo—. ¿Por qué los Dos Patas quieren atrapar zorros?

Los gatos se miraron unos a otros, murmurando desconcertados. Entonces se alzó una nueva y temblorosa voz:

—Yo... puedo deciros por qué.

Al mirar por encima del hombro, Hojarasca Acuática vio que Dalia se había puesto en pie. Era la primera vez que la minina hablaba en una reunión del clan y parecía casi tan aterrada como cuando los tejones irrumpieron en el campamento.

—Adelante, Dalia —la animó Estrella de Fuego.

—Los Pelados... quiero decir, los Dos Patas tienen aves en sus granjas para disponer de carne fresca. No son aves pequeñas, como los pájaros que comemos nosotros, sino más grandes. Pero los zorros van y se las llevan, de modo que los Dos Patas quieren matar a los zorros para proteger a sus aves.

Dicho eso, volvió a sentarse, parpadeando asustada, y enroscó la cola alrededor de sus patas.

—Gracias, Dalia —le dijo Estrella de Fuego—. Al menos ahora comprendemos lo que está sucediendo.

—Pero ¿qué vamos a hacer al respecto? —quiso saber Nimbo Blanco.

—¿Qué podemos hacer? —preguntó Flor Dorada—. Ningún gato puede impedir que los Dos Patas hagan lo que se les antoje. Ya lo vimos en nuestro antiguo bosque, ¡y este sitio es peor!

—Eso no es cierto —respondió Fronda cortésmente, mirando a la veterana—. Incluso aunque lo fuera, no podemos regresar. A estas alturas ya no quedará nada de nuestro antiguo bosque. Aquí tenemos que aprender cosas nuevas. El Clan Estelar no nos habría traído si éste fuera un lugar demasiado peligroso para vivir.

—Entonces, ¡quizá el Clan Estelar pueda decirnos qué hacer con las trampas! —replicó Flor Dorada.

—Y nosotros —maulló Zarzoso—. Esquiruela lo ha descubierto. Esquiruela, sube aquí a explicárselo a todos.

Hojarasca Acuática vio cómo su hermana saltaba a la roca, junto a Zarzoso. La luz del sol incidió en su pelaje rojizo oscuro, volviéndolo llameante, y por unos segundos pareció la viva imagen de su padre.

—Es fácil —empezó la guerrera—. Elegid un palo... lo más largo que podáis manejar... metedlo en el lazo y tirad de él. La trampa se cierra de golpe alrededor del palo, y ya está: fuera problema.

Hojarasca Acuática sintió una oleada de orgullo. Los ojos verdes de su madre, Tormenta de Arena, también centelleaban de admiración.

—El verdadero peligro —les advirtió Estrella de Fuego— es que un gato tropiece con una de esas cosas sin darse cuenta. Todas las patrullas tendrán que estar ojo avizor e informar de inmediato si descubren algo.

—Y si inutilizamos una trampa con un palo —añadió Zarzoso—, deberíamos inspeccionarla regularmente por si los Dos Patas la ponen de nuevo en funcionamiento.

—Bien pensado —aprobó Estrella de Fuego—. Así lo haremos. Todos los gatos que salgan del campamento deberían vigilar sus pasos y estar atentos a cualquier rastro. Olor de zorro y Dos Patas juntos significa peligro.

—Pero entonces, ¿cómo se supone que vamos a cazar? —masculló Orvallo—. No podemos vigilar, olfatear y cazar presas al mismo tiempo.

Hojarasca Acuática pensó que el guerrero tenía parte de razón y se estremeció ante la idea de un gato corriendo, concentrado en la caza de carne fresca para el clan, que acabara metiéndose en uno de esos relucientes lazos. «¡Que el Clan Estelar nos ayude! —pensó—. Antes o después, algún gato terminará muerto.»

Sus pensamientos la habían distraído de la reunión, y cuando se puso a escuchar de nuevo, su padre estaba hablando sobre patrullas de caza.

—... Borrascoso y Rivera, el Clan del Trueno os da las gracias. Alimentar al clan tras el ataque de los tejones habría sido muchísimo más duro sin vosotros.

Borrascoso inclinó la cabeza y Rivera se miró las patas, incómoda por que la alabaran delante de todo el clan.

—Quiero que todos los gatos que estén en condiciones de salir formen patrullas de caza —continuó el líder—. Cuando se ponga el sol, me gustaría que todo el mundo hubiera comido bien y que el montón de carne fresca estuviera bien abastecido.

—Nimbo Blanco y yo salimos ayer —dijo Tormenta de Arena, levantándose—. Yo puedo salir otra vez, pero creo que Nimbo Blanco debería darle reposo a esa pata herida. Te he visto cojear —añadió, dirigiéndose al guerrero blanco, que se había puesto en pie con un maullido de protesta—, y la almohadilla te está sangrando de nuevo.

Nimbo Blanco volvió a sentarse agitando la punta de la cola.

—Yo iré contigo, Tormenta de Arena —se ofreció Zarzoso.

Al instante, Cenizo se levantó de un brinco.

—Yo también iré —dijo, dirigiéndose a la guerrera, pero mirando ceñudo a Zarzoso.

«¡Qué tontos se ponen a veces los machos!», pensó Hojarasca Acuática cuando se incorporó para pedirle la palabra a Estrella de Fuego con un movimiento de la cola.

—¿Sí, Hojarasca Acuática? —maulló su padre.

—Zarzoso tiene un corte muy feo en el hombro y ya ha salido a patrullar esta mañana —explicó la joven curandera—. Y las heridas de Cenizo son de las peores del clan. Quiero examinarlos a los dos antes de que pongan una pata fuera del campamento.

—Perfecto —dijo Estrella de Fuego—. En ese caso, creo que no deberían salir ni uno ni otro. Y, Hojarasca Acuática, por favor, examina también a todos los demás. Nadie debe abandonar el campamento hasta que nuestra curandera lo apruebe. Tormenta de Arena, ¿te encargarás tú de organizar las patrullas?

Tormenta de Arena asintió, y la reunión llegó a su fin.

—Eh, Hojarasca Acuática —la llamó Espinardo—, échale un vistazo a mis heridas primero, ¿vale? Quiero salir a cazar.

—Y a las mías —se sumó Zancudo, colocándose junto a su compañero—. Mira, los zarpazos se están curando. Estoy bien, de verdad.

—Estás bien si yo digo que lo estás —soltó la curandera.

Se puso a examinar las heridas a toda prisa y a los gatos que estaban más malheridos los enviaba a su guarida para tratarlos mejor. A su lado, Tormenta de Arena organizaba en patrullas a los que superaban la inspección.

Al final, salieron del campamento dos patrullas: Espinardo con Manto Polvoroso y Fronda; y Tormenta de Arena con Esquiruela y Zancudo.

—¡Esperad! —exclamó Estrella de Fuego, descendiendo por las rocas para reunirse con Tormenta de Arena en el claro—. Yo también iré con vosotros.

Tormenta de Arena lo miró entornando los ojos.

—Supongo que es inútil decirte que vuelvas a tu guarida a descansar, ¿verdad?

—Completamente inútil —coincidió Estrella de Fuego, dándole con la cola un toque cariñoso en el lomo—. Todos los gatos están heridos, y mis cortes no son tan malos como los de la mayoría.

—Eso debería decirlo Hojarasca Acuática —dijo Tormenta de Arena mirando a la hija de ambos.

La curandera olfateó los zarpazos que Estrella de Fuego tenía en el costado y los hombros. Sabía que debía olvidarse de que era su padre y el líder del clan, y tratarlo como a cualquier otro paciente, a pesar de que él no le agradecería que intentara mantenerlo a salvo insistiendo en que se quedara en la hondonada. Por suerte, aunque tenía el cuerpo surcado de arañazos, ninguno era demasiado profundo. Hojarasca Acuática le había aplicado caléndula justo después de la batalla, y todas sus heridas estaban empezando a curarse.

—Creo que puedes salir de patrulla —maulló al fin—. Te pondré un poco más de caléndula antes de que te marches, pero si alguno de los cortes empieza a sangrar de nuevo, vuelve aquí de inmediato.

Estrella de Fuego asintió con un gruñido. Sólo el Clan Estelar sabía si haría lo que su hija le había recomendado.

Hojarasca Acuática se fue a su guarida a buscar caléndula. Al salir con las hojas en la boca, vio que Estrella de Fuego la había seguido y la esperaba a unos pocos pasos.

—¿Te has dado cuenta de cómo están Esquiruela y Zarzoso desde la batalla? —le preguntó mientras ella mascaba las hojas y se las aplicaba en las heridas—. Parece que han superado sus diferencias.

Hojarasca Acuática siguió trabajando un momento más; no le apetecía demasiado hablar sobre su hermana, pero era evidente que Estrella de Fuego esperaba una respuesta.

—Sí... —respondió después de un breve silencio—. Creo que el ataque de los tejones les ha hecho comprender qué es lo importante.

—Cenizo debe de estar decepcionado.

—Supongo que sí.

Hojarasca Acuática se preguntó si debía contar a su padre el sueño en que había visto a Estrella de Tigre con sus hijos en el bosque oscuro. ¿Los curanderos no estaban para eso? ¿Para avisar al líder de su clan de posibles peligros?

—Al principio me resultó difícil aceptar en el clan a un gato idéntico a Estrella de Tigre —prosiguió Estrella de Fuego, y su hija supo que se refería a Zarzoso—. Pero cuando Trigueña se marchó para unirse al Clan de la Sombra, comprendí que ella y Zarzoso pertenecían al Clan del Trueno por nacimiento. Eso no cambia, fuera quien fuese su padre. Además, el Clan Estelar no habría enviado a Zarzoso al lugar donde se ahoga el sol si no confiara en él.

Hojarasca Acuática coincidió con un murmullo, rodeando a su padre para aplicarle el jugo sanador en los cortes del otro lado.

—Tengo que fiarme del criterio de Esquiruela —continuó el líder—. Ya no es una cachorrita. Ella valora a Zarzoso por el guerrero que es. Juzgarlo por ser hijo de Estrella de Tigre sería como juzgarme a mí por haber sido un minino doméstico.

—¡Tú sólo fuiste un minino doméstico durante unas pocas estaciones! —protestó Hojarasca Acuática.

Todavía le costaba imaginarse a su padre, más que a cualquier otro gato, tomando la dura comida de las mascotas y permitiendo que los Dos Patas lo tocaran.

—Y han pasado muchas estaciones desde la última vez que Zarzoso vio a su padre —añadió Estrella de Fuego.

«¡En eso te equivocas!», quiso decirle Hojarasca Acuática, pero, antes de que pudiera hacerlo, su padre maulló con afecto:

—Me alegro muchísimo de que hayas vuelto, hija. Creo que has tomado la decisión correcta, y espero que tú también estés convencida de ello. Carbonilla tenía una gran fe en ti.

—Lo sé —dijo ella con humildad—. He de ser la mejor curandera posible; se lo debo.

Cuando Hojarasca Acuática terminó de aplicarle la caléndula, Estrella de Fuego le dio las gracias y fue a reunirse con Tormenta de Arena, que estaba esperando cerca de la barrera de espinos con el resto de la patrulla de caza.

Hojarasca Acuática se quedó observándolo mientras se alejaba. Se sentía contrariada. Ahora ya no podría contarle el sueño ni expresarle sus temores sobre Zarzoso. Podría parecer que estaba celosa de la feliz relación de su hermana, porque ella se había visto obligada a renunciar a Corvino Plumoso.

Suspirando, volvió a su guarida para atender a los gatos que la esperaban.

El sol estaba ya casi en su cénit cuando Hojarasca Acuática terminó de tratar a los gatos heridos. La mayoría se habían retirado a sus guaridas a descansar y, aparte de Betulo, sólo quedaba Nimbo Blanco, al que la joven estaba poniendo un emplasto de cola de caballo en la zarpa.

—Tienes que apoyarla lo menos posible —lo regañó—. No me extraña que no deje de sangrar. Irte ayer a cazar fue de cerebro de ratón.

Nimbo Blanco sacudió la cola con rebeldía.

—El clan necesita alimentarse.

—El clan ya se ha alimentado. Y ahora, ¿quieres quedarte aquí, donde pueda vigilarte, o prefieres descansar en la guarida de los guerreros?

—Descansaré en la guarida de los guerreros —prometió Nimbo Blanco con un suspiro—. Y gracias, Hojarasca Acuática. Estás haciendo un trabajo fantástico.

—Pues sería más fácil para mí si algunos gatos no tuvieran el sentido común de un cachorro recién nacido —contestó ella—. Y si te veo...

Se interrumpió cuando Esquiruela cruzó la cortina de zarzas que cubría la entrada de la guarida, con un campañol entre los dientes.

—Toma: carne fresca —le ofreció la guerrera tras dejar la pieza a los pies de su hermana.

Y sin decir más, se dio la vuelta para marcharse, pero no antes de que la curandera hubiese podido adivinar la tristeza en sus ojos. Apenas necesitaba verlos; podía percibir las turbulentas emociones de Esquiruela como el crepitar del aire antes de una tormenta.

—Espera —le dijo—. ¿Qué ocurre?

Por un instante, pensó que su hermana se marcharía sin responder. Pero, antes de salir, la guerrera se volvió, lanzó una rápida mirada hacia Nimbo Blanco y maulló en voz baja:

—Se trata de Cenizo. Acabo de pasar delante de él y cuando lo he saludado me ha mirado como si fuera invisible. Estaba con Orvallo —continuó, mientras Hojarasca Acuática la consolaba poniéndole la cola sobre el lomo—. ¡Todo el clan debe de estar hablando de mí!

—No puedes culpar a Cenizo. Le importas de verdad.

—¡Jamás he querido hacerle daño! —susurró Esquiruela con voz angustiada y los ojos rebosantes de culpabilidad—. Cenizo es un gato estupendo, y yo incluso llegué a creer que lo nuestro podía funcionar. Pero Zarzoso... Ay, Hojarasca Acuática, ¿crees que estoy haciendo lo correcto?

La curandera se acercó más a su hermana, hasta que sus cuerpos se tocaron.

—Anoche bajé al lago —empezó, despacio—. El Clan Estelar me envió una visión: dos pares de huellas estrelladas sobre el agua, tan entrelazadas que no lograba distinguirlas. Entonces os vi a ti y a Zarzoso, caminando juntos al final del rastro, dejando las pisadas a vuestra espalda. Ibais uno al lado del otro, al mismo ritmo, paso a paso, andando al unísono, hasta que desaparecisteis en el cielo.

Esquiruela la miró sorprendida.

—¿En serio? ¿El Clan Estelar te mostró eso? Entonces... ¡sólo puede significar que Zarzoso y yo estamos destinados a estar juntos!

—Así es; yo pensé lo mismo... —La curandera intentó no parecer asustada.

—¡Vaya, pero eso es genial! Muchísimas gracias, Hojarasca Acuática. —Esquiruela irguió la cola y flexionó las garras, como si no pudiera estarse quieta—. Voy a contárselo ahora mismo a Zarzoso. Así sabrá que no tenemos por qué preocuparnos por Cenizo. Ya nada puede impedir que estemos juntos... ¡Nada!

Y salió disparada, pasando ante Centella y Zarpa Candeal, que acababan de llegar.

—¡Gracias por la comida! —exclamó Hojarasca Acuática a sus espaldas.

—Vengo de ver a Dalia —maulló Centella tras dejar en el suelo un ramillete de caléndula—. Dice que le duele la barriga.

—Para eso tendrá que tomar menta acuática —contestó Hojarasca Acuática, internándose en la cueva para sacar un poco.

Al regresar, Nimbo Blanco se había puesto en pie, procurando no apoyar la zarpa herida.

—Si quieres, yo le llevo la menta acuática a Dalia —se ofreció el guerrero.

Hojarasca Acuática iba a recordarle que le había dicho que descansara, pero, antes de que pudiera abrir la boca, Centella le soltó:

—¡No veo que estés igual de ansioso por ayudar a los gatos que sí pelearon en el ataque de los tejones! —Y, tras darle la espalda, le dijo a su hija—: Venga, Zarpa Candeal. Vámonos a buscar bayas de enebro.

La aprendiza la siguió, mirando desconcertada a su padre.

Nimbo Blanco se quedó boquiabierto de asombro.

—Pero... ¿qué he dicho?

Hojarasca Acuática alzó la mirada en un gesto de cansancio. Si él no se daba cuenta, era inútil tratar de explicárselo. Además, no quería verse envuelta en las complicadas relaciones del guerrero. No tenía claro si Nimbo Blanco deseaba de verdad estar con Dalia, o si todavía amaba a Centella y sólo estaba comportándose como un macho descerebrado.

Dejó la menta acuática delante del guerrero.

—De acuerdo —dijo—. Puedes llevársela a Dalia. Y después, más te vale descansar un poco.

Siguió al guerrero hasta la cortina de zarzas y lo observó cojear hasta la maternidad. En el centro del claro, vio a Esquiruela con Zarzoso. La joven hablaba con él acaloradamente, haciendo ondear la cola de emoción. Al cabo de unos segundos, entrechocaron los hocicos y entrelazaron las colas.

Hojarasca Acuática reprimió un suspiro. La señal de las huellas entretejidas no podría haber sido más clara. Aun así, sintió un hormigueo de temor al ver a Zarzoso con su hermana.

—¡Oh, Clan Estelar! —murmuró—. ¿He hecho bien en contárselo?

6

Por encima de Zarzoso el cielo estaba oscuro, pero el repulsivo resplandor de los hongos guiaba sus pasos a lo largo del sendero. Helechos sombríos rozaban su pelaje con sus hojas húmedas y pegajosas. El guerrero notaba un hormigueo por todo el cuerpo mientras se dirigía al punto de reunión. El dolor de su hombro se había esfumado, y se sentía más fuerte y poderoso a cada segundo que pasaba.

Un poco más allá, el sendero se volvió más ancho y desembocó en un claro. Aunque no había luna, una pálida luz revelaba la figura de su medio hermano. Alcotán estaba sentado junto a una roca, sobre la que se hallaba un enorme gato atigrado.

Cuando Zarzoso apareció entre los árboles, Alcotán se levantó de un salto y corrió hacia él.

—¡Zarzoso! —exclamó—. ¿Dónde te habías metido?

Aquélla era su primera noche de verdadero descanso desde el ataque de los tejones. Al cerrar los ojos, el joven guerrero se había encontrado de nuevo en el bosque oscuro, tan ávido como siempre de descubrir qué tenía que enseñarles Estrella de Tigre. Trató de acallar la culpabilidad que lo corroía con implacable obstinación, pero tenía claro que de ningún modo podía contarle a Esquiruela sus paseos en sueños por aquellos caminos para encontrarse con Estrella de Tigre. La guerrera jamás entendería que él pudiera ser leal a su clan y, aun así, verse con su padre.

—Nuestro campamento fue atacado por tejones —le explicó a Alcotán mientras cruzaban el claro hombro con hombro.

—¡Tejones! —A Alcotán se le erizó el pelo; sabía lo peligrosas que eran esas bestias—. ¿Cuántos eran?

—Bastantes —respondió Zarzoso muy serio.

—Y estás herido. —Los ojos azul hielo de Alcotán mostraron preocupación al reparar en la larga cicatriz del hombro del guerrero.

—No es nada. —Al llegar a la roca, Zarzoso inclinó la cabeza ante su padre—. Hola, Estrella de Tigre.

—Hola. —La mirada ámbar de Estrella de Tigre inmovilizó a Zarzoso como la garra de un águila—. No has venido durante casi un cuarto de luna. Si quieres obtener poder, debes comprometerte por completo... hasta tu último pelo, tus garras y todas tus gotas de sangre. Un grado de compromiso inferior sería una muestra de debilidad.

—¡Estoy comprometido! —protestó Zarzoso.

Y entonces empezó a relatarles el ataque de los tejones, aunque sin olvidar que Alcotán estaba escuchando: no iba a revelar al guerrero de un clan rival lo devastador que había sido el asalto y lo mermado que aún estaba el Clan del Trueno.

—Apenas he dormido desde entonces —concluyó—. Había muchos daños que reparar.

—Peleaste con valor —lo elogió Estrella de Tigre—. Me enorgullece que estuvieras dispuesto a arriesgar tu vida para salvar a tu clan.

Zarzoso agitó las orejas, incómodo. En ningún momento le había contado a su padre qué había hecho durante la batalla y, sin embargo, él parecía saberlo. «Sin duda estuvo viéndome todo el tiempo.» Acusarlo de falta de compromiso debía de haber sido una prueba.

—Tienes que asegurarte de que Estrella de Fuego recuerde lo valerosamente que luchaste y lo duro que has trabajado para tu clan desde el ataque —continuó Estrella de Tigre—. Eso te será muy útil cuando tenga que nombrar a un nuevo lugarteniente.

Zarzoso miró a su padre sin pestañear. Él había peleado para ayudar a sus compañeros de clan, ¡no como un paso más hacia el poder! Aun así, no pudo evitar sentir una punzada de satisfacción. Estrella de Fuego le confiaba tareas importantes; debía de tener claro que era un buen candidato a lugarteniente.

—Todavía no he tenido ningún aprendiz —le recordó a Estrella de Tigre—. Y Estrella de Fuego no nombrará a otro lugarteniente hasta que se convenza de que Látigo Gris está muerto.

—Entonces debes retrasar su decisión todo lo posible, para que te dé tiempo a conseguir un aprendiz. ¿Cómo vas a hacerlo? Alcotán, ¿qué harías tú?

—Animaría a Estrella de Fuego a creer que Látigo Gris está vivo —sugirió Alcotán—. No puede ser cierto, desde luego, pero es lo que Estrella de Fuego desea creer, así que no debería ser muy difícil convencerlo.

A Zarzoso no le gustaba la idea de manipular de esa manera al líder de su clan, pues sabía cuánto significaba Látigo Gris para él, pero no podía negar la lógica del consejo de Alcotán. Cuanto más se aferrara Estrella de Fuego a la esperanza de que Látigo Gris iba a regresar, más posibilidades tendría Zarzoso de convertirse en mentor de algún aprendiz antes de que, al final, Estrella de Fuego se viera obligado a nombrar a un nuevo lugarteniente.

Estrella de Tigre miró a Alcotán con un gesto de aprobación; luego, su mirada se dirigió de nuevo a Zarzoso.

—¿Qué más?

—Hum... Puedo ocuparme de las tareas de lugarteniente. Eso le causará una buena impresión a Estrella de Fuego y, al mismo tiempo, le hará sentir que no es urgente elegir a uno nuevo.

—¿Y?

Zarzoso rebuscó, desesperado, en su mente. Era como intentar localizar una presa sin la ayuda de su oído y su olfato.

—Hazte amigo de los cachorros de Dalia —maulló Alcotán, dándole un toquecito con la cola—. Ellos serán los siguientes aprendices, ¿no? Si uno de ellos pide que tú seas su mentor, lo tendrás hecho.

—Claro —aprobó Zarzoso—. Eso me resultará fácil. Son buenos cachorros, aunque su madre no haya nacido en un clan.

«Me gustaría entrenar a Bayito», pensó. Veía potencial de buen guerrero en el atrevido y robusto pequeño. Pero ¿qué pensaría Estrella de Tigre de un cachorro sin sangre de clan?

—¿Crees que importará que su madre proceda del cercado de los caballos? —le preguntó.

Recordaba algunas historias sobre cómo Estrella de Tigre, al tomar el control del Clan de la Sombra y el Clan del Río, había ordenado matar a todos los gatos mestizos. Tal vez se tratara de historias falsas... Incluso era posible que su padre hubiera cambiado de opinión desde entonces.

—Su madre debería volver al lugar del que proviene —gruñó Estrella de Tigre—. Jamás le servirá de nada al clan, pero los cachorros pueden hacerlo bien si son entrenados como es debido.

Alcotán agitó los bigotes.

—No te olvides de que mi madre tampoco nació en un clan. El Clan del Río no lo ha olvidado, desde luego, pero eso no me convierte en débil ni estúpido.

Estrella de Tigre asintió.

—Tu madre era una gata descarriada, pero te consagró al código guerrero, y tú serás tan bueno como cualquiera de los que te desprecian. Yo me convertí en líder de un clan al que no pertenecía por nacimiento. Además, los hijos de Dalia son demasiado pequeños para recordar nada que no sea formar parte del Clan del Trueno. —Y, tras una pausa, añadió—: Nacer dentro de un clan es importante, pero en el camino hacia el poder todos debemos trabajar con lo que tenemos.

—Entonces, incluso un minino doméstico como Estrella de Fuego... —empezó Zarzoso.

Estrella de Tigre soltó un bufido de rabia.

—¡Estrella de Fuego jamás perderá su asqueroso olor a minino doméstico! —gruñó—. Eso sólo lo debilita. Mira cómo ha permitido que esa gata quejica se quede en el campamento. Cuando crezcan, los hijos de Dalia podrán llegar a ser más gatos de clan que domésticos, pero ella siempre será una inútil como guerrera. Y ahora Estrella de Fuego ha sido capaz incluso de acoger a ese guerrero del Clan del Río que abandonó a sus compañeros, por no mencionar a la gata que va con él, que no es de ningún clan y nunca lo será.

—¿Te refieres a Borrascoso? —Alcotán irguió las orejas—. ¿Borrascoso ha vuelto?

Zarzoso asintió.

—Él y Rivera aparecieron justo cuando estábamos echando a los últimos tejones. Se han quedado para ayudarnos a recuperarnos, pero me imagino que pronto se marcharán a visitar al Clan del Río.

Alcotán entornó los ojos, y Zarzoso se preguntó qué estaría pensando. Ojalá Estrella de Tigre no hubiera revelado nada del regreso de Borrascoso. Sintió un impulso repentino de avisar a su amigo, aunque no entendía por qué Alcotán podía suponer una amenaza para él. Además, no debía contarle a nadie lo de aquellas reuniones nocturnas...

Un potente golpe en el costado lo empujó hacia el sombrío claro y lo hizo caer duramente al suelo. Las enormes zarpas de Estrella de Tigre lo inmovilizaron, y sus ojos amarillos lo fulminaron, furiosos.

—¡Estate siempre ojo avizor! —bufó—. Un ataque puede llegar en cualquier momento. ¿Cómo vas a proteger a tu clan si te olvidas de eso?

Todavía sin resuello, Zarzoso arañó la barriga de Estrella de Tigre con las patas traseras y se impulsó hacia arriba para desplazar el peso de su padre. El enorme gato dio un manotazo, apuntando a su oreja, pero Zarzoso lo esquivó y, tras ponerse en pie, se abalanzó contra el gran atigrado, embistiendo su musculoso pecho. Estrella de Tigre se tambaleó, pero conservó el equilibrio, se lanzó a un lado y volvió a atacar a su hijo mostrando los colmillos y con las garras desenvainadas. Zarzoso se agachó ante el mandoble y trató de morder el cuello de su padre. Éste se zafó una vez más y dio un paso atrás.

Zarzoso tomó aire, jadeante. Aquella pelea era más feroz que una sesión de entrenamiento normal, en las que mantenían las garras envainadas. En la refriega, se le había reabierto la herida del hombro. Notó cómo la sangre le empapaba el pelo, y cuando intentó posar la pata en el suelo, el dolor le hizo bufar entre dientes.

—¡Deberías moverte más deprisa! —le gruñó Estrella de Tigre, saltando de nuevo hacia él.

Esta vez, Alcotán se interpuso de un brinco entre ellos, soltando un furioso bufido mientras arañaba a Estrella de Tigre en un costado. El gran atigrado saltó sobre él, y los dos rodaron por el suelo enzarzados en una furiosa maraña de patas y sacudidas de cola. Alcotán peleó con tanta fiereza como si estuvieran atacándolo todos los tejones del mundo, dándole así a Zarzoso la ocasión de recuperarse. Cuando los dos contendientes se separaron, incluso Estrella de Tigre estaba sin resuello.

—Ya basta —jadeó—. Volveremos a encontrarnos mañana por la noche. —Sus ojos ámbar se clavaron en Zarzoso—. Pero antes habla con esos cachorros del cercado de los caballos y gánate su confianza. Si logras que uno de ellos quiera ser tu aprendiz, tu camino para convertirte en lugarteniente estará más despejado.

A pesar de la herida en el hombro, Zarzoso cruzó el oscuro bosque como si cabalgara a lomos del viento. Estrella de Tigre no le había dado nada más que buenos consejos.

Si trababa amistad con Bayito y se responsabilizaba de las tareas de lugarteniente, no dejaría de servir bien al Clan del Trueno. Sus encuentros con Estrella de Tigre lo convertirían en mejor guerrero, más leal a su clan, con las habilidades que necesitaba para ser un líder eficaz.

Al despertarse en la guarida de los guerreros, sintió un dolor palpitante que le iba desde la oreja derecha hasta la barriga. Cuando giró el cuello, vio que el pelaje de su hombro estaba oscuro y manchado de sangre. Sintió como si una fría garra le recorriera la columna vertebral. Cuando peleaba con Estrella de Tigre estaba durmiendo. ¿Por qué se le había reabierto la herida, entonces? ¿Y por qué se sentía tan cansado, como si no hubiera dormido nada?

Mientras se lamía el corte, Esquiruela, que estaba ovillada a su lado, levantó la cabeza. La habían despertado los movimientos de Zarzoso y el intenso olor a sangre fresca.

—Pero ¡¿qué has hecho?! —exclamó, con voz ahogada y los ojos dilatados.

—Yo... no estoy seguro...

Zarzoso no podía contarle a Esquiruela —¡a ella menos que a nadie!— sus encuentros con Estrella de Tigre, especialmente ahora que volvía a confiar en él.

—Debo de haberme enganchado en una rama mientras dormía.

—Bola de pelo descuidada... —La guerrera le dio un toquecito de ánimo con la cola—. Será mejor que vayas a ver a Hojarasca Acuática para que te ponga unas telarañas.

Zarzoso miró a su alrededor. La luz del alba se filtraba a través de las ramas del espino, y otros gatos estaban empezando a moverse.

—¿Alguien va a dirigir la patrulla del alba?

—Yo —respondió Manto Polvoroso con un gran bostezo. Luego se puso en pie y arqueó el lomo para desperezarse—. Nimbo Blanco y Espinardo van a venir conmigo.

Y pinchó con una zarpa al dormido Nimbo Blanco.

—Venga, despierta. ¿Qué crees que eres, un lirón?

—Tú no deberías salir a patrullar si ese hombro sigue herido —le dijo Esquiruela a Zarzoso.

—Se curará pronto —replicó él un tanto tenso—. ¿Por qué no nos vamos a cazar?

Esquiruela lo miró un buen rato de soslayo.

—De acuerdo —accedió—. Pero después de que hayas visto a Hojarasca Acuática.

Aliviado por no tener que enfrentarse a más preguntas, Zarzoso salió de la guarida de los guerreros y se encaminó hacia la cueva de Hojarasca Acuática. La cabeza le daba vueltas de agotamiento y se notaba las patas muy agarrotadas. En vez de salir a cazar, lo que deseaba de verdad era acurrucarse en su lecho y volver a dormirse.

Hojarasca Acuática estaba examinando a Betulo, que seguía ovillado junto a la cortina de zarzas, pero en cuanto Zarzoso apareció, la joven curandera fue a buscar un puñado de telarañas para evitar que la herida le sangrara más.

—Cualquiera pensaría que has estado peleando de nuevo —observó mientras se las colocaba.

Durante un segundo de angustia, Zarzoso se preguntó si Hojarasca Acuática sabría lo de las reuniones en el bosque oscuro.

—No sé cómo me lo he hecho —maulló, evasivo—. ¿Te parece bien que salga a cazar?

—Bueno... —Hojarasca Acuática vaciló, pero acabó asintiendo—. Aunque no te excedas, y vuelve aquí enseguida si la herida te sangra de nuevo.

Tras prometer que así lo haría, Zarzoso regresó al claro. Esquiruela estaba esperándolo cerca de la guarida de los guerreros, junto con Borrascoso y Rivera. Zarzoso se animó ante la idea de salir a cazar con su viejo amigo. Si Borrascoso se marchaba pronto del Clan del Trueno, no tendrían muchas ocasiones más de pasar tiempo juntos.

—Hola —lo saludó Borrascoso—. Esquiruela dice que debes de haber estado luchando con tejones en sueños.

Zarzoso se estremeció. La teoría de la guerrera se acercaba demasiado a la realidad.

Esquiruela se puso en cabeza para salir del campamento. Para entonces, la barrera de espinos ya tenía casi el mismo grosor de siempre, con un túnel que la atravesaba hasta el bosque. Cuando la joven guerrera se acercaba a la entrada, apareció Cenizo con una bola de musgo en la boca.

—Hola —lo saludó la gata.

Cenizo la recorrió con una mirada glacial, ninguneó completamente a Zarzoso y siguió adelante para llevar el musgo a los veteranos.

—He intentado explicárselo... —se lamentó Esquiruela con impotencia—. No dejo de intentarlo, pero él no quiere escucharme. No entiendo por qué no podemos ser amigos.

Zarzoso dudaba de que Cenizo se sintiera cómodo siendo sólo amigo de Esquiruela, pero no dijo nada. Con delicadeza, le tocó el hocico con la nariz.

—Has hecho lo que has podido. Venga, vamos a cazar.

Cuando salieron del campamento, el bosque estaba húmedo y brumoso, lleno del intenso aroma de las hojas nuevas. A medida que el sol se elevaba, la niebla se iba reduciendo a pequeños jirones que se aferraban a las ramas más bajas; los gatos proyectaban largas sombras, y el rocío relucía en las telarañas y las briznas de hierba. Parte del agotamiento de Zarzoso se esfumó cuando se detuvo un instante para que el calor le penetrara hasta la piel.

De pronto, captó un movimiento con el rabillo del ojo y, al girar en redondo, vio a un ratón cruzando a toda prisa un espacio abierto. Antes de que el roedor alcanzara la protección de los arbustos, Rivera saltó tras él y lo cazó con un certero zarpazo.

—¡Estupenda presa! —exclamó Zarzoso—. Estás volviéndote muy buena en la caza entre árboles.

Rivera agitó la cola.

—Es un poco raro, después de hacerlo sólo en las montañas —confesó—. Pero estoy empezando a pillarle el tranquillo.

En la Tribu de las Aguas Rápidas, donde había nacido Rivera, las tareas se organizaban de otro modo: en vez de guerreros, los gatos eran apresadores, responsables de conseguir carne fresca —lo que incluía cazar las aves veloces y de garras afiladas que sobrevolaban las rocas—, o guardacuevas, encargados de proteger a sus compañeros de tribu y de defender su hogar tras la cascada. Rivera era uno de los apresadores más hábiles. Ella había enseñado a Zarzoso y a Borrascoso a localizar ratones y campañoles, pero no como presas, sino como cebo para piezas más grandes y aladas.

El guerrero de pelo gris se acercó a ellos.

—Buen trabajo, Rivera —maulló—. Recuerda que no cazarás mucho en el bosque manteniéndote quieta y a la espera. Aquí, las presas tienen demasiados sitios donde esconderse. Lo que debes hacer es moverte con sigilo. Mira... ¿ves eso? —Señaló con las orejas a una ardilla que estaba correteando entre las raíces de un árbol—. Observa.

Tan agachado que casi rozaba el suelo con la barriga, Borrascoso fue aproximándose a la ardilla, cuidando de tener el viento de cara. Sin embargo, el guerrero gris había sido un gato del Clan del Río, y su especialidad era atrapar peces en las veloces corrientes, mientras que en las montañas se había acostumbrado a perseguir a las presas entre rocas peladas. De modo que ahora no se paró a pensar en la cantidad de cosas que había sobre el suelo forestal, y al dar otro paso una ramita se quebró bajo sus patas. Alertada, la ardilla se incorporó. Borrascoso soltó un bufido de frustración y corrió hacia ella, pero la criatura fue más rápida. Trepó ágilmente por el tronco, se paró un instante en una rama, parloteando, y luego desapareció entre las hojas.

—¡Cagarrutas de ratón! —exclamó Borrascoso.

Esquiruela enroscó la cola, divertida.

—Bueno, Rivera, considera esto una lección de cómo no debes hacerlo.

—No seas injusta —dijo Zarzoso—. Todos los gatos cometemos errores. Borrascoso y Rivera ya han llevado al campamento montones de carne fresca.

—Nos satisface poder ayudar —contestó la apresadora.

Zarzoso se quedó inmóvil al descubrir un campañol entre los curvados tallos de un joven helecho. Agitó los bigotes.

—Me toca.

Pisando con cuidado —si partía una ramita, Esquiruela nunca dejaría de echárselo en cara—, avanzó a través de la hierba y acabó con su presa de un solo zarpazo.

—¡Bien hecho! —exclamó Borrascoso.

«Ojalá la vida pudiera ser siempre así», pensó Zarzoso. Sol cálido, muchas presas, la compañía de amigos... En ese instante, ellos le importaban muchísimo más que los sueños de poder. Aun así, incluso mientras ese pensamiento le cruzaba la mente, volvió a sentir el irresistible tirón de la ambición. Lo cierto es que daría cualquier cosa por ser lugarteniente. Y después de eso, líder, con responsabilidad sobre todo el clan.

«¿Qué es lo que quiero en realidad?», se preguntó, y, por una vez, fue incapaz de responder.

El sol se había elevado por encima de los árboles cuando la patrulla de caza regresó al campamento cargada de presas. Al entrar en la hondonada por el túnel de espinos, Zarzoso vio que la patrulla del alba también había regresado. Manto Polvoroso, Nimbo Blanco y Espinardo estaban en el centro del claro, con varios gatos apiñados a su alrededor: Orvallo, Dalia con sus cachorros, Musaraña y Tormenta de Arena. Estrella de Fuego también se encontraba allí, escuchando el informe de Manto Polvoroso.

A Zarzoso le picó la curiosidad, de modo que dejó su presa en el montón de la carne fresca y se acercó al grupo a escuchar.

—...Un par más de trampas para zorros —estaba maullando Manto Polvoroso—. Una en la frontera del Clan del Viento y otra cerca de la casa abandonada de los Dos Patas. Hemos inutilizado las dos. —Le hizo un gesto a Esquiruela cuando la guerrera llegó con Zarzoso—. Tu idea del palo funciona.

—Y también hemos oído un zumbido procedente del lago... —intervino Espinardo.

—¿Zumbido? ¿De abejas? —preguntó Orvallo.

Nimbo Blanco agitó los bigotes.

—No; era mucho más ruidoso que el de las abejas. Procedía de una especie de monstruo de los Dos Patas. El lago está repleto de ellos.

A Zarzoso se le revolvió el estómago. Desde su llegada al lago, los clanes habían visto pocas señales de la presencia de los Dos Patas; ahora parecía como si estuvieran alterando de nuevo su paz. Todavía le angustiaba la manera en que esos monstruos habían destrozado el viejo bosque. ¿Acaso iba a suceder lo mismo allí?

—¿Qué estaban haciendo? —quiso saber, colocándose al lado de Estrella de Fuego.

—Corrían sobre el lago en una especie de monstruos acuáticos —contestó Manto Polvoroso—. Eso es lo que hacía ruido. Y otros Dos Patas estaban flotando en unas cosas que parecían grandes hojas boca arriba, con mantos blancos que atrapaban el aire.

—Eso son veleros —maulló Dalia—. Hay un embarcadero en el extremo opuesto del lago. Los Dos Patas van mucho allí cuando hace buen tiempo.

—¿Qué? —A Musaraña se le erizó el pelo del cuello—. ¿Eso significa que vamos a tenerlos incordiándonos durante toda la estación de la hoja verde?

—Es muy probable —contestó Dalia, casi como disculpándose—. Navegan en esos barcos y nadan en el lago.

—¿Los Dos Patas nadan por diversión? —resopló Tormenta de Arena—. ¡Eso suena de lo más descerebrado!

Manto Polvoroso agitó las orejas con desdén.

—Si el embarcadero está al otro lado del lago, entonces es problema del Clan del Río y el Clan de la Sombra. Con un poco de suerte, los Dos Patas no vendrán tan lejos.

Zarzoso lanzó una mirada a Esquiruela, consciente de que sus ojos verdes estaban clavados en él. ¿Acaso la guerrera pensaba que él se preocupaba de nuevo por Alcotán?

—Será mejor que todas las patrullas estén alerta —maulló Estrella de Fuego—. Podremos hablar de todo esto con los demás clanes en la próxima Asamblea. No olvidéis que un problema para el Clan de la Sombra y el Clan del Río puede acabar siendo fácilmente un problema para nosotros, sobre todo si los otros clanes deciden que debería serlo.

7

Durante todo el día, Hojarasca Acuática se había sentido ansiosa, como si hubiera llevado una espina enganchada en el pelo. No podía olvidarse de lo agotado que parecía Zarzoso cuando había ido a por telarañas para su herida. ¿Habría estado paseando en sueños con Estrella de Tigre de nuevo?

Cuando terminó todas sus tareas y se ovilló en su guarida para descansar, intentó guiar sus pasos dormidos por los oscuros senderos de Estrella de Tigre. El sombrío bosque con su pálida luz, que no procedía de la luna ni las estrellas, la aterrorizaba, pero tenía que descubrir qué estaba haciendo allí Zarzoso, se lo debía a su clan. No era sólo por su hermana; aquello formaba parte, sin duda, de sus obligaciones como curandera.

Al abrir los ojos, se encontró rodeada de altos árboles sin hojas. Sombras susurrantes parpadeaban entre sus troncos, y delante de ella había un camino que serpenteaba entre frondosas matas de helechos. Tan sigilosamente como si estuviera persiguiendo a un ratón, Hojarasca Acuática echó a andar por el camino.

No había avanzado mucho cuando captó el olor de varios gatos. Con cautela, se metió entre los helechos y continuó despacio, reprimiendo un hormigueo de miedo por si Estrella de Tigre la sorprendía espiándolo.

Al cabo de unos segundos, se detuvo desconcertada. En el camino había tres gatos, pero no eran Estrella de Tigre y sus hijos. El brillo estelar centelleaba en sus patas y sus pelajes. Uno de ellos volvió la cabeza hacia ella, y la joven reconoció a Estrella Azul, la gata que había sido líder del Clan del Trueno antes que Estrella de Fuego. Hojarasca Acuática había nacido después de que ella muriera, pero se la había encontrado en sueños algunas veces.

—Sal aquí, Hojarasca Acuática —maulló Estrella Azul—. Estábamos esperándote.

La joven salió de entre los helechos y se detuvo delante de la gata gris azulado.

—Te has tomado tu tiempo —dijo otra de las gatas del Clan Estelar: era Fauces Amarillas, la curandera del Clan del Trueno que había sido mentora de Carbonilla. Sus ojos amarillos estaban entornados en su ancha cara gris, y agitó los bigotes con irritación.

Hojarasca Acuática no reconoció al tercer gato, un magnífico atigrado dorado que inclinó la cabeza ante ella y se presentó:

—Hola, Hojarasca Acuática. Yo soy Corazón de León. Estaba con Estrella Azul cuando tu padre fue al bosque por primera vez.

—Es un honor conocerte —respondió ella—. Pero ¿dónde estoy? ¿Por qué me habéis traído aquí?

No se encontraba en ningún sitio que hubiera visitado ya en sueños y, por supuesto, no era el lugar que recorría Estrella de Tigre, porque allí había gatos del Clan Estelar.

Ninguno de los guerreros respondió. Estrella Azul se limitó a decir:

—Ven.

Y se internó en el bosque.

Enseguida, el sendero desembocó en un claro iluminado por la luz lunar. Por encima de sus cabezas, la luna flotaba en un cielo despejado. El bosque, antes tan siniestro, ahora se veía precioso, y los rincones en penumbra tras los árboles estaban llenos de misterio, en vez de peligro.

Un poco más allá de las ramas más altas, Hojarasca Acuática vio tres estrellas diminutas titilando juntas. Confundida, intentó recordar si las había visto con anterioridad. Mientras las observaba, las estrellas parecieron emitir más y más brillo, hasta que amenazaron con rivalizar con la luna.

—Estrella Azul, ¿qué es eso?

La antigua líder no respondió. Sin embargo, la guió hacia el centro del claro y le indicó con la cola que se sentara. Los tres guerreros estelares la rodearon. Hojarasca Acuática lanzó una última mirada por encima del hombro, pero no pudo volver a localizar las tres estrellas nuevas. «Debo de estar imaginándome cosas», concluyó.

—¿Tenéis alguna señal para mí? —les preguntó, concentrando toda su atención en los guerreros del Clan Estelar.

—No exactamente —maulló Estrella Azul—. Pero queríamos contarte que el sendero de tu vida se bifurcará de formas todavía ocultas para ti.

—Sí —dijo Fauces Amarillas con rudeza, y con un dejo que convenció a Hojarasca Acuática de que la vieja curandera sabía algo que se estaba guardando para sí—. Pisarás un camino que pocos curanderos han recorrido antes que tú.

Hojarasca Acuática sintió una punzada de temor y hundió las garras en el suelo para mantenerse firme.

—¿Qué queréis decir?

—Hay gatos a los que aún tienes que conocer —contestó Estrella Azul—. Sin embargo, sus pasos moldearán tu futuro.

«¡Eso no es una respuesta!», quiso protestar Hojarasca Acuática, pero guardó silencio por respeto a los miembros del Clan Estelar.

Corazón de León posó la cola en su hombro, y su olor, valeroso y tranquilizador, la rodeó.

—Hemos venido a darte fuerzas —maulló.

—Suceda lo que suceda, recuerda que nosotros siempre estamos contigo —añadió Estrella Azul.

Mirando sus compasivos ojos azules, Hojarasca Acuática trató de comprender qué estaba diciendo la antigua líder. Pero aquello no tenía sentido. Ella sabía perfectamente adónde la conduciría su camino en el futuro. Era la curandera del Clan del Trueno, nada más, y lo sería hasta que el Clan Estelar la llamara a caminar con ellos por el Manto Plateado. Había renunciado al sueño de compartir su vida con Corvino Plumoso.

—No lo entiendo —protestó—. ¿No podéis decirme nada más?

Estrella Azul negó con la cabeza.

—Ni siquiera el Clan Estelar puede ver todo lo que va a ocurrir. El camino que tienes por delante se pierde entre sombras... pero nosotros lo recorreremos contigo a cada paso que des, te lo prometo.

Sus palabras inquietaron más aún a Hojarasca Acuática, pero, al mismo tiempo, la reconfortaron. Sabía que no estaba sola. El Clan Estelar no la había abandonado, como ella temía cuando se debatía por el amor que sentía por Corvino Plumoso. Quizá por eso ya no podía deambular por el bosque oscuro de Estrella de Tigre: al seguir a su corazón, había regresado al Clan Estelar.

—Descansa —ronroneó Corazón de León, dándole un lametazo entre las orejas—. Descansa y fortalécete para lo que te espera.

—Descansa para poder cuidar de tu clan —añadió Fauces Amarillas.

El olor de los tres gatos envolvió a Hojarasca Acuática. Notó que las patas le pesaban, y con un suspiro se ovilló en la mullida hierba del claro. Una leve brisa le alborotó el pelo. A través del dosel de ramas, volvió a ver las tres estrellas nuevas, que resplandecían con más fulgor aún que antes.

—Gracias... —dijo en un susurro, y cerró los ojos.

• • •

Al cabo de lo que le pareció menos de un segundo, la joven curandera abrió los ojos otra vez. La luz del sol se colaba por la entrada de su guarida en la roca. En el exterior, distinguió a Betulo, sentado en su lecho, cerca de la entrada de la guarida.

—¡Me muero de hambre! —se quejó el aprendiz—. ¿Puedo ir a buscar algo de comer?

Hojarasca Acuática se levantó para examinar sus heridas. Los cortes de las ancas estaban cicatrizando bien, aunque pasaría un tiempo antes de que volviera a crecerle el pelo. La hinchazón del ojo casi había desaparecido y los zarpazos también se estaban curando. No había ni rastro de infección.

—Creo que ya puedes regresar a la guarida de los aprendices —anunció.

—¡Genial! —exclamó Betulo con ojos centelleantes, mientras amasaba su lecho de musgo con impaciencia—. ¿Puedo volver a entrenar también? ¡Estar aquí todo el día es de lo más aburrido!

El hecho de que el joven aprendiz se sintiera lo bastante bien como para estar aburrido tranquilizó a Hojarasca Acuática.

—De acuerdo —accedió—. Pero sólo para hacer tareas ligeras. Nada de entrenamiento de combate. Además, Cenizo también resultó bastante malherido. No podrá hacer gran cosa por ti durante un tiempo.

—Entonces iré a ver si puedo hacer algo yo por él —prometió Betulo, y desapareció antes de que Hojarasca Acuática cambiara de opinión.

—¡Quiero examinar tus heridas todos los días! —exclamó ella a sus espaldas.

Su sueño la había reconfortado y fortalecido, pero su preocupación por Zarzoso no había disminuido. Estaba segura de que el guerrero seguía reuniéndose con Estrella de Tigre y Alcotán, y decidió que lo mejor sería observarlo con atención, en busca de cualquier indicio de que los sueños estuvieran afectando a su comportamiento mientras estaba despierto. Cuando el clan se recuperaba del ataque de los tejones, Zarzoso se había comportado como un guerrero leal y entregado. Pero ¿quién podría seguir siendo leal bajo la traicionera influencia de Estrella de Tigre?

Dos noches más tarde, Hojarasca Acuática regresaba al campamento con nébeda recogida cerca de la casa abandonada de los Dos Patas. Ya había salido la luna, y la mayoría de los gatos se habían retirado a sus guaridas. Zancudo, que montaba guardia cerca de la entrada, la saludó al verla cruzar la barrera de espinos. Hojarasca Acuática llevó las hierbas a su guarida y luego se dirigió al montón de carne fresca para comer algo antes de acostarse.

Cuando estaba zampándose un mirlo, oyó un ruido en la guarida de los guerreros y las ramas se separaron para dar paso a la imponente figura de Zarzoso. Sin reparar en Hojarasca Acuática, el atigrado atravesó el claro, se detuvo a intercambiar unas palabras con Zancudo y desapareció por el túnel de espinos.

«¿Qué estará tramando?», se preguntó la joven. Zarzoso había salido del campamento con total normalidad, como si no le importara que lo vieran. Pero ¿por qué salía del campamento solo, cuando todos los demás estaban durmiendo? ¿Acaso iba a encontrarse con Alcotán?

Tras engullir a toda prisa lo que le quedaba del mirlo, la joven curandera se levantó y lo siguió.

—Esta noche estás trabajando hasta muy tarde —maulló Zancudo cuando la gata volvió a pasar ante él.

—Ciertas hierbas es mejor recolectarlas a la luz de la luna —contestó ella; no era exactamente una mentira, pero en esos momentos recolectar hierbas era en lo último en que pensaba.

Para cuando salió del túnel de espinos, Zarzoso ya había desaparecido, aunque Hojarasca Acuática pudo rastrearlo con facilidad por su olor. Sintió un hormigueo al darse cuenta de que estaba recorriendo el mismo sendero rocoso que ella había utilizado para verse con Corvino Plumoso en la frontera del Clan del Viento.

Zarzoso, sin embargo, no se dirigía al Clan del Viento. Hojarasca Acuática ya podía oír el tenue borboteo del arroyo cuando el rastro del atigrado abandonó el camino para internarse entre los árboles en dirección al lago. La joven curandera continuó, manteniendo la boca abierta para distinguir el rastro del guerrero, que se mezclaba con el olor de las presas.

Ascendió por una escarpada ladera entre helechos, hasta salir a un espacio sin árboles. Zarzoso estaba sentado de espaldas a sólo un par de colas de distancia, contemplando el lago. Hojarasca Acuática se quedó paralizada, temiendo que su torpe aproximación la hubiera delatado, pero el guerrero no se movió.

La joven curandera retrocedió hasta resguardarse entre las retorcidas raíces de un árbol. ¿Sería ese lugar el punto de encuentro entre Zarzoso y Alcotán? Eso supondría un largo trayecto para el guerrero del Clan del Río.

La luna cruzó el cielo mientras Hojarasca Acuática esperaba, observando. Pero no había ni rastro de Alcotán ni de ningún otro gato, y Zarzoso permanecía inmóvil, con la vista clavada en el agua salpicada de estrellas. En ese momento, la joven curandera hubiera dado cualquier cosa por saber qué pasaba por la mente del guerrero.

Zarzoso y el resto del clan, Estrella de Fuego incluido, parecían creer que los problemas habían terminado. Costaba imaginar algo peor que el ataque de los tejones; habían sobrevivido a eso con la ayuda del Clan del Viento, y las heridas estaban cicatrizando. Pero Hojarasca Acuática apenas podía contener su inquietud, más intensa ahora que estaba sola con Zarzoso. Estrella Azul, Corazón de León y Fauces Amarillas la habían avisado de un futuro oscuro que ni siquiera ellos podían controlar. ¿Qué problema se avecinaba? ¿Acaso el atigrado que estaba ante ella tenía alguna relación con el peligro que los acechaba?

La noche avanzaba, y a Hojarasca Acuática la invadió el agotamiento. Dio un cabezazo, se despertó de golpe, y al final dejó que se le cerraran los ojos, ovillándose en un hueco musgoso entre dos raíces. Volvió a despertarse en sueños, y al levantarse descubrió que Zarzoso había desaparecido. Más allá del lugar en que el guerrero había estado sentado, el lago se veía ahora espeso y escarlata, como si olas de sangre llegaran hasta la orilla.

«Antes de que haya paz, la sangre derramará sangre y el lago se tornará rojo.»

Con un grito de espanto, Hojarasca Acuática giró en redondo y echó a correr. Entonces chocó contra algo sólido y sus garras arañaron la corteza de un árbol. ¡Estaba atrapada! Tras hacer un esfuerzo para despertarse, descubrió que había tropezado con la raíz de un árbol y había chocado contra el tronco que tenía al lado. Sobre su cabeza, la primera luz de la mañana se colaba a través de las ramas, moteando la hierba.

—¡¿Quién está ahí?! —quiso saber una voz cortante.

Antes de que Hojarasca Acuática pudiera responder, Zarzoso saltó sobre la raíz y se quedó mirándola. Sus ojos estaban ensombrecidos por la furia.

—¡¿Qué estás haciendo aquí?! —le espetó—. ¿Estabas espiándome?

—¡No! —replicó la joven, indignada, con una punzada de culpabilidad porque eso era exactamente lo que estaba haciendo—. Anoche salí a recolectar hierbas. Debo de haberme quedado dormida, eso es todo.

El miedo le revolvió el estómago. «No me hará daño —se dijo—. ¡Por el Clan Estelar, es mi compañero de clan y Esquiruela confía en él!» Zarzoso no podía estar siguiendo un sendero que llevara a la sangre y las sombras, no si el Clan Estelar tenía tanta fe en que él y Esquiruela estuvieran juntos.

Pero la inquietaba que Zarzoso continuara mirándola ceñudo, sin decir nada. Aferrándose a su dignidad, la curandera se puso en pie y se marchó. Y aunque se moría de ganas de echar a correr, se obligó a cruzar con calma el espacio abierto, hacia la protección de los helechos.

Más allá de los árboles, el lago reflejaba la pálida luz del alba. Incluso en ese momento, la asfixiante marea escarlata que había lamido pegajosamente la orilla le parecía a Hojarasca Acuática más real que el agua grisácea que ahora se extendía a sus pies, apenas ondulada por la brisa.

«Antes de que haya paz, la sangre derramará sangre y el lago se tornará rojo.»

¿Qué horrores aguardaban todavía al Clan del Trueno?

8

Con un suspiro, Zarzoso se sentó y volvió a mirar hacia el lago. Desde que había regresado en sueños al bosque de Estrella de Tigre, dormía fatal y sus incesantes movimientos molestaban a Esquiruela y al resto de los guerreros, apiñados en la zona de la guarida que habían podido aprovechar. Por eso había empezado a escabullirse de noche, para contemplar el lago y así proporcionar a sus compañeros de clan un poco de tranquilidad.

Se había quedado impactado al descubrir la presencia de Hojarasca Acuática. Por mucho que la curandera lo hubiese negado, él estaba convencido de que lo había seguido. ¿Significaba eso que la joven sabía adónde iba en sueños? Al igual que Esquiruela, Hojarasca Acuática nunca entendería que él pudiese visitar a Estrella de Tigre y continuara siendo leal a su clan. Intentó convencerse de que sus reuniones con Estrella de Tigre no hacían daño a nadie, pero estaba empezando a preguntarse si debía seguir acudiendo al bosque sombrío. La posibilidad de que Hojarasca Acuática lo hubiera descubierto le daba miedo, pero lo que de verdad lo aterrorizaba era que se lo contara a su hermana. Estaban muy unidas, hasta el punto de que costaba creer que la joven curandera fuera capaz de ocultarle algún secreto a Esquiruela.

Entornando los ojos, Zarzoso miró al otro lado del lago. La luz del alba apenas le permitía distinguir la silueta de las barcas de los Dos Patas, apretujadas alrededor del medio puente del extremo opuesto. Aquel punto marcaba la frontera entre el Clan de la Sombra y el Clan del Río, y tal como había dicho Dalia, los Dos Patas se habían mantenido siempre en aquella zona, pero a Zarzoso le preocupaba que, antes o después, acabaran invadiendo el campamento del Clan del Trueno.

La creciente luz matinal reverberó en la superficie del agua, y Zarzoso recordó lo que Esquiruela le había contado: la visión que había tenido Hojarasca Acuática de las huellas entrelazadas de ambos guerreros. El atigrado sintió un hormigueo por todo el cuerpo. Ojalá tuviera el poder de un curandero para leer el futuro en el lago, pero, para él, los reflejos de las estrellas no eran más que centelleos sin significado en las oscuras aguas. «¿Realmente mi camino está en manos del Clan Estelar?», se preguntó. Ninguno de sus antepasados guerreros recorría los senderos del bosque de Estrella de Tigre. ¿Estaba dándoles la espalda al visitar a su padre? ¿Lo sabían ellos?

Al final, se quedó dormido de nuevo, hasta que lo despertó el canto de un pájaro. El sol estaba alzándose tras las colinas que había más allá del Clan del Viento, y Zarzoso se levantó de un salto. No pretendía pasar tanto tiempo fuera del campamento. ¡Un gato que quería ser lugarteniente no deambulaba por ahí de noche!

Se dirigió al campamento y se detuvo a cazar por el camino para llevar una buena presa en la boca cuando llegara a la barrera de espinos. Cuando ya estaba a punto de meterse en el túnel, un aullido escalofriante procedente de la hondonada lo dejó paralizado. ¿Acaso habían vuelto los tejones?

Tras razonar un segundo, llegó a la conclusión de que eso era imposible. Las patrullas no habían encontrado ningún rastro de tejones en el territorio desde el ataque, y la barrera de espinos que tenía delante estaba intacta. Entonces volvió a oír el mismo grito, esta vez con más claridad:

—¡Mi hijo! ¿Dónde está mi hijo?

Zarzoso cruzó el túnel y entró en el claro. Dalia se hallaba frente a la maternidad con el pelo erizado. Nimbo Blanco estaba con ella, y los otros dos cachorros se asomaban por la entrada con los ojos desorbitados. Hojarasca Acuática estaba atravesando el claro a la carrera, procedente de su guarida, con Centella pisándole los talones, y Zarzoso dejó su presa en el montón de carne fresca y se reunió con ellos.

—¡He mirado por todas partes! —gemía Dalia—. No está aquí. Oh, Bayito, ¿dónde estás?

Zarzoso sintió una punzada de angustia. Bayito era el más vivaracho de la camada y el más inclinado a hacer trastadas. No era difícil imaginárselo escabulléndose del campamento en busca de aventuras.

—¿Cuándo lo viste por última vez? —le preguntó Nimbo Blanco a Dalia.

—Anoche. Al despertarme esta mañana, había desaparecido. He buscado y buscado, pero ¡no está en ningún sitio del campamento!

—Tranquilízate —maulló Centella—. Aullar de esa forma no servirá de nada, y alterarás a Acedera y a sus cachorros. Nosotros encontraremos a Bayito.

Dalia no le hizo el menor caso.

—¡Se lo ha comido un tejón! Lo sé.

Centella puso un gesto de hastío, e incluso Hojarasca Acuática agitó los bigotes con impaciencia.

—Dalia, sabes perfectamente que no ha habido ni rastro de tejones por aquí durante días. Bayito se habrá despistado por el bosque, pero nosotros lo localizaremos y lo traeremos de vuelta.

Para entonces, más gatos habían empezado a salir de sus guaridas, alertados por los gritos de Dalia. Estrella de Fuego bajó a saltos por las rocas que llevaban a la Cornisa Alta y se acercó a Zarzoso.

—¿Qué ocurre?

El guerrero se lo explicó con pocas palabras.

—Organizaremos una patrulla de búsqueda —decidió el líder—. Nimbo Blanco, dirígela tú. Elige a dos o tres gatos más y salid de inmediato.

—¡Ah, no, tú no! —Dalia enroscó la cola al cuello de Nimbo Blanco—. Necesito que tú te quedes aquí. ¿Y si mis otros hijos desaparecen también?

Centella soltó un bufido de irritación y se marchó. Zarzoso no la culpó. Pequeña Pinta y Ratoncillo parecían demasiado asustados como para poner una pata fuera de la maternidad, y más aún del campamento. Comprendía lo angustiada que debía de sentirse Dalia, pero no tenía por qué montar tanto escándalo. Nimbo Blanco parecía avergonzado; sin embargo, no trató de decirle a Dalia que nadie contradecía las órdenes del líder del clan.

—Pequeña Pinta y Ratoncillo no van a ir a ninguna parte —ordenó Hojarasca Acuática con calma—. Nimbo Blanco, llévate a Dalia a la maternidad. Yo iré a por unas semillas de adormidera para que se tranquilice.

—Y yo dirigiré la patrulla —se ofreció Zarzoso.

Estrella de Fuego asintió, observando cómo Nimbo Blanco se libraba de la cola de Dalia y la guiaba hacia la maternidad. Zarzoso hizo una seña a Esquiruela, que se hallaba a una cola de distancia junto a Borrascoso y Rivera.

—Vamos —maulló el guerrero—. Cuando encontremos a ese mocoso, le arrancaré el pellejo por trastornar al campamento de esta manera.

—No creo que lo hagas —dijo Esquiruela, tocándole el lomo con la cola—. Te preocupa tanto como a cualquiera que esté asustado o herido.

Zarzoso gruñó. A pesar de sus feroces palabras, no podía evitar sentir cierta admiración por la travesura de Bayito. Un cachorro tenía que ser muy valiente para aventurarse solo en el bosque, sobre todo después del ataque de los tejones.

—Cuanto antes se convierta en aprendiz, mejor —masculló entre dientes; y para sus adentros, añadió: «Y a mí me haría muy feliz ser nombrado su mentor.»

Esquiruela fue la primera en captar el olor del cachorro, a un par de colas de la entrada del túnel.

—Se ha ido por ahí —maulló, señalando con la cola en dirección a la frontera del Clan de la Sombra.

—Será mejor que lo encontremos enseguida —dijo Borrascoso—. No creo que al Clan de la Sombra le haga mucha gracia tropezarse con un cachorro desconocido en su territorio.

El rastro de Bayito llevaba casi directamente a la frontera, aunque el pequeño se había desviado aquí y allá para examinar las raíces de un árbol o un hueco arenoso debajo de una roca. Rivera localizó unas huellas diminutas en el barro junto a un charco, como si el cachorro se hubiera parado a beber. Un poco más adelante, había unos hoyos pequeños excavados en el suelo.

—¡El gran cazador! —exclamó Esquiruela, enroscando la cola de risa—. Seguro que ha estado jugando a que enterraba a sus presas.

—¿Como ésta, por ejemplo?

Borrascoso señaló con la cola a un escarabajo que subía despacio por una hoja de helecho. Si ésa era la presa que Bayito había escogido, no cabía duda de que había sobrevivido a la experiencia.

—No creo que tú fueras muy diferente de cachorro —lo riñó Rivera con afecto—. Por lo menos sabemos que Bayito estaba bien cuando llegó aquí.

—Pero la frontera del Clan de la Sombra no queda lejos... —recordó Esquiruela.

Justo entonces, a Zarzoso le pareció oír algo cerca de allí. Movió la cola para indicar a los demás que guardaran silencio. Durante un momento sólo oyeron el susurro del viento entre los árboles y el trino de los pájaros. Luego, el sonido se repitió: un maullido desgarrador, como el de una presa bajo las zarpas de un gato.

Esquiruela se volvió hacia Zarzoso, alarmada.

—¡Ése podría ser Bayito!

El atigrado saboreó el aire. El olor del cachorro lo alcanzó con fuerza, junto con otro que le era muy familiar y desagradable a la vez.

—¡El Clan de la Sombra! —exclamó—. ¡Vamos!

Zarzoso echó a correr entre los árboles, hacia el lugar de donde procedía el sonido, con los otros tres gatos a la zaga. Ese cachorro descerebrado debía de haber cruzado la frontera y una patrulla del Clan de la Sombra lo habría sorprendido. «Como le hayan puesto una zarpa encima...», pensó, erizando furioso el pelo del cuello y el lomo.

Rodeó a toda velocidad un zarzal y llegó a un claro, cerca del árbol muerto que señalaba la frontera del Clan de la Sombra.

—¡Bayito!

Le respondió el débil gemido de un gato atormentado. Zarzoso distinguió al cachorro retorciéndose en el suelo, debajo de una mata de helechos. No había nadie cerca de él. Al principio, el guerrero pensó que Bayito estaba demasiado malherido para levantarse, pero luego vio una tira plateada y reluciente alrededor de su cola. ¡Estaba atrapado en una trampa para zorros!

Esquiruela soltó un largo bufido y el pelo del lomo se le erizó al mirar justo al otro lado de la frontera. Siguiendo su mirada, Zarzoso distinguió a tres gatos del Clan de la Sombra agazapados debajo de un avellano: Bermeja, la lugarteniente del clan, Robledo y Cedro. Por su aspecto, parecía que llevaban allí un rato, observando cómo Bayito se debatía agónicamente.

—¡Carroñeros! —les espetó Esquiruela—. ¿Por qué no lo habéis ayudado?

Bermeja se puso en pie y se dio un par de lentos lametones en el hombro.

—Todo el mundo sabe que el Clan del Trueno no respeta las fronteras —maulló—. Pero el Clan de la Sombra se atiene al código guerrero. Además, ése es un minino doméstico, y en nuestro clan no nos relacionamos con mascotas.

Esquiruela soltó otro bufido, y Zarzoso vio que estaba demasiado rabiosa para hablar.

—Olvídalo —mascullo el guerrero—. Tenemos que ayudar a ese cachorro.

Esquiruela flexionó las garras, como si nada le apeteciera más que clavarlas en la piel del Clan de la Sombra, pero giró en redondo y siguió a Zarzoso por el claro hasta el lugar donde estaba Bayito.

Borrascoso y Rivera ya estaban inclinados sobre el cachorro. Rivera lo reconfortaba lamiéndole las orejas, mientras Borrascoso olfateaba el reluciente alambre que tenía aferrado a la cola. Alrededor de Bayito, la tierra estaba revuelta, arañada por sus pequeñas zarpas, como si hubiera intentado liberarse. Sus gritos se habían transformado ahora en maullidos atemorizados.

—Lo si... siento mucho... —gimoteó—. Sólo quería cazar algo y...

—Has asustado a tu madre y trastornado a todo el campamento —le dijo Zarzoso muy serio—. No te muevas, enseguida te sacaremos de ahí.

Sin embargo, al examinar la cola de Bayito vio que no iba a ser fácil. El cachorro tenía las ancas manchadas de sangre y la cola destrozada por sus intentos de liberarse. El brillante lazo le apretaba con fuerza en torno a la cola y estaba fijado a un palo que había clavado en el suelo. Zarzoso probó a darle un tirón: el palo no se movió, pero Bayito soltó un grito de dolor cuando la cuerda se tensó.

—Le estás haciendo daño —dijo Esquiruela con la voz entrecortada—. Déjame probar a romperlo con los dientes.

Se agachó junto a Bayito, pero el lazo estaba demasiado hundido en la carne del pequeño para llegar hasta él. Bayito soltó otro aullido.

—¡Me has mordido!

Zarzoso se quedó mirando al cachorro atrapado. ¿Tendrían que cortarle la cola para liberarlo? Estaba a punto de sugerirlo, cuando Rivera señaló con las orejas el palo que sujetaba el alambre.

—Si desenterramos eso, el cable podría aflojarse —propuso.

Zarzoso, confundido, intercambió una mirada con Esquiruela.

—El palo sujeta el cable —explicó Rivera—, pero no puede mantenerlo tenso si no está clavado en la tierra.

—¡Rivera, eres un genio! —exclamó Esquiruela.

Dicho eso, se abalanzó sobre el palo y comenzó a escarbar furiosamente. Rivera se unió a ella por el otro lado, tirando del palo para aflojarlo, mientras Esquiruela lanzaba por el aire una lluvia de arena. Cada vez que el palo se movía, Bayito gritaba de dolor. Borrascoso se inclinó junto a él para lamerle las orejas y tranquilizarlo, cubriendo al mismo tiempo la cara del cachorro para que éste no pudiera verse las heridas de la cola.

Cuando Esquiruela se puso a cavar más hondo, Zarzoso advirtió que la tira estaba empezando a destensarse.

—¿Cómo te sientes? —le preguntó a Bayito.

—Mejor —maulló el pequeño—. No me aprieta tanto.

—No te muevas. Ya no falta mucho.

—¡Atrás! —exclamó Esquiruela—. Ya casi está.

Agarró el palo con los dientes, tiró con fuerza y cayó de espaldas cuando el palo se soltó de golpe. Al notar que la trampa lo dejaba libre, Bayito salió pitando, arrastrando el palo con su cola herida.

—¡Quieto! —le ordenó Zarzoso—. Primero tenemos que quitarte esto.

Ahora que habían sacado el palo, el alambre estaba mucho menos tirante. Con delicadeza, Zarzoso metió una uña por debajo y luego lo aflojó un poco más con los dientes.

—Intenta liberar la cola —le indicó.

Lo invadió un gran alivio al ver que el cachorro conseguía sacar la cola del reluciente lazo. Bayito trató de ponerse en pie de nuevo, trastabilló y se derrumbó de costado con los ojos cerrados.

—Descansa un momento —maulló Rivera—. Te limpiaremos un poco la cola.

Y comenzó a lamerle la herida. Esquiruela la imitó con lametazos veloces. Zarzoso hizo una mueca al ver la carne desgarrada y la sangre que seguía brotando de la cola. Recogió un puñado de hojas y presionó con ellas en la zona más magullada; sin duda, no serían tan efectivas como las telarañas, pero no había tiempo de buscar nada más.

—En cuanto lleguemos al campamento, Hojarasca Acuática te examinará —le prometió.

Bayito no contestó ni abrió los ojos. Zarzoso se preguntó si lo habría oído siquiera.

Mientras tanto, Borrascoso se había acercado un poco a la patrulla del Clan de la Sombra, que seguía observando debajo del avellano.

—¿Ya habéis visto bastante? —les gruñó—. Al menos habéis recibido una lección del Clan del Trueno sobre cómo manejarse con una trampa para zorros.

—El Clan de la Sombra sabe manejarse con las trampas para zorros, gracias —replicó Bermeja, sacudiendo la cola—. Localizamos un par en nuestro territorio, pero tuvimos el sentido común de mantenernos lejos de ellas.

—¿Más sentido común que un cachorro? —Borrascoso dio otro paso, hasta quedarse justo en la frontera—. Seguro que os sentís muy orgullosos. Ya veo que sois unos guerreros realmente feroces.

Robledo soltó un gruñido y se levantó de un salto.

—Pisa la frontera y descubrirás lo feroces que somos... ¡desertor!

Borrascoso erizó el pelo del cuello.

—Yo soy uno de los gatos que viajaron al lugar donde se ahoga el sol. Ayudé a los clanes a encontrar su nuevo hogar. Y os diré una cosa: no lo hice para que los clanes se distanciasen tanto como para no ayudar ni siquiera a un cachorro herido.

—Ése no es un cachorro de clan —se mofó Cedro, colocándose junto a Robledo—. A lo mejor has pasado tanto tiempo en las montañas que te has olvidado del código guerrero. Si es que llegaste a conocerlo alguna vez, mestizo.

Cuando Borrascoso desenvainó las uñas, Zarzoso se dio cuenta de que los insultos estaban a punto de desembocar en una auténtica pelea. Eso era más de lo que podía soportar en esos momentos, sobre todo teniendo en cuenta que aún debían llevar a Bayito de vuelta al campamento.

Corrió hacia Borrascoso y le dio un empujoncito.

—Ahora mismo no nos interesa pelear —le dijo al oído—. Esos gatos no valen la pena. No les hagas caso.

Borrascoso se quedó mirándolo; sus ojos azules ardían de rabia, pero, después de respirar profundamente, dejó que se le alisara el pelo del cuello.

—Tienes razón —admitió—. Incluso la carroña es demasiado buena para ellos.

Ambos gatos volvieron junto a Bayito. Los guerreros del Clan de la Sombra soltaron un maullido desdeñoso, pero ni el atigrado ni Borrascoso miraron atrás.

Al llegar junto al cachorro, a Zarzoso le pareció que seguía inconsciente, pero, al agacharse para olfatearlo, el pequeño abrió los ojos un instante.

—Gracias —susurró—. Lo siento muchísimo.

—No te preocupes —dijo Esquiruela.

—¿Estrella de Fuego me dejará ser aprendiz después de esto?

Zarzoso lo consoló con un lametazo en el lomo.

—Te contaré un secreto: cuando Estrella de Fuego era aprendiz, se metió en un montón de líos, ¿verdad que sí, Esquiruela?

La guerrera asintió con gesto serio.

—¡No es ningún secreto! Lo sabe todo el clan.

Bayito parpadeó.

—¿Estrella de Fuego? ¿En serio?

—En serio —lo tranquilizó Zarzoso—. Lo que has hecho está mal, pero también ha sido muy valiente. Estrella de Fuego lo comprenderá.

Ya más tranquilo, Bayito soltó un suspiro y volvió a cerrar los ojos.

—Venga —maulló Zarzoso, mirando a sus compañeros—. Llevémoslo al campamento.

Zarzoso y Borrascoso atravesaron el túnel de espinos cargando con el cuerpo inerte de Bayito, cuya destrozada cola continuaba sangrando. El atigrado sólo sabía que el cachorro seguía vivo por las leves subidas y bajadas de su pecho. El pequeño necesitaba con urgencia los cuidados de Hojarasca Acuática si no querían que se lo llevara el Clan Estelar.

Esquiruela, que iba detrás de los dos guerreros, corrió hacia la guarida de su hermana en cuanto entró en el campamento. Rivera apareció en último lugar.

—Yo se lo diré a Dalia —maulló la apresadora, dirigiéndose a la maternidad.

Mientras Zarzoso y Borrascoso cruzaban el claro con Bayito a cuestas, un chillido sonó a sus espaldas. Mirando por encima del hombro, el atigrado vio que Dalia salía disparada de la maternidad. Nimbo Blanco corría tras ella:

—¡Dalia, espera!

La gata de color tostado frenó en seco delante de Zarzoso, con los ojos desorbitados de espanto.

—¡Bayito! ¡Oh, está muerto! ¡Está muerto!

Zarzoso, que sujetaba al cachorro por el pescuezo, no podía responder.

—No está muerto —dijo Nimbo Blanco, jadeando al darle alcance—. Rivera nos ha dicho que está vivo, ¿recuerdas? Mira, mira cómo respira.

Aturdida, Dalia se quedó mirando a Bayito como si no lograra comprender lo que estaba diciendo Nimbo Blanco. Luego se abalanzó sobre su hijo y comenzó a cubrirlo de lametones desesperados. Zarzoso agitó las orejas con impaciencia. ¿Es que esa minina descerebrada no se daba cuenta de que estaba entorpeciéndolos? ¿No entendía que lo más importante era llevar a su cachorro a la curandera lo más deprisa posible?

—Venga, Dalia. —Nimbo Blanco le puso la cola sobre el hombro con suavidad—. Deja que lleven a Bayito a la guarida de Hojarasca Acuática. Vamos a contarles a Pequeña Pinta y Ratoncillo que su hermano se pondrá bien. Ellos también están preocupados.

Dalia lo miró indecisa, pero luego dejó que la acompañara de nuevo a la maternidad.

Hojarasca Acuática salió corriendo al encuentro de Zarzoso y Borrascoso cuando los guerreros aún estaban a medio camino de su guarida.

—¡Pobre criaturita! —exclamó la joven curandera, olfateando a toda prisa la cola herida—. Llevadlo directamente a mi cueva. Centella está preparándole un lecho.

Zarzoso y Borrascoso atravesaron con el cachorro la cortina de zarzas y lo depositaron en un lecho de musgo y frondas, justo delante de la cueva de la curandera. Bayito se quedó de costado, inmóvil, y Centella lo acarició con una pata mientras Esquiruela lo observaba con desazón.

—Será mejor que informe a Estrella de Fuego —masculló la guerrera al cabo de un rato, y se marchó.

Hojarasca Acuática entró en su guarida, de donde salió un instante después con un puñado de telarañas.

—En primer lugar, tenemos que detener la hemorragia —maulló, mientras las enrollaba en los cortes de la cola de Bayito.

Las hojas que Zarzoso había usado se habían desprendido durante el largo trayecto de regreso a través del bosque.

—Luego le pondremos caléndula para evitar que se infecte —añadió.

—Se recuperará, ¿verdad? —le preguntó Zarzoso en voz baja.

Hojarasca Acuática lo miró con ojos sombríos.

—Eso espero, aunque aún no puedo saberlo —contestó con franqueza—. Haré todo lo posible, pero ahora Bayito está en manos del Clan Estelar.

• • •

Cuando abandonó la guarida de Hojarasca Acuática, Zarzoso se encontró con que Manto Polvoroso y Espinardo estaban a punto de salir a patrullar. Se unió a ellos, con la esperanza de olvidarse un rato de su preocupación por Bayito, pero, mientras avanzaban a lo largo del arroyo que bordeaba el Clan del Viento, no podía dejar de pensar en el cuerpo inerte del cachorro, tan malherido. Si el pequeño moría, Dalia probablemente regresaría con sus otros hijos al cercado de los caballos, como ya había amenazado con hacer. De modo que ya no habría más aprendices hasta que los hijos de Acedera fueran lo bastante mayores... ¡Y para eso faltaban casi seis lunas!

Zarzoso sacudió la cola, enfadado por la dirección que estaban tomando sus pensamientos. A él le importaba el vivaracho y desobediente cachorro, y no sólo porque necesitara un aprendiz. Pero, por mucho que lo intentase, no podía dejar de pensar en que quería convertirse en lugarteniente del clan y en lo que necesitaba para conseguirlo.

De vuelta en el campamento, justo después de que el sol hubiera alcanzado su cénit, tenía previsto ir a visitar a Bayito, pero se detuvo al ver que Borrascoso y Rivera estaban cruzando el claro junto a Estrella de Fuego y Esquiruela.

Borrascoso lo saludó ondeando la cola y se le acercó.

—Hola. Estábamos esperándote.

—¿Por qué?

A Zarzoso se le contrajo el estómago al ver una sombra de pena en los ojos de su amigo. ¿Qué pasaba?

El guerrero le tocó el hombro con el hocico.

—Rivera y yo nos marchamos ya.

—¿Ahora?

Zarzoso hundió las garras en la tierra, lleno de frustración. Se había sentido muy a gusto con Borrascoso cerca. Y aunque sabía que su amigo y Rivera tendrían que irse algún día, le pareció demasiado pronto.

—Supongo que debéis regresar a las montañas —prosiguió con un suspiro—. Pero esperaba que os quedarais más tiempo.

Borrascoso vaciló.

—No, no nos vamos a las montañas, sino al Clan del Río. Esos gatos del Clan de la Sombra tenían razón. Si queremos quedarnos aquí, debemos vivir según el código guerrero, y eso significa ser leal al Clan del Río.

Zarzoso lo miró sin pestañear.

—¿Ésa es la única razón por la que os vais? ¿Por lo que han dicho esos sarnosos comedores de carroña?

—No —respondió Rivera, colocándose junto a Borrascoso—. Volveremos a vernos, te lo prometo. Nos gustaría quedarnos en el lago para siempre, y, cuando lleguemos al Clan del Río, entrenaré para convertirme en guerrera.

Zarzoso la miró atónito. ¿Iban a quedarse para siempre? Eso significaba que no habían ido hasta allí sólo para comprobar que los clanes habían encontrado su nuevo hogar. ¿Por qué exactamente habían abandonado las montañas Borrascoso y Rivera? ¿Y por qué no querían volver? Fuera como fuese, no podía preguntarlo; si Borrascoso hubiera querido contárselo, ya lo habría hecho. Unas garras afiladas atenazaron el corazón de Zarzoso al pensar que su amigo no confiaba en él lo bastante como para hablarle de ciertas cosas.

—Es estupendo que vayáis a quedaros. —Se obligó a ronronear—. Por lo menos nos veremos en las Asambleas.

—Sí, estamos deseando conocer todos los cotilleos del Clan del Río —maulló Esquiruela, restregando el hocico contra el de Borrascoso y luego el de Rivera. Y más bajito, añadió—: Jamás olvidaremos el viaje al lugar donde se ahoga el sol. Una parte de nosotros caminará siempre junta.

Estrella de Fuego estaba aguardando a un par de colas de distancia mientras los amigos se despedían.

—Y tampoco olvidaremos lo que hicisteis tras el ataque de los tejones —les dijo a los visitantes—. Siempre tendréis el agradecimiento del Clan del Trueno. Os debemos más de lo que nunca podremos devolveros.

Borrascoso inclinó la cabeza.

—Nosotros también os estamos agradecidos, por permitirnos quedarnos tanto tiempo.

Seguido de Rivera, Borrascoso cruzó el túnel de espinos. Zarzoso y Esquiruela fueron tras ellos y observaron, uno al lado del otro, cómo sus amigos se internaban en el sotobosque.

—¡Que el Clan Estelar ilumine vuestro camino! —exclamó Zarzoso a sus espaldas.

Borrascoso se detuvo a mirar atrás, enroscando la cola como despedida, y luego él y Rivera desaparecieron entre los helechos.

9

La luna flotaba por encima de los árboles que rodeaban la hondonada rocosa, pero el lecho donde yacía Bayito estaba sumido en profundas sombras. Hojarasca Acuática se inclinó sobre el cachorro y le tocó el hocico con el suyo. Lo tenía caliente y seco por la fiebre, y gimoteó sin abrir los ojos. El pequeño no había recuperado la conciencia desde que lo habían llevado al campamento esa misma mañana.

Desde entonces, la joven curandera no se había apartado de su lado. Después de hacer todo lo que estaba en su mano con telarañas y un emplasto de caléndula, había tenido que darse por vencida en sus esfuerzos por salvarle la totalidad de la destrozada cola. Por la tarde, había decidido cortar con los dientes los dos tendones que sujetaban el extremo. Bayito sacudió las extremidades con un espasmo y soltó un grito de dolor, pero no se despertó. Tras aplicar más telarañas a la nueva herida, Hojarasca Acuática le había entregado el trozo de cola a Centella para que lo enterrara fuera del campamento.

Ahora sacó hojas de borraja de su almacén, las mascó y le separó las mandíbulas a Bayito para verterle un poco de jugo en la boca. Si el Clan Estelar lo deseaba, eso bastaría para bajarle la fiebre. Hojarasca Acuática se quedó observando al cachorro un poco más, mientras la sombra de la luna cruzaba el claro, pero estaba tan agotada que, al final, se le cerraron los ojos y se sumió en un sueño intranquilo.

Se encontró al borde del lago, con las estrellas del Manto Plateado resplandeciendo sobre su cabeza. Una forma oscura captó su atención orilla abajo: era un gato que se dirigía deprisa hacia ella. Cuando lo tuvo más cerca reconoció a Arcilloso, el anterior curandero del Clan del Río, que había muerto en su antiguo hogar antes de que los clanes emprendieran su viaje. Ahora su cuerpo estaba fuerte y ágil, y su pelo parecía escarchado por la luz estelar.

—Hola, Arcilloso —lo saludó Hojarasca Acuática, inclinando la cabeza—. ¿Traes un mensaje para mí?

—Sí —respondió el viejo curandero—. Necesito que le transmitas algo a Ala de Mariposa.

Hojarasca Acuática se puso tensa. Ala de Mariposa, la actual curandera del Clan del Río, no creía en el Clan Estelar, de modo que los espíritus de sus antepasados guerreros no podían llegar hasta ella en sueños. Tiempo atrás, Hojarasca Acuática le había llevado un mensaje de parte de Plumosa; la guerrera quería avisarla de la existencia de un veneno de los Dos Patas en el territorio del Clan del Río. Pero nunca se había sentido cómoda siendo responsable de esa parte tan vital de las obligaciones de Ala de Mariposa. Y ahora, después de haberse comprometido de nuevo con su clan, todavía era más reacia a implicarse.

—Un veterano del Clan del Río ha enfermado de tos verde —continuó Arcilloso—. Ala de Mariposa necesita nébeda para curarlo, pero no la encuentra por ninguna parte. —La angustia invadió los ojos del gato—. ¿Cometí un error al elegirla como nuestra curandera? La señal del ala de mariposa delante de mi guarida me pareció tan clara... —Vaciló, como si no estuviera seguro de cómo seguir—. Hojarasca Acuática, te suplico que me ayudes a que mi clan no sufra por mi mal juicio.

—¿Quieres que le lleve un poco de nébeda? —le preguntó la joven, recordando las frondosas matas que crecían junto a la casa abandonada de los Dos Patas.

—No. Hay nébeda de sobra justo al lado de nuestro propio territorio. Si Ala de Mariposa supiera dónde buscar... Debe ir al pequeño Sendero Atronador que bordea las tierras del Clan del Río y seguirlo en dirección contraria al lago hasta llegar a una hilera de casas de los Dos Patas con jardines. Allí crece nébeda. Hojarasca Acuática, ¿se lo explicarás?

Arcilloso abrió la boca y profirió un débil quejido. Hojarasca Acuática se quedó mirando alarmada cómo el viejo curandero se desvanecía, pero siguió oyendo los lamentos. Entonces abrió los ojos y vio a Bayito retorciéndose en su lecho.

—¡Me duele! ¡Me duele la cola! —maulló.

La joven curandera le puso una pata en el pecho para calmarlo y le dio más jugo de borraja. Mientras lo acariciaba y le ronroneaba tranquilamente al oído, recordó la angustia en los ojos de Arcilloso al mencionarle la temida tos verde.

La luna había desaparecido, y en el cielo estaban surgiendo las primeras trazas de la luz del alba. Hojarasca Acuática apenas distinguía la oscura silueta de los árboles en lo alto.

—¿Cómo voy a ir ahora al Clan del Río? —murmuró.

En el pasado, Estrella de Fuego le había dado permiso para ayudar al Clan del Río, pero en esta ocasión había un cachorro herido de por medio. Bayito podía morir si no lo atendían bien. Además, no hacía mucho que Hojarasca Acuática había abandonado al Clan del Trueno para escaparse con Corvino Plumoso... ¿Qué pensarían sus compañeros de clan si desaparecía de nuevo? Incluso aunque les contara que iba a ayudar a Ala de Mariposa, sin duda no verían con buenos ojos esa muestra de lealtad hacia un clan distinto.

«Ala de Mariposa encontrará la nébeda por sí sola si busca lo suficiente. Además, esta noche hay media luna y me reuniré con ella en la Laguna Lunar. Puedo darle el mensaje de Arcilloso entonces, sin tener que dejar a mi clan.»

Sin embargo, mientras seguía observando a Bayito, no podía quitarse de la cabeza el sueño en el que se le había aparecido el viejo curandero. ¿Formaba parte de sus obligaciones cumplir con la petición de Arcilloso? Suspiró. ¿Por qué de repente parecía tan complicado ser curandera? ¿Ella se debía sólo al Clan del Trueno o también al Clan Estelar, y, por tanto, a todos los gatos que estaban bajo la protección de los antepasados guerreros?

—No sé si debería ir —maulló Hojarasca Acuática, angustiada.

El sol estaba poniéndose ya, proyectando en el claro rayos de luz de color rojo sangre, y la joven curandera se hallaba delante de su guarida, observando a Bayito. El cachorro dormía más tranquilamente, ovillado en su lecho. Le había bajado la fiebre, pero la gata aún no estaba convencida de que las heridas estuvieran sanando del modo correcto.

Después de pasar la noche en vela, Hojarasca Acuática se sentía casi sin fuerzas para recorrer el largo trayecto hasta la Laguna Lunar. Además, no le gustaba nada la idea de tener que ver a los demás curanderos y contarles que Carbonilla había muerto.

—Debes ir —le dijo Centella, tocándole el lomo con la cola—. Bayito estará bien conmigo. Ya sé qué darle si se despierta.

Eso era cierto. Centella era una ayudante muy eficiente y contaba con todas las hierbas que pudiera necesitar. Además, ella tenía que trasmitirle a Ala de Mariposa el mensaje de Arcilloso.

—De acuerdo. Iré. Pero regresaré lo antes posible.

—No te preocupes —la tranquilizó Centella.

Tras examinar a Bayito por última vez, Hojarasca Acuática salió al claro y se dirigió al túnel de espinos, donde dio las buenas noches a Espinardo, que estaba montando guardia. Le resultaba raro hacer ese trayecto sin Carbonilla. Anhelaba sentir a su lado el espíritu de su mentora, pero no percibía el rastro de su familiar aroma, ni el roce de su suave pelo gris. La joven curandera jamás se había sentido tan sola como ahora.

El sol estaba escondiéndose tras el horizonte cuando Hojarasca Acuática se encaminó hacia la frontera del Clan del Viento para seguir el arroyo en dirección a las montañas. Los olores de la estación de la hoja nueva la rodearon mientras el bosque se llenaba de sombras, y notó el frescor del rocío en las patas. Su cansancio se esfumó ante la idea de lamer el agua de la laguna estrellada y compartir sueños con el Clan Estelar. Con los demás curanderos junto a ella, y compartiendo lenguas con los antepasados guerreros, no se sentiría tan sola.

Cerca de la frontera del Clan del Viento vio a Cascarón, el curandero del clan vecino, junto a Cirro, el del Clan de la Sombra. Probablemente habían captado su olor, porque se pararon a esperarla mientras ascendía la última ladera.

—Hola, Hojarasca Acuática —la saludó Cascarón con voz ronca—. Me alegro de verte de nuevo. Y lamento tu pérdida. Es muy triste que Carbonilla haya tenido que unirse a las filas del Clan Estelar siendo tan joven.

—¡¿Qué?! —exclamó Cirro, erizando el pelo del cuello—. ¿Carbonilla ha muerto? —El curandero del Clan de la Sombra aún no se había enterado de las novedades.

Hojarasca Acuática asintió.

—Unos tejones atacaron nuestro campamento. Estrella de Bigotes acudió a ayudarnos con sus guerreros, pero llegaron demasiado tarde para salvar a Carbonilla. —«¡Yo misma llegué demasiado tarde!», dijo para sus adentros.

Cirro inclinó la cabeza.

—Era una gran curandera. Yo le debo la vida...

Hojarasca Acuática conocía la historia. Muchas lunas atrás, Carbonilla había desobedecido órdenes para ayudar a Cirro y a uno de sus compañeros de clan cuando una grave enfermedad atacó al Clan de la Sombra. Cirro siempre decía que por eso se había decidido a convertirse en curandero.

La joven se preguntó si debería contarles lo que había sucedido en realidad: que Carbonilla había muerto porque ella había dado la espalda a sus compañeros de clan y a sus obligaciones como curandera. ¿La culparían por la muerte de su mentora tanto como se culpaba ella misma?

Luego advirtió que en los ojos de Cascarón y Cirro sólo había compasión. No tenía sentido que ella se quitara un peso de encima sólo para entristecerlos más.

—Debes de echarla muchísimo de menos —murmuró Cascarón—. Pero serás su digna sucesora.

—Eso espero... —Hojarasca Acuática casi no podía hablar por el nudo que se le había formado en la garganta—. Nunca la olvidaré, ni todo lo que me enseñó.

Mientras iban ascendiendo por las colinas, sus colegas la flanquearon, compartiendo su pena y uniendo sus fuerzas a las de ella.

A Hojarasca Acuática le habría gustado preguntarle a Cascarón cómo estaba Corvino Plumoso, pero sabía que no podía hacerlo. «¡Tienes que dejar de pensar en él!», se dijo.

Para entonces, ya había caído la noche. La joven curandera se detuvo en la cima de una loma y se volvió a mirar la luna, que brillaba sobre el lejano lago. No había ni rastro de Ala de Mariposa, y, al saborear el aire, no logró captar el olor de su amiga.

—¿Habéis visto a Ala de Mariposa al venir? —les preguntó.

Cascarón negó con la cabeza.

—Yo tampoco —contestó Cirro—, aunque ella nunca viene por el territorio del Clan de la Sombra. No te preocupes. No es la primera vez que llega tarde.

Eso era cierto, pero Hojarasca Acuática también sabía lo que estaba sucediendo en el Clan del Río. Se preguntó si a Ala de Mariposa le habría resultado imposible acudir porque no podía dejar al veterano afectado de tos verde. Quizá la enfermedad se había extendido más al carecer de provisiones de nébeda para tratar a los infectados.

Cuando llegaron al borboteante manantial, seguía sin haber ni rastro de Ala de Mariposa. Hojarasca Acuática ascendió junto al agua llena de estrellas y se abrió paso entre los arbustos que rodeaban la hondonada, medio esperando que su amiga ya estuviera allí.

La cascada descendía por el muro rocoso como una lámina de plata en movimiento, agitando la laguna de tal modo que parecía llena de luz de luna saltarina. Pero ninguna atigrada dorada se levantó para recibir a Hojarasca Acuática, y ningún olor familiar la alcanzó. La hondonada estaba vacía.

Cascarón encabezó el descenso por el sendero en espiral hasta el borde de la laguna. Hojarasca Acuática lo siguió, notando cómo sus patas encajaban en las huellas dejadas por generaciones de gatos desaparecidos hacía mucho. En aquella ocasión, sin embargo, no sintió la paz que siempre la envolvía en la Laguna Lunar. Estaba demasiado preocupada por Ala de Mariposa y el Clan del Río, y temía que, si se encontraba con Arcilloso en sueños, él la culpara por no transmitir su mensaje.

Fuera como fuese, no podía decir nada de eso a los demás curanderos, de modo que se tumbó junto a ellos al borde de la laguna y estiró el cuello para lamer el agua helada. El frío pareció fluir por todo su cuerpo, agarrotándole tanto las extremidades que sintió como si estuviera hecha de hielo. Su mirada estaba fija en la agitada superficie de la laguna, y poco a poco el agua se fue aquietando, hasta que Hojarasca Acuática distinguió el reflejo de incontables gatos a su alrededor.

Alzó la vista. Cascarón y Cirro, situados cada uno a un lado, permanecían inmóviles, sumidos en sus propios sueños. Y bordeando la laguna, cubriendo los laterales de la hondonada hasta el círculo de arbustos, estaban las relucientes figuras de los guerreros del Clan Estelar.

Una gata de pelaje gris azulado se levantó en una roca musgosa que sobresalía del agua y Hojarasca Acuática reconoció a Estrella Azul.

—Bienvenida —maulló la anterior líder del Clan del Trueno—. El Clan Estelar te saluda como la nueva curandera del Clan del Trueno.

Un murmullo de saludos brotó de las filas estelares. Hojarasca Acuática vio a Plumosa sentada junto a una preciosa gata gris que debía de ser su madre, Corriente Plateada. Más cerca de la orilla estaban Topillo, Alercina y Carrasquilla, los hijos de Fronda que habían muerto en el antiguo bosque. Estrella Alta, el último líder del Clan del Viento, estaba cerca de ellos, y la joven curandera sintió cómo la fortalecían sus luminosos ojos.

—Gracias —respondió—. Haré todo lo que pueda para servir a mi clan, lo prometo.

En el extremo opuesto había un grupo de antiguos curanderos: su propia y querida protectora, Jaspeada, junto con Fauces Amarillas y Arcilloso. Sobre ellos parecía cernirse una sombra, aunque la luna flotaba en un cielo sin nubes. Arcilloso se miraba las patas, y a Hojarasca Acuática le dio un vuelco el corazón al pensar que tal vez estaría evitándola deliberadamente.

Inspeccionó las sombras, desesperada por ver a Carbonilla. A pesar de lo que le había dicho Jaspeada, Hojarasca Acuática seguía temiendo que su mentora la culpara por haber abandonado a su clan.

—Por favor, Carbonilla... —susurró, y volviéndose hacia Estrella Azul, preguntó—: Estrella Azul, ¿dónde...?

Pero los guerreros estelares ya empezaban a desvanecerse; el brillo de sus pelajes se fue apagando hasta que Hojarasca Acuática pudo ver las paredes de la hondonada a través de ellos. Por un instante, brillaron como una fina capa de hielo en las rocas; luego desaparecieron, y la joven curandera se despertó parpadeando al borde de la laguna.

Se puso en pie, estirándose para aliviar el frío y el entumecimiento de las extremidades. A su lado, Cirro se incorporó y empezó a lavarse la cara con una pata, mientras Cascarón se atusaba el pelo alborotado. Ninguno habló de lo que había visto en sueños.

—Cuando salí ayer, descubrí una estupenda mata de menta acuática justo encima de los pasaderos —le dijo Cascarón a Hojarasca Acuática a medida que subían por el sendero de la hondonada—. Quizá quieras recolectar un poco. Hay de sobra para nosotros dos.

—Gracias —maulló la joven—. Es la hierba que va mejor para el dolor de estómago.

—El otro día vi a esa gata blanca y canela recogiendo caléndula —continuó Cascarón—. Se llama Centella, ¿verdad? Parecía muy atareada, demasiado atareada para reparar en mi presencia.

—Sí, ha sido una gran ayuda —admitió Hojarasca Acuática—. Necesitábamos mucha caléndula para tratar las heridas después del ataque de los tejones.

Cirro asintió.

—Gracias al Clan Estelar que nosotros no hemos visto tejones en el territorio del Clan de la Sombra. ¿El Clan del Trueno se está recuperando bien? ¿Necesitáis ayuda?

La joven curandera se preguntó por un momento qué diría Estrella Negra, el líder del Clan de la Sombra, sobre la oferta de ayuda de Cirro a un clan rival. Menos mal que podía declinarla sin cargo de conciencia.

—No, gracias, estamos bien —contestó—. Nuestras heridas se están curando.

La luz del alba aún no asomaba por encima de las colinas, y Hojarasca Acuática se dio cuenta de que tenía tiempo de ir a transmitir a Ala de Mariposa el mensaje de Arcilloso. Pero, si regresaba tarde al campamento, ¿qué pensarían sus compañeros de clan? Ya los había abandonado una vez; tenían que saber que ahora estaba completamente dedicada a ellos. Además, cuanto antes volviese para examinar a Bayito, mejor.

Y no sólo eso: para llegar al Clan del Río tendría que atravesar el territorio del Clan del Viento, y el riesgo de tropezarse con Corvino Plumoso era demasiado grande.

Mientras descendía por el arroyo en dirección al territorio del Clan del Trueno, se negó incluso a mirar de reojo hacia el páramo del Clan del Viento. Esa parte de su vida había terminado, no había marcha atrás. Ella era curandera y tenía el poder de caminar entre los miembros del Clan Estelar. Había una buena razón por la que jamás podría estar unida a ningún otro gato: ella recorría un camino diferente, y siempre sería así. Si lograba concentrarse lo bastante en sus obligaciones, sus sentimientos se apagarían y Corvino Plumoso no significaría para ella más que cualquier otro guerrero.

10

Mientras se alejaba del montón de carne fresca, Zarzoso vio que Cenizo salía renqueando de la guarida de Hojarasca Acuática. Llevaba telarañas nuevas pegadas al corte de la pata delantera y se encaminaba hacia la guarida de los guerreros, pero, antes de que pudiera llegar, Betulo corrió hacia él.

—¡Hola, Cenizo! —maulló el aprendiz—. Fronde Dorado se lleva a Zarpa Candeal a una sesión de entrenamiento. ¿Podemos ir con ellos?

—No —le respondió su mentor, malhumorado—. Me he caído de una roca y se me ha reabierto la herida. Hojarasca Acuática dice que no puedo salir del campamento.

Betulo bajó la cola y se quedó mirando abatido cómo Fronde Dorado y Zarpa Candeal se marchaban por el túnel de espinos.

Zarzoso se acercó a Betulo y Cenizo, y tocó con la cola al decepcionado aprendiz.

—Anímate —le dijo, y dirigiéndose a Cenizo, añadió—: Yo voy a salir a patrullar. Podría llevarme a Betulo, si quieres.

El aprendiz volvió a levantar la cola y se le estremecieron los bigotes de emoción.

—¡Por favor, Cenizo! —suplicó.

El guerrero gris abrió la boca, y Zarzoso estuvo seguro de que iba a rechazar su propuesta, pero entonces sonó otra voz a sus espaldas:

—Buena idea. Betulo faltó a muchas sesiones de entrenamiento mientras estuvo herido. No debería perder más tiempo.

Al volverse, Zarzoso vio que el líder del clan estaba bajando desde la Cornisa Alta.

—He pensado en ir hasta la frontera del Clan de la Sombra —le explicó el atigrado a su líder—. Renovaremos las marcas olorosas y buscaremos trampas para zorros.

Estrella de Fuego asintió, a pesar de que Cenizo miraba a Zarzoso con furia. Sin decir ni una palabra, el gato gris dio media vuelta y siguió hacia la guarida de los guerreros.

—Muy bien, puedes ir con él, Betulo —dijo Estrella de Fuego—. Haz lo que te ordene Zarzoso, y cuidado con esas trampas. No querrás perder la cola como Bayito, ¿verdad?

—Tendré cuidado —prometió el aprendiz.

Zarzoso se asomó al interior de la guarida de los guerreros y llamó a Tormenta de Arena y a Espinardo para que se unieran a la patrulla. Cenizo, que estaba acomodándose en su lecho musgoso, ignoró su presencia por completo.

El cielo estaba encapotado y soplaba una brisa húmeda que prometía lluvia. El olor a presas era débil, como si todas las criaturas estuvieran escondidas en sus agujeros, y apenas se oía sonido alguno, a excepción del susurro de las ramas en lo alto.

Betulo todavía temblaba de emoción. Zarzoso vio que se esforzaba por controlarse y caminar despacio junto al resto de la patrulla.

—¿Por qué no te adelantas, a ver si puedes localizar los rastros olorosos del Clan de la Sombra? —le sugirió—. Cuando los encuentres, vuelve a decírnoslo.

—¡De acuerdo, Zarzoso! —exclamó el aprendiz con los ojos brillantes, y echó a correr con la cola bien alta.

El atigrado sintió una punzada de emoción al ver sus ancas, donde el pelo estaba empezando a crecer de nuevo. Betulo había tenido mucha suerte al sobrevivir al ataque de los tejones, pero sus compañeros de clan no podrían protegerlo siempre. Debía aprender las habilidades necesarias para sobrevivir, y salir a patrullar era una buena forma de ponerlas en práctica.

—¡Y ten cuidado con las trampas para zorros! —exclamó Zarzoso a sus espaldas.

—Ya era hora de que pudiera estirar las patas —comentó Tormenta de Arena cuando el aprendiz desapareció—. Entre sus heridas y las de Cenizo, apenas ha salido del campamento desde el ataque de los tejones.

—A lo mejor Estrella de Fuego te permite ocuparte de su entrenamiento hasta que Cenizo se recupere —le dijo Espinardo a Zarzoso.

—A lo mejor —asintió él, procurando ocultar cuánto lo complacía la idea.

Estaba disfrutando con la sensación de ser mentor y se moría de ganas de tener a su propio aprendiz. De hecho, aún guardaba la esperanza de que Estrella de Fuego lo eligiera como mentor de Bayito. Admiraba la naturaleza valiente e inquisitiva del cachorro, aunque eso le hubiera causado problemas. También era el más fuerte y grande de la camada de Dalia, con potencial para convertirse en un buen guerrero.

Tras saltar por encima de las retorcidas raíces de un roble, Zarzoso vio a Betulo junto a una mata de helechos, a unas pocas colas de distancia, olfateando con la boca abierta.

—He encontrado las marcas olorosas, Zarzoso —informó el aprendiz.

—¿Qué? Eso es imposible —replicó el atigrado. ¿Acaso Cenizo no le había enseñado nada a Betulo?—. ¡Ni siquiera estamos cerca de la frontera del Clan de la Sombra!

El joven pareció dolido.

—Pero estoy seguro... —empezó.

Tormenta de Arena avanzó entre los helechos hasta donde se había detenido el aprendiz a saborear el aire. Al cabo de un momento, regresó hasta ellos con un destello de furia en sus ojos verdes.

—Betulo tiene razón —maulló—. El Clan de la Sombra ha dejado sus marcas olorosas justo detrás de esas zarzas.

Espinardo soltó un aullido de rabia.

—¡Esto es territorio del Clan del Trueno!

Zarzoso sintió que un gruñido le subía por la garganta. Seguido de su patrulla, cruzó el claro y rodeó el zarzal. El hedor de los rastros olorosos del Clan de la Sombra lo envolvió enseguida.

—Estas marcas son frescas —bufó—. Si las seguimos, alcanzaremos a la patrulla y podremos preguntarles a qué creen que están jugando. —Y mirando al aprendiz, añadió—: Betulo, regresa al campamento tan deprisa como puedas. Cuéntale a Estrella de Fuego lo que ocurre y trae ayuda.

El aprendiz salió disparado, desandando el camino con la barriga casi pegada al suelo y la cola siguiendo sus pasos.

Zarzoso examinó las marcas olorosas para descubrir por dónde se había ido la patrulla del Clan de la Sombra, y luego salió en su persecución, con Tormenta de Arena y Espinardo a la zaga. El olor del clan era cada vez más fuerte. Al final, Zarzoso llegó a lo alto de una pequeña loma y descubrió a la patrulla: estaban dejando más marcas en la hondonada del otro lado.

Con el pelo erizado de furia, se detuvo un instante para evaluar al enemigo. Había cuatro gatos del Clan de la Sombra: Bermeja, Robledo, Cedro —los tres que se habían quedado mirando cómo Bayito se debatía en la trampa para zorros— y Serbal. Superaban en número a la patrulla del Clan del Trueno, pero Zarzoso sabía que no podían esperar a que llegaran los refuerzos.

—¡Bermeja! —aulló, llamando a la lugarteniente del Clan de la Sombra—. ¿Qué estáis haciendo aquí?

Los cuatro miembros del clan rival giraron en redondo para enfrentarse a la patrulla del Clan del Trueno.

—¿A ti qué te parece? —contestó Bermeja con insolencia.

—Pues que estáis intentando robarnos terreno —bufó Espinardo.

—Hace mucho tiempo que se definieron las fronteras de los clanes —les recordó Zarzoso—. Todos los gatos conocen los límites de sus territorios.

—Eso era entonces —maulló Cedro.

—El Clan de la Sombra necesita más espacio. —Bermeja miró a Zarzoso con los ojos entornados—. Y, además, el Clan del Trueno está demasiado débil para defender sus lindes desde que los tejones atacaron su campamento.

—¿Qué sabéis vosotros de los tejones? —les preguntó Tormenta de Arena, dando un paso adelante.

—Lo suficiente —respondió Bermeja, agitando la punta de la cola—. Sabemos que todos estáis demasiado malheridos para luchar contra nosotros. Y que también estáis demasiado ocupados reconstruyendo vuestro campamento para vigilar las fronteras. Además, habéis perdido a vuestra curandera.

Por un segundo, Zarzoso se quedó completamente desconcertado. ¿Cómo había descubierto el Clan de la Sombra lo del ataque de los tejones? Luego recordó que, sólo unas noches antes, Hojarasca Acuática había acudido a la Laguna Lunar durante la media luna. Ella debía de haberle revelado a Cirro la debilidad del Clan del Trueno.

Hundió las garras en el suelo; ahora no había tiempo para pensar en eso.

—Fuera de nuestro territorio —le gruñó a Bermeja—. De lo contrario, os daremos el mismo recibimiento que a los tejones.

Bermeja le mostró los dientes.

—No lo creo.

Soltando un alarido aterrador, Zarzoso se lanzó a la hondonada. Aterrizó sobre Bermeja y le lanzó un zarpazo en el lomo. Ella intentó clavarle los dientes en el cuello, pero él le propinó un golpe en el pecho. La gata se retorció bajo el peso de su enemigo, con la mirada llameante de rabia.

Con el rabillo del ojo, Zarzoso vio a Tormenta de Arena enzarzada con Robledo, pateándole la barriga, y a Cedro y Serbal, que habían inmovilizado a Espinardo. Zarzoso volvió a golpear a Bermeja y saltó en ayuda de su compañero de clan, pero la lugarteniente aprovechó que le daba la espalda para lanzarle un zarpazo en las patas traseras.

«¡Betulo, date prisa!»

Entonces saltó sobre Cedro y lo agarró por el cuello, al tiempo que Bermeja le mordía la cola. Zarzoso pataleó con las patas traseras para librarse de ella y rodó por el suelo, en un revoltijo de pelo y olores mezclados, casi sin saber qué gatos eran sus enemigos.

Justo en ese momento, se oyó un aullido en la distancia que iba aumentando de volumen con rapidez. Bermeja, que tenía la cara pegada a la de Zarzoso mientras le arañaba el cuello, se separó de él bufando:

—¡Cagarrutas de zorro!

Cedro se retorcía bajo las garras de Zarzoso, que se levantó tambaleándose y vio cómo Estrella de Fuego y una nueva patrulla del Clan del Trueno descendían hacia la hondonada a toda prisa.

Estrella de Fuego saltó sobre Bermeja, aullando desafiante, y le clavó los colmillos en la garganta. La lugarteniente le arañó el hombro, pero no logró soltarse. Esquiruela fue derecha a Cedro, al que derribó e inmovilizó en el suelo. Justo tras ella, Manto Polvoroso se abalanzó encima de Serbal y lo mordió con fuerza. Robledo soltó un grito de terror al ver a Zancudo y Orvallo, que aparecieron entre los helechos e iban directos a por él. Tormenta de Arena le dio un último zarpazo en las ancas, y él echó a correr entre las raíces y las zarzas, hacia la frontera del Clan de la Sombra.

—¡Retirada! —aulló Bermeja.

La lugarteniente consiguió levantarse a duras penas, dejando mechones de pelo entre las garras y los dientes de Estrella de Fuego. Le sangraba el cuello.

Estrella de Fuego movió la cola para ordenar a sus guerreros que dejaran marchar a los intrusos. Esquiruela le dio un fuerte mordisco a Cedro en la oreja y se apartó de él de un salto. Manto Polvoroso se separó de Serbal y se puso en pie, bufando. Los dos guerreros del Clan de la Sombra salieron huyendo, pero Bermeja se quedó donde estaba unos segundos más.

—No creas que has ganado, Estrella de Fuego —gruñó la gata resollando—. El Clan de la Sombra establecerá una nueva frontera.

—No en el terreno del Clan del Trueno —contestó el líder—. Ahora volved a vuestro territorio.

Con los ojos llenos de odio, Bermeja soltó un bufido rabioso antes de ir tras sus compañeros. Zancudo y Orvallo persiguieron a los invasores mientras lanzaban alaridos terroríficos.

—Gracias —le dijo Zarzoso a Estrella de Fuego, casi sin aliento, mientras el líder se sacudía—. Y a ti también, Betulo —añadió; el aprendiz, jadeando y con los ojos resplandecientes, se colocó junto a su líder—. Buena carrera. La ayuda ha llegado justo a tiempo.

Rápidamente, le explicó a Estrella de Fuego cómo Betulo había encontrado rastros olorosos del Clan de la Sombra a mucha distancia de la frontera, y cómo él y los demás habían localizado a los guerreros vecinos y comprobado que éstos pretendían robarles más territorio todavía.

—Pensaban que, después del ataque de los tejones, estaríamos demasiado débiles para detenerlos —añadió.

—¿Te han herido? —le preguntó Esquiruela, acercándose. Sus ojos verdes estaban llenos de preocupación, y lo examinó sin separar el cuerpo del de Zarzoso.

El guerrero se detuvo un momento a inspeccionar sus heridas. Para su alivio, la antigua del hombro seguía igual, aunque había perdido varios puñados de pelo en un costado y le dolía la cola allí donde Bermeja lo había mordido con más saña. Tormenta de Arena tenía un zarpazo en el hombro y Espinardo sangraba por un corte en el cuello.

—Será mejor que regreséis todos al campamento para que Hojarasca Acuática os examine esas heridas —maulló Estrella de Fuego.

—Yo estoy bien —aseguró Zarzoso—. Tenemos que dejar nuestras marcas olorosas a lo largo de la frontera que establecimos en la Asamblea, por si al Clan de la Sombra le entran ganas de probar de nuevo.

—Yo también estoy bien —intervino Tormenta de Arena—. Pero, Espinardo, creo que tú deberías irte. Esa herida del cuello podría complicarse.

Espinardo se limitó a asentir con la cabeza; parecía demasiado vapuleado como para discutir.

—Entonces iré yo con vosotros —le dijo Esquiruela a Zarzoso, y añadió con ojos vidriosos y flexionando las garras—: Y si algún gato del Clan de la Sombra se atreve a sacar un solo bigote de su frontera, ¡le demostraremos que ha cometido el peor error de su vida!

Cuando Zarzoso y su patrulla regresaron al campamento tras renovar los rastros olorosos, oyeron los gritos de indignación que brotaban de la hondonada rocosa. Al cruzar el túnel de espinos, el atigrado se encontró a Estrella de Fuego plantado en la Cornisa Alta, con el resto del clan reunido a sus pies.

—¡Deberíamos atacar su campamento! —aulló Musaraña.

Estrella de Fuego pidió silencio agitando la cola.

—No los atacaremos —maulló—. Sabéis tan bien como yo que aún no nos hemos recuperado por completo. Si forzamos una batalla y acabamos perdiéndola, sería un desastre.

«Eso es cierto», pensó Zarzoso. Había aún demasiados gatos del Clan del Trueno que seguían marcados por las garras de los tejones.

—Pero, a partir de ahora —continuó Estrella de Fuego—, todas las patrullas deberán buscar señales de guerreros del Clan de la Sombra en nuestro territorio.

Al ver que el líder iba a dar por concluida la reunión, Zarzoso se adelantó.

—Estrella de Fuego, hay algo que quiero decir.

Estrella de Fuego inclinó la cabeza, invitándolo a hablar.

Zarzoso miró a su alrededor hasta localizar a Hojarasca Acuática, que estaba sentada a poca distancia de su guarida.

—Hojarasca Acuática, ¿tú le hablaste a Cirro del ataque de los tejones?

La joven pareció desconcertada.

—Sí... Se lo dije cuando visitamos la Laguna Lunar.

—¿Y no pensaste que él se lo contaría a Estrella Negra? Nada de esto habría ocurrido si tú hubieras mantenido la boca cerrada.

La curandera se levantó de un salto; sus ojos ámbar echaban chispas.

—¡Tuve que contarle a Cirro cómo había muerto Carbonilla! —exclamó—. ¿O acaso crees que no quería saber qué le había pasado?

Zarzoso pensó que había sido demasiado duro, pero la pelea con la patrulla del Clan de la Sombra lo había alterado. De todos los gatos, ¡Hojarasca Acuática debería ser la primera en saber cuándo estaba poniendo en peligro a su clan!

—¿Es que a los demás curanderos se lo cuentas todo? —preguntó él.

—Cascarón ya lo sabía —contestó la joven—. Y Ala de Mariposa no acudió a la Laguna Lunar. —Y todavía con los ojos brillándole de rabia, añadió—: Además, Zarzoso, lo que yo les diga a los otros curanderos no es asunto tuyo.

—Sí que lo es cuando no tienes claro a quién debes lealtad —le espetó el guerrero—. Aparte de curandera, también eres miembro del Clan del Trueno.

Hojarasca Acuática abrió la boca para responder, pero no dijo nada. Parecía conmocionada, y Zarzoso comprendió, demasiado tarde, que no debería haberla acusado tan abiertamente de ser desleal.

—¿Cómo puedes decir algo así? —Esquiruela le dedicó una mirada lo bastante feroz como para abrasarlo—. Es lógico que Hojarasca Acuática comparta noticias tan importantes como ésa con los otros curanderos. Su mentora ha muerto, ¡por el Clan Estelar! Eso afecta a todos los curanderos, no sólo al Clan del Trueno.

—Lo sé, pero... —intentó interrumpirla Zarzoso, en vano.

—No es culpa de Hojarasca Acuática, ni de Cirro, que Estrella Negra y los cerebros de ratón de sus guerreros hayan pensado que podían invadir nuestro territorio. Además, les hemos demostrado que estaban muy equivocados.

El atigrado no pudo sostener su encendida mirada.

—Lo lamento —mascullá—. Perdona, Hojarasca Acuática.

—Esquiruela tiene razón —maulló Estrella de Fuego desde la Cornisa Alta—. El único culpable de todo esto es Estrella Negra. Nunca debió permitir que sus guerreros rompieran el acuerdo al que llegamos. Podéis estar seguros de que hablaré de esto con él en la próxima Asamblea. —Se le ensombreció la mirada y mostró los colmillos con un gruñido—. Si fuerza una guerra entre nosotros, descubrirá que el Clan del Trueno está preparado y esperándolo.

11

La luna llena flotaba en lo alto del cielo cuando Zarzoso saltó a la isla desde el extremo del árbol que hacía las veces de puente. Lo envolvió el olor de muchos gatos de distinta procedencia y se dio cuenta de que el Clan del Trueno era el último en llegar a la Asamblea. Estrella de Fuego ya se alejaba de la orilla en dirección al centro de la isla, ondeando la cola para que sus guerreros lo siguieran.

Zarzoso corrió tras él, junto con Esquiruela, Manto Polvoroso y los demás gatos del clan. Pegando la barriga al suelo, atravesó la densa barrera de arbustos y salió al claro iluminado por la luz de la luna, que se filtraba a través de las ramas del Gran Roble. Ahora el árbol estaba completamente cubierto de hojas, pero Zarzoso distinguió una mancha de pelo blanco allí donde se había acomodado Estrella Negra, medio oculto en una rama, y también el destello de unos brillantes ojos, los de Estrella Leopardina, que observaba a los gatos congregados. Estrella de Fuego se acercó a las raíces y saludó a Estrella de Bigotes, antes de que ambos treparan por el tronco y ocuparan su lugar entre las ramas.

En cuanto pisó el claro, Zarzoso percibió una tensión extraña a su alrededor. Gatos de otros clanes miraban a los guerreros del Clan del Trueno como juzgándolos con nuevos ojos. Zarzoso captó unos pocos murmullos, que sin duda aludían a las heridas todavía visibles en sus cuerpos.

El atigrado miró a su alrededor, esperando ver a Borrascoso y a Rivera. Localizó a Vaharina, la lugarteniente del Clan del Río, y rodeó a un grupo de aprendices alborotados para sentarse junto a ella.

—Hola —la saludó—. ¿Cómo van las presas en el Clan del Río?

—Bien —contestó Vaharina—. He oído que habéis tenido problemas con unos tejones, ¿es cierto?

Zarzoso asintió, aunque en realidad prefería no hablar del ataque.

—¿Cómo se encuentran Borrascoso y Rivera? ¿Han venido esta noche?

Vaharina negó con la cabeza.

—Estrella Leopardina no los ha escogido, pero están bien. Es estupendo volver a ver a Borrascoso.

Sus ojos azules centellearon. Zarzoso sabía que Pedrizo, el hermano de la gata, había sido el mentor de Borrascoso y ella misma había sido la mentora de Plumosa, la hermana del guerrero gris.

—Es una pena que vaya a quedarse tan poco —añadió.

Zarzoso se sorprendió. Borrascoso y Rivera habían dicho que pensaban quedarse en el Clan del Río para siempre, pero era evidente que a los gatos de ese clan les habían contado otra cosa. Tal vez no los habían recibido tan bien como Borrascoso esperaba; el hecho de que no los hubieran escogido para acudir a la Asamblea también apuntaba en esa dirección.

—¿Se marcharán pronto?

—No sé exactamente cuándo —maulló Vaharina—. Pero estoy segura de que, al final, querrán regresar a la Tribu de las Aguas Rápidas, ¿no?

Luego inclinó la cabeza ante Zarzoso y fue a ocupar su lugar entre las raíces del árbol, al lado de Bermeja y Perlada, las lugartenientes del Clan de la Sombra y el Clan del Viento. A Zarzoso se le contrajo el estómago al ver el espacio vacío que quedaba junto a ellas, otro recordatorio de que el Clan del Trueno no tenía lugarteniente que se sentara con sus colegas.

—Hola.

Zarzoso dio un respingo. Con los ojos clavados con avidez en las tres lugartenientes, no se había dado cuenta de que se le había acercado su hermana, Trigueña.

—Hola —respondió—. ¿Cómo estás?

—Yo bien... pero ¿y tú? —La voz de la guerrera estaba llena de compasión—. Lo sentí mucho cuando me enteré del problema que tuvisteis con los tejones.

—Estoy perfectamente, y el resto del clan también. —Habló con cierta sequedad; aunque Trigueña era su hermana, también era guerrera del Clan de la Sombra, y él quería dejar bien claro que el Clan del Trueno seguía siendo fuerte—. Estaríamos incluso mejor si no fuera porque a Hojarasca Acuática le faltó tiempo para contarles a sus amigos curanderos nuestros problemas.

Trigueña pareció desconcertada.

—¿Hojarasca Acuática?

—Sí, se lo contó a Cirro cuando se reunieron en la Laguna Lunar.

—Pues el Clan de la Sombra no se enteró del ataque por Cirro —dijo Trigueña—. O por lo menos él no lo ha mencionado en ningún momento.

—Entonces, ¿cómo lo supisteis?

—Alcotán se lo contó a Bermeja y a Cedro cuando se encontraron patrullando junto a la frontera del Clan del Río.

Zarzoso se quedó mirándola, asombrado. ¿Cómo sabía Alcotán lo del ataque si Ala de Mariposa no había acudido a la reunión en la Laguna Lunar la noche que Hojarasca Acuática había contado la noticia? De pronto, unas garras heladas lo atenazaron: era él quien se lo había contado a Alcotán en el bosque oscuro, en su último encuentro con Estrella de Tigre. Se sintió culpable. Y lo que era aún peor: ni siquiera podía pedir perdón a Hojarasca Acuática por haberla acusado, porque entonces tendría que explicar qué había sucedido en realidad.

—Alcotán les contó que estaba preocupado —continuó Trigueña—. Quería saber si nuestros guerreros habían visto a algún gato del Clan del Trueno y si estabais muy malheridos. Suponía que los tejones os habrían causado mucho daño.

Zarzoso asintió, distraído. Necesitaba reflexionar. ¿Las preguntas de Alcotán estaban motivadas por una preocupación auténtica o quizá tenía otras razones para pasarle esa información al Clan de la Sombra? Alcotán sin duda sabía cómo iba a reaccionar Estrella Negra. Justo en ese momento, vio a su medio hermano sentado con un grupo de guerreros del Clan del Río, pero, antes de que pudiera despedirse de Trigueña y acercarse a él, Estrella de Fuego llamó la atención de todos desde el árbol para dar comienzo a la Asamblea.

El claro se quedó en silencio y los gatos se volvieron hacia el Gran Roble, con los ojos brillantes bajo la luz de la luna.

—Estrella Leopardina, ¿quieres ser la primera en hablar? —le ofreció Estrella de Fuego.

La líder del Clan del Río se incorporó, con el cuerpo medio oculto por las hojas.

—El Clan del Río ha tenido un brote de tos verde —empezó—. Uno de nuestros veteranos, Paso Potente, ha muerto, pero, gracias al Clan Estelar, no se ha contagiado ningún otro gato.

Un murmullo compasivo se extendió por el claro. Zarzoso miró a Hojarasca Acuática, que estaba sentada junto a Esquiruela, y se preguntó por qué la joven curandera parecía tan afectada. No podía tener ninguna razón especial para lamentar la pérdida de un veterano del Clan del Río.

—Pero también traigo buenas noticias —continuó Estrella Leopardina cuando los comentarios se apagaron—. Nuestra curandera, Ala de Mariposa, ha tomado como aprendiza a Blimosa.

La atigrada dorada se había sentado cerca de las raíces del roble; Zarzoso supuso que la pequeña gata gris que estaba a su lado sería su nueva aprendiza. Los ojos verdes de Blimosa relucían de emoción y, azorada, bajó la cabeza cuando su clan se puso a corear:

—¡Blimosa! ¡Blimosa!

Estrella Leopardina había dado un paso atrás, haciéndole una seña a Estrella de Bigotes para cederle la palabra, pero Alcotán se levantó al pie del roble.

—Un momento —maulló el guerrero—. Ala de Mariposa tiene algo importante que decir.

Estrella Leopardina entornó los ojos, y Zarzoso vio que aquello la había pillado por sorpresa. Al final, la líder asintió:

—Muy bien. ¿Ala de Mariposa?

La curandera del Clan del Río se puso en pie lentamente. A Zarzoso le pareció que ella también estaba sorprendida, como si no se lo esperara. Al atigrado le picó la curiosidad; ¿qué estaba tramando Alcotán?

—¿Ala de Mariposa? —repitió Estrella Leopardina al ver que la curandera no decía nada.

—Es sobre esa señal —le recordó Alcotán a su hermana, sacudiendo la punta de la cola.

—Ah, sí... la señal. —Ala de Mariposa sonó confundida—. Yo... Yo tuve un sueño.

—¿Qué mosca le ha picado? —le susurró Trigueña a Zarzoso—. Es curandera, ¿no? Debe de haber tenido montones de sueños.

—Bien, cuéntanos qué ocurría en ese sueño —dijo Estrella Leopardina con frialdad—. Y explícanos por qué has decidido anunciarlo en una Asamblea en vez de informar a la líder de tu clan en primer lugar.

—No lo he decidido yo —mascullό Ala de Mariposa con un tono de voz más propio de un cachorro rebelde que de una curandera—. Ha sido idea de Alcotán.

—Creo que lo entenderás cuando os cuente el sueño —intervino Alcotán—. Adelante, Ala de Mariposa.

—Yo... no estoy segura de que sea el momento adecuado para hablar de... —tartamudeó la gata—. Puede que me haya equivocado.

—¿Que te hayas equivocado al interpretar lo que te ha dicho el Clan Estelar? —preguntó Alcotán sorprendido—. Pero ¡tú eres curandera! Sólo tú puedes interpretar las señales que nuestros antepasados guerreros te envían.

—Sí, adelante —maulló Estrella Leopardina, más interesada—. Oigamos qué te ha dicho el Clan Estelar.

Ala de Mariposa lanzó una mirada de resentimiento a su hermano antes de empezar a hablar. Zarzoso no entendía por qué se mostraba tan reacia. Se fijó en Hojarasca Acuática: sentada inmóvil, como si estuviera tallada en piedra, miraba a Ala de Mariposa con expresión abatida. ¿Acaso sabía qué iba a decir su amiga? Zarzoso se preguntó si los curanderos habrían recibido un mensaje del Clan Estelar sobre algo espantoso de verdad, algo que todavía no querían compartir con el resto de los clanes.

—Soñé que... —comenzó Ala de Mariposa en voz muy baja.

—¡Habla más alto! —aulló un gato.

La curandera levantó la cabeza y habló con más claridad, aunque Zarzoso seguía viendo en todo el cuerpo de la joven la resistencia de ésta a explicarse.

—Soñé que estaba pescando en el arroyo —volvió a empezar—, y vi dos guijarros que no encajaban. Tenían un color y una forma diferentes del resto. Provocaban que el agua se desviara y salpicara, sin poder fluir con normalidad. Entonces el arroyo comenzó a correr más y más deprisa... y la corriente se llevó los dos guijarros hasta que ya no pude verlos. El arroyo volvió a parecer el mismo de siempre... —Su voz se fue apagando, y la gata se quedó mirando al suelo.

El resto de los gatos parecían confundidos y se miraban los unos a los otros mientras se hacían preguntas entre susurros. Zarzoso no lograba entender por qué Hojarasca Acuática estaba tan abatida. Él no interpretaba nada terrible en el sueño de la curandera del Clan del Río. Y, desde luego, no era aplicable a todos los clanes.

—¿Y bien? —quiso saber Estrella Leopardina cuando Ala de Mariposa ya llevaba varios segundos en silencio—. ¿Qué significa el sueño? ¿Qué intenta decirnos el Clan Estelar?

Antes de que Ala de Mariposa pudiera responder, Alcotán dio un paso adelante.

—A mí me parece que el significado está muy claro —maulló—. Es obvio que en el Clan del Río hay dos elementos que no pertenecen al clan. Dos elementos que no encajan con los demás gatos. Como las piedras, hay que perderlos de vista para que el arroyo pueda fluir como es debido.

Volvieron a oírse susurros ansiosos, sobre todo entre los miembros del Clan del Río. Todos ellos parecían preocupados. Un joven guerrero, Musgaño, habló más alto que los demás:

—¿Estamos hablando de Borrascoso y Rivera? ¿Son ellos los dos guijarros de los que hay que librarse?

Zarzoso tragó saliva. ¿De verdad el Clan Estelar creía que Borrascoso y Rivera no pertenecían al Clan del Río?

A su lado, Trigueña hundió las garras en la tierra. Ella también había viajado al lugar donde se ahoga el sol con los otros gatos; Borrascoso era amigo suyo.

—Si alguien le pone una zarpa encima a Borrascoso, le... —empezó la guerrera.

—¡Tú no te metas en esto! —la interrumpió Alcotán—. Es un asunto del Clan del Río. A mí me parece que el Clan Estelar se enfadaría si permitiéramos que Borrascoso y Rivera se quedaran con nosotros.

—¡Eso es absurdo! —Vaharina se levantó de un salto—. ¡Borrascoso pertenece al Clan del Río!

—¡Basta! —suplicó Ala de Mariposa—. Alcotán, ya te dije que no sé... qué significa mi sueño... con exactitud... Por favor... —Le tembló la voz—. Por favor, no le otorgues un significado que podría no tener. Esperaré otra señal del Clan Estelar... Quizá la próxima sea más clara.

Alcotán la fulminó con la mirada; sus ojos azules brillaron como trocitos de hielo. Por encima de ellos, sobre su rama, Estrella Leopardina parecía avergonzada y furiosa al mismo tiempo. Zarzoso se habría apostado una luna de patrullas del alba a que la líder reprendería con severidad a Ala de Mariposa por mostrar semejantes dudas delante de toda la Asamblea.

—Exacto —convino Estrella Leopardina secamente—. No haremos nada hasta que sepas algo más. Y la próxima vez, Ala de Mariposa, no te olvides de hablar conmigo en primer lugar.

Ala de Mariposa inclinó la cabeza y se sentó de nuevo. Estrella Leopardina no dijo nada más, y se limitó a hacer una seña con la cola a Estrella de Bigotes.

El líder del Clan del Viento, sentado en una horcadura del tronco, se levantó.

—El Clan del Viento tiene poco que contar —maulló—. Todo está tranquilo y tenemos presas de sobra.

Dicho eso, volvió a sentarse y le indicó a Estrella de Fuego que ya podía hablar.

Zarzoso notó un nudo en el estómago cuando su líder dio un paso adelante. ¿Qué diría sobre el intento del Clan de la Sombra de arrebatarles parte del territorio? ¿Y cómo justificaría Estrella Negra los actos de sus guerreros?

Estrella de Fuego comenzó contando la invasión de los tejones y agradeció a Estrella de Bigotes que hubiera acudido a ayudarlos con sus guerreros.

—Sin vosotros, habrían muerto muchos más gatos —maulló.

Estrella de Bigotes ondeó la cola.

—No hicimos más de lo que os debíamos.

—Lamento tener que comunicaros que Hollín murió —continuó Estrella de Fuego—, igual que nuestra curandera, Carbonilla. Su clan los honrará siempre.

Aunque la mayor parte de los reunidos parecían saber ya que la curandera había muerto, se oyeron murmullos pesarosos por el claro, que se esparcieron como el viento entre la hierba. Carbonilla iba a ser muy añorada, pues todos la respetaban y admiraban.

—Hojarasca Acuática es ahora la curandera del Clan del Trueno —siguió Estrella de Fuego—. Ha hecho un trabajo excelente con nuestros guerreros heridos, y todos están recuperándose. Hemos reconstruido las guaridas y la barrera de acceso al campamento. Los tejones no han debilitado al Clan del Trueno de ningún modo.

Hizo una pausa, para dejar que sus palabras calaran en la audiencia, y luego se volvió hacia Estrella Negra, que estaba sentado entre las frondosas hojas del roble. Se le endureció la voz.

—Sin embargo, no mucho después de que nos atacaran los tejones, mis guerreros descubrieron a una patrulla del Clan de la Sombra dejando rastros olorosos dentro de nuestro territorio. ¿Tienes algo que decir al respecto, Estrella Negra?

Zarzoso no pudo evitar lanzarle una mirada a Trigueña.

—No me eches a mí la culpa —masculló su hermana—. Ya le dije a Bermeja que la sola idea de invadir el Clan del Trueno era una estupidez, pero ¿crees que me escuchó?

Zarzoso posó la punta de la cola en su lomo.

—Tranquila —murmuró—. Todo el mundo sabe que tú eres una guerrera honesta.

Estrella Negra se puso en pie y sus enormes patas mantuvieron el equilibrio con seguridad en la estrecha rama. La acusación de Estrella de Fuego no parecía haberle molestado.

—Desde que el tiempo es más cálido —empezó—, los Dos Patas han llevado barcas y monstruos de agua a la parte del lago que bordea nuestro territorio. Sus hijos juegan en el bosque y ahuyentan a las presas. Sus monstruos usan el pequeño Sendero Atronador y dejan su tufo en el aire.

—Eso es cierto —intervino Estrella Leopardina—. También invaden el territorio del Clan del Río y dejan su basura por todas partes. Yo los he visto incluso aquí, en esta isla.

—Hasta encendieron un fuego —añadió Vaharina.

Un escalofrío hizo que a Zarzoso se le erizara el pelo. Recordó el espantoso incendio que había barrido el campamento del Clan del Trueno cuando él era apenas un cachorro. Era fácil pensar que la isla podía ser devorada por las ávidas llamas rojas y que el Gran Roble podía acabar siendo un montón de palitos chamuscados y quebradizos. ¿Y si los Dos Patas encendían hogueras también en la orilla del lago? Hasta el momento, el Clan del Trueno había estado a salvo porque los Dos Patas no habían ido a su parte del lago, pero eso podía cambiar en cualquier momento.

—¡¿Qué tiene eso que ver con apropiaros de nuestro territorio?! —exclamó Esquiruela.

—Cuando establecimos las fronteras, en la estación sin hojas —contestó Estrella Negra—, nadie sabía qué efecto tendrían los Dos Patas sobre nosotros. Nunca esperamos ver tantos. Al Clan de la Sombra le está costando cada vez más encontrar presas suficientes...

—Y también al Clan del Río —maulló Estrella Leopardina.

Estrella Negra le hizo un gesto con la cabeza antes de continuar.

—Así que a mí me parece que la única solución es reordenar las fronteras. El Clan del Trueno y el Clan del Viento deberían ceder parte de su territorio al Clan de la Sombra y al Clan del Río.

Mientras el Clan del Trueno y el Clan del Viento protestaban entre aullidos, Estrella de Bigotes se levantó de un salto erizando el pelo del cuello.

—¡Jamás! —exclamó.

Estrella de Fuego movió la cola para pedir silencio, pero pasó un buen rato antes de que el clamor se apagara. Zarzoso vio a Nimbo Blanco de pie, bufando desafiante a Estrella Negra, mientras Manto Polvoroso sacudía la cola y Esquiruela soltaba un alarido de indignación. Corvino Plumoso, del Clan del Viento, tenía el pelo del cuello erizado y las garras clavadas en el suelo; a su lado, Manto Trenzado le gritaba furioso a Estrella Negra. Zarzoso sintió que la rabia le recorría todo el cuerpo, desde las orejas hasta la punta de la cola, pero se obligó a guardar silencio y a esperar la respuesta de su líder.

—No podemos aceptar algo así, Estrella Negra —maulló Estrella de Fuego en cuanto se pudo hacer oír de nuevo—. Tal como están ahora las fronteras, cada clan tiene la clase de territorio al que está acostumbrado. No puedes esperar que los gatos del Clan del Río cacen como los del Clan del Viento, en colinas sin vegetación.

—Podemos aprender —declaró Alcotán—. Desde que llegamos aquí, han cambiado muchas cosas. Seguro que sabremos adquirir nuevas técnicas de caza.

—Me gustaría ver cómo lo intentas —le espetó Corvino Plumoso—. No es tan fácil como parece. Yo al menos tengo claro que al Clan del Viento le costaría cazar en un bosque tupido como el del Clan del Trueno.

—Bueno, no cabe duda de que tú deberías saber algo al respecto —se mofó Manto Trenzado.

—¡Ya basta! —bufó Estrella de Bigotes, mirando con dureza a Manto Trenzado.

El atigrado gris oscuro lanzó a Corvino Plumoso una mirada rencorosa, como si fuera culpa suya que su líder lo hubiera reprendido en público. Zarzoso advirtió que algunos compañeros de Corvino Plumoso no le habían perdonado que hubiera abandonado a su clan para escaparse con la curandera del Clan del Trueno.

—Nadie quiere que haya problemas entre los clanes —dijo Alcotán, mirando a los cuatro líderes—, pero el Clan del Trueno y el Clan del Viento deben ser razonables. ¿Y si fuera vuestro territorio el que estuvieran invadiendo los Dos Patas?

Mientras Alcotán hablaba, Trigueña se arrimó a Zarzoso con un resoplido de desprecio.

—Un día que estaba patrullando con Estrella Negra y Robledo nos encontramos con Alcotán en la frontera del Clan del Río —le contó a su hermano—. Estaba de lo más preocupado por los Dos Patas y no paraba de decir que era una pena que no se pudieran modificar las fronteras. No me extrañaría que fuera él quien le metió la idea en la cabeza a Estrella Negra.

Zarzoso la miró boquiabierto. Eso no podía ser cierto. Alcotán jamás incitaría al Clan de la Sombra a atacar al Clan del Trueno. Si había sido capaz de decir algo así, sólo podía haber sido por la angustia propia de un guerrero que se sentía responsable de que su clan no tuviera bastantes presas. Además, Estrella Negra no necesitaba que nadie lo animara a atacar a otro clan.

—Alcotán no es así —protestó.

—¿Ah, no? —Por los ojos verdes de Trigueña cruzó un destello de incredulidad—. Y supongo que ahora vas a decirme que los pájaros no anidan en los árboles —replicó secamente.

Alterado, Zarzoso volvió a centrar su atención en el Gran Roble. Se había perdido la respuesta de Estrella de Fuego, y Alcotán estaba hablando de nuevo, mirando desafiante al líder del Clan del Trueno.

—Estrella de Fuego, ¿no crees que estás siendo muy inflexible con el tema de las fronteras? A menudo te he oído decir que el Clan Estelar decretó que hubiera cuatro clanes en el bosque. ¿Cómo puede ser eso si dos de ellos se mueren de hambre?

Miró hacia Zarzoso, como si esperara que su medio hermano lo apoyara. El atigrado le sostuvo la mirada y luego la desvió. El argumento de Alcotán sonaba persuasivo, pero él no creía que el Clan del Río y el Clan de la Sombra corrieran peligro de morirse de hambre, y menos en la estación de la hoja verde, cuando las presas abundaban. Como mucho, deberían esperar una estación o dos antes de debatir la modificación de las fronteras, para ver con precisión qué cambios había producido la invasión de los Dos Patas en los territorios del lago.

—A mí no me da la impresión de que estéis pasando hambre, Alcotán —dijo Estrella de Fuego.

—¡El Clan del Río necesita más territorio! —bufó el guerrero de ojos azules—. Si no nos lo dais vosotros, lo tomaremos igualmente.

—¡Alcotán, tú no eres quién para hablar en nombre del Clan del Río! —le espetó Vaharina.

En ese mismo instante, Oreja Partida, del Clan del Viento, se levantó de un salto.

—¡Inténtalo, si quieres que te despellejemos!

Alcotán se volvió hacia Oreja Partida sacando las garras, y su compañero Prieto se unió a él abriéndose paso entre los reunidos y erizando el pelo del cuello y la cola hasta parecer el doble de grande. Tres o cuatro guerreros del Clan del Viento, Corvino Plumoso entre ellos, se pusieron en pie para apoyar a Oreja Partida.

—¡Deteneos! —les ordenó Vaharina, bajando de un salto de la raíz en la que estaba sentada—. ¡Esto es una Asamblea! ¿Es que lo habéis olvidado?

Uno o dos gatos, incluido Corvino Plumoso, dieron un paso atrás, pero la mayoría hicieron caso omiso de la orden de la lugarteniente del Clan del Río. Zarzoso vio que Cedro y Serbal, del Clan de la Sombra, también se habían incorporado y sacaban las garras. Manto Polvoroso y Espinardo se les encararon, bufando desafiantes. Y mientras Zarzoso presenciaba la escena, horrorizado, los gatos del Clan de la Sombra se abalanzaron sobre sus compañeros de clan; los cuatro rodaron por el suelo formando un aullador fardo de pelo.

—¡No! —gritó Zarzoso—. ¡Recordad la tregua!

Echó a correr, avanzando con dificultad entre los gatos enzarzados, pues a su alrededor se habían iniciado más peleas, y clavó los dientes en el hombro de Cedro para separarlo de Manto Polvoroso, pero otro gato aterrizó en su lomo y lo derribó. Mientras se hundía en un mar de guerreros batallantes, oyó el aullido furioso de Estrella de Fuego:

—¡Parad! ¡El Clan Estelar nunca aceptaría algo así!

12

Hojarasca Acuática se echó al suelo cuando los enfrentamientos se fueron extendiendo por el claro. Tenía las extremidades paralizadas y el pelo erizado de espanto. No podía creer que los gatos se atrevieran a romper la tregua que reinaba en las Asambleas del Clan Estelar. Luego se acordó de su sueño, en el que pegajosas olas rojas lamían la orilla del lago. ¡Estaba sucediendo! No habría paz hasta que la sangre hubiera derramado sangre.

El claro estaba lleno de gatos que bufaban y arañaban. Hojarasca Acuática intentó en vano localizar a Corvino Plumoso, aterrada por que pudiera estar gravemente herido. Oyó los gritos de su padre, pero sus órdenes se perdieron entre los chillidos de los clanes rivales.

—¡Clan Estelar, ayúdanos! —suplicó la curandera.

Y como si los espíritus de sus antepasados guerreros hubieran oído su ruego, una sombra cayó de pronto sobre el claro y la plateada luz de la luna se apagó. Hojarasca Acuática vio que una nube había tapado la luna por completo. Los alaridos de la batalla enmudecieron o se transformaron en aullidos de terror. Algunos gatos dejaron de pelear y se quedaron inmóviles, mirando hacia el cielo amenazador.

—¡Mirad!

Estaba demasiado oscuro para distinguir al gato que acababa de lanzar ese grito, pero Hojarasca Acuática reconoció la voz de Cascarón, el curandero del Clan del Viento.

—El Clan Estelar está furioso —prosiguió—. Esto debe de ser una señal de que las fronteras han de quedarse como están.

A pesar de la autoridad con que habló el viejo curandero, se oyeron varios gritos de protesta. El bramido de Estrella de Fuego los acalló todos. Hojarasca Acuática apenas pudo distinguirlo bajo el brillo de las estrellas, plantado como estaba sobre una rama saliente.

—¡Cascarón tiene razón! —exclamó el líder del Clan del Trueno—. El Clan Estelar ya ha expresado su voluntad. Las fronteras seguirán donde están. ¡La Asamblea ha terminado!

—El próximo miembro del Clan del Río que levante una pata contra otro gato tendrá que responder ante mí —añadió Estrella Leopardina con autoridad en su rama—. Que todos los aquí reunidos se vayan a casa, ahora mismo.

—Eso también va por el Clan del Viento —maulló Estrella de Bigotes, mirando furioso hacia el claro.

Estrella Negra soltó un bufido.

—Esto no ha acabado —gruñó.

—¡Desde luego que no! —coincidió otro gato. Entornando los ojos, Hojarasca Acuática entrevió a duras penas la enorme silueta de Alcotán—. Lo discutiremos de nuevo en la próxima Asamblea.

«Eso no lo decides tú», pensó la joven curandera. Alcotán se comportaba como si ya fuera líder de clan, y eso que ni tan sólo era lugarteniente. A la joven se le erizó el pelo de desconfianza, y más aún al preguntarse cuánta influencia tendría Alcotán sobre su medio hermano, Zarzoso.

Para su alivio, la batalla había terminado. Los gatos se separaron, lamiéndose las heridas y fulminándose con la mirada. Los líderes bajaron del Gran Roble y comenzaron a reunir a sus respectivos clanes.

Hojarasca Acuática se abrió paso a través de la multitud de gatos alborotados que intentaban encontrar a sus compañeros para regresar a casa. No podía marcharse sin hablar con Ala de Mariposa.

¡Paso Potente había muerto! Cuando decidió no transmitir al Clan del Río el mensaje de Arcilloso sobre la nébeda, Hojarasca Acuática se había reconfortado con la idea de que Ala de Mariposa acabaría encontrándola por su cuenta o que el veterano se recuperaría sin la ayuda de la planta. «Es culpa mía que haya muerto», pensó.

¿Y qué decir sobre el sueño de Ala de Mariposa, el de los dos guijarros en un arroyo? Si realmente Ala de Mariposa hubiera empezado a creer en el Clan Estelar y hubiera recibido señales de su parte, Arcilloso no habría tenido que acudir a Hojarasca Acuática para transmitir su mensaje. Él mismo podría habérselo dicho a Ala de Mariposa, pero no lo hizo... Y eso significaba que la curandera había mentido delante de toda la Asamblea.

Hojarasca Acuática no podía imaginarse por qué su amiga había hecho algo así. ¿Qué queja tenía de Borrascoso y Rivera como para intentar echarlos del Clan del Río? La joven recordó la tensión entre Ala de Mariposa y Alcotán, y el interés del guerrero en que su hermana hablara delante de todo el mundo. ¿Acaso todo aquello había sido idea de él? Aun así, si Alcotán había presionado a Ala de Mariposa para que mintiera, ¿por qué había aceptado ella? Su amiga era una curandera leal, incluso se había negado a hacer pasar por suyos los sueños de Hojarasca Acuática ante Estrella Leopardina, porque detestaba mentir.

Abriéndose paso con decisión entre un par de guerreros del Clan del Viento, Hojarasca Acuática vio a Ala de Mariposa agazapada en una de las raíces del Gran Roble junto con Blimosa, como si hubiera estado protegiendo a su aprendiza durante la refriega. Sin embargo, antes de que la joven curandera pudiera llegar a su lado, apareció Alcotán. El atigrado tenía el pelo revuelto, pero no parecía malherido, aunque Hojarasca Acuática lo había visto en el meollo de la pelea.

El enorme guerrero se acercó a su hermana con grandes zancadas y una furia asesina en los ojos.

—¡Serás boba! ¡Cerebro de ratón! —le espetó—. Casi lo estropeas todo.

Ala de Mariposa lanzó una rápida mirada a Blimosa.

—Ve a buscar a Vaharina —le ordenó a su aprendiza—. Dile que yo iré enseguida.

Blimosa se levantó de un salto y echó a correr, mirando nerviosa a Alcotán por encima del hombro. Hojarasca Acuática se encogió entre las sombras; odiaba espiar a su amiga, pero tenía que averiguar qué estaba pasando.

—Me has decepcionado —gruñó Alcotán—. Me prometiste que le contarías ese sueño a la Asamblea. Podríamos habernos librado de inmediato de esos intrusos sarnosos. ¡Ahora tendremos suerte si alguien te cree la próxima vez que abras la boca!

—Bueno, ¿y por qué deberían creerme? —Ala de Mariposa se levantó para encararse con su hermano, con los ojos llenos de tristeza—. Los dos sabemos que es mentira. Yo jamás he recibido sueños del Clan Estelar.

Alcotán soltó un resoplido de asco.

—Pero nadie lo sabe, ¿no? Eso es algo que queda entre tú y yo. Te habrían escuchado si no te hubieras quedado ahí, gimoteando como un cachorro. «No estoy segura... ¡Necesito una señal más clara!» —la imitó con crueldad—. Podría arrancarte la piel por esto.

—¡No me importa! —soltó Ala de Mariposa—. Me has obligado a mentir delante de toda la Asamblea. Eso es peor que perder la piel.

Hojarasca Acuática se puso tensa, flexionando las garras por si tenía que saltar en defensa de su amiga. Pero advirtió que Alcotán estaba haciendo un esfuerzo grandísimo por controlarse. El atigrado dejó que se le fuera alisando el pelo y continuó con voz más calmada.

—No era mentir, exactamente. Ya sabes que es mejor que Borrascoso se marche. Sólo yo merezco ser lugarteniente, pero, si él se queda en el Clan del Río, Vaharina lo elegirá como su sucesor.

—Borrascoso es un buen guerrero...

—¡No me digas eso! —bufó Alcotán—. Ya abandonó a su clan una vez, así que, ¿cómo sabemos que no volverá a hacerlo? Yo siempre he sido leal al Clan del Río, ¡y me merezco ser lugarteniente! Tú lo sabes, y el Clan Estelar lo sabe, de modo que, ¿por qué no asegurarnos de que todo el clan lo sepa también?

—Porque yo me debo a mi clan, no a ti —contestó Ala de Mariposa con calma.

Alcotán le enseñó los dientes.

—¡Esto no es lo que habíamos planeado! —gruñó—. Yo no te ayudé a convertirte en curandera para que me hicieras esto. ¿Qué crees que sucedería si tus adorados compañeros de clan descubrieran la verdad sobre ti?

Esta vez Ala de Mariposa sí se estremeció, dio un paso atrás y giró la cabeza. Hojarasca Acuática sintió como si hubiera metido las patas en un torrente helado y estuviera en medio de una potente corriente de miedo que podía derribarla. ¿Cómo habría ayudado Alcotán a Ala de Mariposa a ser curandera? Arcilloso la había escogido con la ayuda del Clan Estelar. ¿Cuál era «la verdad» que había obligado a Ala de Mariposa a mentir por su hermano?

De pronto, la gata miró al guerrero a los ojos.

—Haz lo que quieras, Alcotán —maulló—. He intentado ser una buena curandera y servir a mi clan lo mejor posible, pero no puedo seguir mintiendo. Ya te nombraron lugarteniente una vez, cuando los Dos Patas atraparon a Vaharina, y volverás a ser lugarteniente... si no cometes ninguna estupidez. —Y, tras una pausa, añadió más cortante—: Si cuentas la verdad sobre mí, tampoco tú parecerás tan bueno, ¿no crees?

Alcotán levantó una de sus zarpas delanteras, y Hojarasca Acuática se preparó para correr en ayuda de su amiga, pero luego el guerrero giró en redondo y se alejó. Tenía justo el mismo aspecto que su padre, Estrella de Tigre, en el sueño en que lo había visto.

Ala de Mariposa se derrumbó debajo del árbol como si hubiera perdido las fuerzas. La joven curandera se le acercó y le tocó con delicadeza el hombro con la punta de la cola. No sabía muy bien qué decir, y se preguntó si debía confesarle que había oído toda la conversación. Aún estaba intentando calibrar el alcance de lo que había descubierto. Era obvio que Alcotán sabía que su hermana no creía en el Clan Estelar, pero Hojarasca Acuática también lo sabía, y se lo había perdonado hacía mucho. Ala de Mariposa se esforzaba en ser una buena curandera, incluso sin la guía y la fuerza del Clan Estelar.

—Ala de Mariposa, soy yo —maulló con voz entrecortada—. Siento mucho que Paso Potente haya muerto.

La gata levantó la vista; sus ojos ámbar eran dos pozos de tristeza.

—Busqué y busqué nébeda, pero no conseguí encontrarla.

A la curandera del Clan del Trueno se le atascaron en la garganta las palabras de consuelo. «¡¿Cómo voy a ser la responsable de descifrar las señales de dos clanes diferentes?!»

—Hojarasca Acuática, ¿hay algo que quieras decirme?

—¡Es culpa mía! —estalló la joven—. Arcilloso vino a verme en sueños para contarme dónde podías encontrarla. Pero yo estaba cuidando de un cachorro herido y no pude escaparme para venir a visitarte. Además, no sabía si me creerías —añadió.

—Claro que te habría creído... —contestó Ala de Mariposa con voz queda—. Jamás he dudado de la fuerza de tu fe.

Hojarasca Acuática sintió una punzada de curiosidad, tan afilada como cuando una espina se clava en una pata.

—Pero, si tú no crees en el Clan Estelar, ¿cómo explicas mis sueños?

Ala de Mariposa pareció buscar una respuesta.

—Bueno, podrías saber lo de la nébeda por cualquier otro motivo. Quizá Zarzoso o Esquiruela la vieron en su primera exploración alrededor del lago y uno de ellos te lo contó, y tú habías olvidado cómo lo sabías.

Hojarasca Acuática no recordaba ninguna conversación al respecto. Además, la primera exploración del territorio nuevo se había llevado a cabo durante la estación sin hojas, cuando apenas crecía esa planta.

—No lo creo... —murmuró, incómoda.

—Yo estoy segura de que no mientes —la tranquilizó Ala de Mariposa—. Y es posible que en tus sueños recuerdes cosas que habías olvidado cuando estabas despierta. Y como tú sí crees en el Clan Estelar, interpretas como un mensaje lo que no son más que recuerdos.

Hojarasca Acuática negó con la cabeza, confundida.

—Da igual. De todas formas, será mejor que te cuente dónde está la nébeda. Ve al...

—¡Ala de Mariposa! —exclamó Estrella Leopardina desde el borde del claro—. ¿Vas a quedarte ahí cotilleando toda la noche?

—¡Voy! —respondió la curandera, levantándose de un salto—. Tengo que irme. Estrella Leopardina ya está bastante enfadada conmigo.

—¡Sigue el Sendero Atronador en dirección contraria al lago! —le gritó Hojarasca Acuática mientras la veía correr hacia la líder del Clan del Río.

Pero Ala de Mariposa no dio muestras de haberla oído antes de desaparecer en la oscuridad.

Lanzando un hondo suspiro, Hojarasca Acuática se levantó y la siguió a través del anillo de arbustos hasta llegar a la orilla del lago. Aún había gatos atravesando el árbol que hacía las veces de puente, deslizándose en la noche como si quisieran alejarse desesperadamente de aquella desastrosa Asamblea. Otros se apiñaban alrededor de las raíces, esperando su turno para cruzar.

Hojarasca Acuática fue hacia ellos, todavía preocupada por Ala de Mariposa. No había podido preguntarle a su amiga por el sueño de los guijarros ni por su enfrentamiento con Alcotán, ni había averiguado por qué éste se consideraba responsable de que su hermana fuese curandera. Quizá era mejor así; probablemente Ala de Mariposa no hubiera querido contestar a ninguna de esas preguntas.

Hojarasca Acuática miró a su alrededor buscando a sus compañeros de clan. Las nubes seguían ocultando la luna, y cuando vio un movimiento en las sombras no supo de qué gato se trataba... hasta que la envolvió un olor familiar. ¡Corvino Plumoso!

Sus patas la instaron a huir, pero el guerrero del Clan del Viento ya la había visto y se acercó a ella. Su esbelto cuerpo apenas quedaba perfilado por la tenue luz de las estrellas y su pelaje oscuro lo convertía en una sombra más.

—Hola, Corvino Plumoso —maulló Hojarasca Acuática, incómoda—. ¿Cómo van las cosas en el Clan del Viento?

—Bien —respondió él con sequedad.

La joven curandera dudaba de que eso fuera cierto. Durante la Asamblea, había quedado claro que algunos compañeros de su clan seguían reprochándole que los hubiera abandonado para irse con ella.

—Lamento que estés teniendo problemas... —empezó.

—¿Problemas? —Corvino Plumoso se encogió de hombros—. Ya te he dicho que todo va bien.

Hojarasca Acuática sintió que se le desbocaba el corazón por tenerlo tan cerca. No soportaba verlo tan irritable y tenso, pues sabía cuánto dolor estaba ocultando.

—Jamás pretendí hacerte daño... —dijo ella en un susurro.

—Elegimos ser leales a nuestros clanes —respondió Corvino Plumoso, pero, aunque habló en voz baja y firme, Hojarasca Acuática captó su sufrimiento en cada palabra—. Lo mejor es que no volvamos a vernos.

La joven sabía que tenía razón, pero el dolor la atravesó más profundamente que los dientes de un tejón. ¿Podrían siquiera ser amigos?

Corvino Plumoso le sostuvo la mirada un segundo más y luego se alejó por la orilla, en dirección a los pocos gatos que todavía aguardaban junto al árbol.

—Adiós —susurró Hojarasca Acuática, pero él no miró atrás.

—Pero ¡mira tu pobre cola! —gimió Dalia.

Bayito daba vueltas en su lecho, delante de la guarida de Hojarasca Acuática, intentando ver el muñón de su cola. No parecía que su amputación le molestara en absoluto.

—¡Ahora soy como un guerrero! —fanfarroneó—. Todos los guerreros tienen heridas. Eso demuestra lo valientes que son.

Dalia se estremeció.

—¿No puedes hacer algo? —le suplicó a Hojarasca Acuática, que contuvo un suspiro.

—Ni siquiera el Clan Estelar puede conseguir que una cola vuelva a crecer —maulló.

—Sí, ya lo sé, y te estoy muy agradecida por todo lo que has hecho. Estaba segura de que Bayito no iba a salir de ésta. Ojalá alguien pudiera meterle en la cabeza que lo que hizo fue una insensatez y que nunca debe volver a hacerlo.

—Eso ya lo sabes, ¿verdad, Bayito? —le preguntó Hojarasca Acuática.

Él dejó de dar vueltas y se quedó sentado entre los helechos mirándolas con ojos brillantes. La curandera apenas podía creer que fuese el mismo cachorro que, pocos días antes, gimoteaba de dolor y deliraba por la fiebre.

—Bueno... Sé que estuvo mal, pero es que ¡el campamento es tan aburrido...! Quiero ir a ver el lago.

—¡Si vas allí, te ahogarás! —gritó Dalia, espantada.

—Debes esperar hasta que seas aprendiz —le dijo Hojarasca Acuática—. Entonces, tu mentor te llevará por todo el territorio.

Bayito culebreó entusiasmado.

—¿Puedo convertirme en aprendiz ya? ¿Puede ser Zarzoso mi mentor?

Hojarasca Acuática reprimió un ronroneo de risa. Era estupendo comprobar que la terrible experiencia vivida por Bayito no lo había desalentado.

—No, eres demasiado pequeño —le contestó—. Y es Estrella de Fuego quien elige a los mentores.

Bayito pareció decepcionado, pero enseguida volvió a animarse.

—Entonces, ¿puedo regresar a la maternidad? Seguro que Pequeña Pinta y Ratoncillo no saben a qué jugar cuando no estoy con ellos.

Dalia suspiró.

—¿Sabes? Tiene razón —le susurró a Hojarasca Acuática—. ¡No puedes ni imaginarte lo tranquilos que estamos!

—Dentro de un día o dos —le prometió la curandera al cachorro—. Primero necesitas ponerte un poco más fuerte. Descansa, en vez de saltar todo el tiempo.

Bayito se apresuró a ovillarse entre los helechos y logró cubrirse la nariz con lo que le quedaba de cola. Miró a su madre y a Hojarasca Acuática, todavía con un brillo en los ojos.

—Muchas gracias, Hojarasca Acuática —maulló Dalia, poniéndose de pie—. El Clan del Trueno es muy afortunado al tenerte como curandera.

Y, tras despedirse, salió de la cueva y se cruzó con Centella, que traspasó la cortina de zarzas con un fardo de nébeda en la boca.

—¡Toma! —exclamó la guerrera, después de dejar las hojas junto a la entrada de la guarida de Hojarasca Acuática—. ¿No te encanta el olor de la nébeda?

La curandera asintió con un murmullo, aunque el olor le había revuelto el estómago. Pensó que aquel aroma le recordaría, el resto de su vida, el mensaje que no había transmitido al Clan del Río y la muerte de Paso Potente.

—Hojarasca Acuática —continuó Centella—, ¿te parece bien que retome mis obligaciones como guerrera? Cenizo es el único que necesita que examinen sus heridas a diario, y yo ya no tengo mucho que hacer aquí.

La joven curandera la miró sorprendida. Durante la última luna se había acostumbrado a contar con la ayuda de la gata blanca y canela. Se le hacía extraño recordar que le hubiese molestado tanto su presencia cuando Carbonilla todavía vivía, y ahora se daba cuenta de que no le gustaba nada la idea de realizar sola sus labores de curandera. Pero Centella tenía razón: ya no había motivos para alejarla de sus responsabilidades como guerrera.

—Claro —contestó—. La verdad es que te estoy muy agradecida por todo lo que has hecho.

Centella inclinó la cabeza, algo avergonzada.

—He disfrutado con la experiencia —maulló—. Y he aprendido mucho... de ti y de Carbonilla. Volveré a ayudarte siempre que me necesites.

—Gracias, Centella.

Hojarasca Acuática se quedó mirando cómo su amiga desaparecía entre las zarzas y luego recogió la nébeda para llevarla a la cueva. Sus provisiones de hierbas y bayas estaban desordenadas, de modo que se puso a organizarlas, asegurándose de que todo estuviera en su sitio.

Advirtió que algunas bayas de enebro estaban secas y comenzó a examinarlas para seleccionar las que estuvieran en buenas condiciones. Sintió una punzada de pena al recordar a Carbonilla haciendo esa misma tarea y mostrándole qué bayas se podían descartar por estar demasiado viejas. Ahora, ya ni siquiera percibía el aroma de su mentora en la guarida; el aire estaba demasiado cargado con el olor de las hierbas, el musgo y la piedra. Era como si la gata gris nunca hubiera estado allí, como si los curanderos en sí no importaran, como si sólo lo hicieran los conocimientos que se transmitían de generación en generación.

«Si eso es cierto, entonces lo que yo siento tampoco importa —se dijo Hojarasca Acuática con firmeza—. Serviré a mi clan lo mejor que pueda.»

Quizá fuera hora de entrenar a su propio aprendiz; tal vez a uno de los cachorros de Acedera, cuando fuesen lo bastante mayores. Esperó encontrar a alguien tan bueno como Blimosa, del Clan del Río. Hojarasca Acuática recordó lo útil que había resultado la pequeña cuando varios gatos de ese clan se habían intoxicado con un veneno de los Dos Patas «¿Habrá complacido al Clan Estelar la elección de aprendiza de Ala de Mariposa?», se preguntó. Estaba segura de que sí. Pero ¿cómo podría ella enseñar a Blimosa a ser una auténtica curandera si no creía en el Clan Estelar? ¿Cómo enseñaría a su aprendiza a interpretar las señales de sus antepasados si ella nunca había recibido ninguna?

Y se acordó de la amarga disputa entre su amiga y Alcotán al final de la Asamblea, la noche anterior. ¿Qué estaba pasando entre ellos?

Justo entonces, oyó un chillido de emoción a sus espaldas y advirtió que Pequeña Pinta y Ratoncillo estaban retozando delante de la guarida. Abrió la boca para decirles que no molestaran a Bayito, porque estaba durmiendo tranquilamente, pero, antes de que pudiera hablar, una mariposa entró revoloteando por encima de su cabeza y los dos cachorros llegaron saltando tras ella. Pasaron corriendo ante Hojarasca Acuática, desperdigando las bayas de enebro que la joven había seleccionado con tanto cuidado y maullando regocijados cuando la mariposa quedaba fuera de su alcance.

—¡Eh! —exclamó la curandera—. ¡Mirad por dónde vais!

Los dos cachorros la ignoraron y continuaron persiguiendo a la mariposa hacia el exterior. Con un suspiro, Hojarasca Acuática fue tras ellos para asegurarse de que no despertaran a Bayito y luego se asomó por la cortina de zarzas para comprobar que los pequeños no se habían metido en más problemas. Llegó justo a tiempo para ver cómo Pequeña Pinta y Ratoncillo perseguían a su presa tras unos espinos que crecían cerca del muro rocoso.

—¡Cachorros! —masculló.

Lo más probable es que se quedaran enganchados allí, o que incluso intentaran trepar por la pared, de modo que fue tras ellos, y, al rodear las punzantes ramas del espino, oyó un aullido triunfal.

Dentro del arbusto, los dos cachorros estaban observando a la mariposa, muerta en el suelo; una de sus brillantes alas moteadas estaba rota.

Pequeña Pinta levantó la cabeza cuando apareció Hojarasca Acuática.

—¡La he atrapado! —alardeó—. ¡Voy a ser la mejor cazadora del mundo!

La curandera sintió un hormigueo al ver el ala rota de la mariposa. De algún modo, aquello le resultaba familiar, aunque no recordaba haber observado de cerca a una mariposa muerta.

Antes de encontrar una respuesta, Ratoncillo interrumpió sus pensamientos:

—La gata parda nos ha enseñado la mariposa. Y nos ha dicho que podíamos cazarla.

Hojarasca Acuática se quedó desconcertada.

—¿Te refieres a Acedera? —Su amiga era la única gata parda del clan, y seguía en la maternidad con sus cachorros.

—No, otra gata parda —contestó Pequeña Pinta con cierto desdén, como si pensara que Hojarasca Acuática tenía el cerebro de un ratón—. Nos ha llamado desde fuera de la maternidad. Yo nunca la había visto, pero olía al Clan del Trueno.

—Y sabía nuestros nombres —añadió Ratoncillo.

Hojarasca Acuática sintió de nuevo un hormigueo por todo el cuerpo, pero esa vez mucho más intenso que antes.

—¿Dónde está ahora? —les preguntó con cautela.

Ratoncillo se encogió de hombros.

—No lo sé. Se ha ido.

Los dos cachorros ya estaban hartos de preguntas y corrieron de vuelta al claro. Hojarasca Acuática se quedó donde estaba, contemplando la mariposa mutilada. Sólo había una gata parda que pudiera haber visitado a los cachorros y desaparecido luego sin que nadie más la viera. Debía de haberlos mandado tras la mariposa por una razón, pero ¿cuál? «Jaspeada, ¿qué intentas decirme?» Tocó los restos de la mariposa, ensartando el ala rota con una uña. El ala de una mariposa... ¡Ala de Mariposa!

Paralizada y con los ojos desorbitados, Hojarasca Acuática vio cómo se desarrollaba una escena en su mente: Alcotán, con un ala de mariposa clavada en una garra, se desliza entre las sombras por el viejo campamento del Clan del Río y, con cuidado, la deposita delante de la guarida de Arcilloso. Hojarasca Acuática se estremeció. El Clan del Río había aceptado que el viejo curandero escogiera a Ala de Mariposa como aprendiza... ¡porque había encontrado un ala de mariposa en la entrada de su guarida! Arcilloso lo había tomado como una señal de que el Clan Estelar aprobaba su elección... pero ¿Alcotán habría dejado allí el ala a propósito?

La joven curandera estaba segura de que Ala de Mariposa no había sabido que la señal era falsa hasta mucho después. Aún recordaba el asombro en los ojos de su amiga al contarle lo del ala de mariposa. Debió de quedarse destrozada cuando su hermano le contó la verdad, pero su compromiso de servir a su clan como curandera la habría obligado a guardar el secreto.

Hojarasca Acuática sacudió la zarpa para librarse del ala de mariposa. Quería creer que estaba equivocada, que nadie haría algo tan espantoso, ni siquiera Alcotán. Pero no podía obviar lo que Jaspeada había querido comunicarle; a partir de aquella revelación, se entendía perfectamente todo lo que había permanecido en la sombra hasta ese momento.

En la Asamblea, Alcotán había amenazado a Ala de Mariposa con revelar el secreto y había dicho que la había ayudado a convertirse en la curandera del clan. Era evidente que estaba utilizando ese secreto contra ella, obligándola a inventarse mensajes del Clan Estelar para que él pudiera adquirir más poder en el Clan del Río.

La joven curandera siempre había dudado de que Alcotán fuera digno de confianza, pero ahora ya no quedaba lugar para las dudas. Arañó la tierra. ¡Ojalá pudiera clavar sus garras en el pellejo de Alcotán! Aunque estaba claro que pelear con él no resolvería nada... La joven se planteó desafiarlo en la Asamblea, pero sabía que eso tampoco funcionaría. Al fin y al cabo, no tenía pruebas. Y acusarlo a él implicaría también denunciar a su amiga. Si el Clan del Río se enteraba de que la señal del ala de mariposa había sido falsa, ¿permitirían que la joven siguiera siendo su curandera?

«Jaspeada, muéstrame qué hacer. Sin duda me has contado esto por alguna razón.»

Entonces se acordó de Blimosa. La aprendiza debía de creer en el Clan Estelar, como todos los gatos que nacían en un clan. Quizá ella podría sustituir a Ala de Mariposa en las obligaciones relacionadas con el Clan Estelar. Y si Ala de Mariposa llegaba a conocer esa posibilidad, tal vez se sentiría más fuerte para plantar cara a su cruel hermano. Blimosa no podría solucionar el problema por completo, pero podría ayudar.

«Aun así, ¿cómo se lo enseño yo? —se preguntó la joven—. Blimosa es la aprendiza de Ala de Mariposa, no la mía. ¿Cómo puede aprender lo necesario sobre el Clan Estelar cuando su mentora no cree en él?»

13

Los helechos rozaban a Zarzoso mientras corría a través del bosque de las sombras, hacia su encuentro con Estrella de Tigre. Ahora que su hombro se había curado completamente, se sentía lleno de fuerza y estaba ansioso por mostrar sus habilidades de lucha a su padre y a su hermano. Estaba convencido de que Estrella de Tigre se pondría contento al oír lo que tenía que contarle.

Cuando ya estaba cerca del claro, frenó en seco bajo la sombra de un espino. Su padre, sentado en la roca del centro, hablaba con una esbelta guerrera parda.

«¡Trigueña! ¿Qué está haciendo ella aquí?»

La curiosidad le atenazó el corazón. Con la barriga casi tocando el suelo, rodeó el claro hasta aproximarse a la roca, oculto por una mata de larga hierba. Aguzó el oído y distinguió las voces de los dos gatos.

—Ya te lo he dicho muchas veces —espetó Trigueña—. No quiero formar parte de tus ambiciones. Tengo mis propios planes.

Zarzoso se puso tenso. ¡Nadie le hablaba así a Estrella de Tigre!

Sin embargo, el enorme atigrado no se mostró enfadado. En vez de eso, respondió con tono complacido:

—Tienes carácter, Trigueña, como yo, y eres una guerrera valiente, pero hay ocasiones en las que el carácter se convierte en insensatez. No rechaces lo que te ofrezco. Puedo convertirte en líder.

—¡Cagarrutas de zorro! —gruñó Trigueña—. Soy un miembro leal del Clan de la Sombra. Si alguna vez me nombran lugarteniente o líder, será porque me lo habré ganado sola... y porque mis compañeros de clan así lo desean. Estás interpretando el código guerrero a tu antojo para obtener lo que ansías, igual que hacías cuando estabas vivo.

Estrella de Tigre soltó un gruñido. A Zarzoso, después de captar el destello de unas garras desenvainadas, se le desbocó el corazón de miedo por su hermana.

No obstante, Trigueña mantuvo la cabeza bien alta.

—No me asustas —maulló con calma—. Y no quiero nada de lo que tú puedas darme.

Dicho eso, se volvió en redondo, cruzó el claro a grandes zancadas y fue directa hacia la mata de hierba tras la que se ocultaba su hermano.

La guerrera soltó un bufido de sorpresa.

—¿Qué estás haciendo aquí?

—Yo podría preguntarte lo mismo —contestó Zarzoso, mirando entre la hierba para comprobar que Estrella de Tigre no lo había visto.

Para su alivio, el enorme atigrado se había dado la vuelta.

Trigueña miró a su hermano con frialdad.

—Tú ya habías estado aquí, ¿verdad? —le preguntó—. Crees que Estrella de Tigre puede darte poder. ¿Es que tienes vilano de cardo por cerebro? Ya sabes de lo que fue capaz cuando estaba vivo.

—Eso ocurrió entonces. —Zarzoso agitó las orejas, incómodo—. Ahora sólo está ayudándonos a convertirnos en buenos guerreros, a mí y a Alcotán. Entrenamos juntos. Estrella de Tigre nos enseña cosas.

—¡Seguro que sí! —Trigueña soltó un resoplido de desprecio—. Zarzoso, piensa un poco, ¿quieres? Tú ya eres un gato extraordinario; eres valiente y leal, y posees unas magníficas habilidades guerreras. ¿Para qué necesitas a Estrella de Tigre? —Sin darle tiempo a responder, continuó—: Tú y yo pasamos mucho tiempo intentando liberarnos del legado de nuestro padre. Cuando éramos cachorros en el Clan del Trueno, la mayoría de los gatos desconfiaban de nosotros. ¡Por el Clan Estelar, si ni siquiera el líder del clan se fiaba! Por eso me marché y me uní al Clan de la Sombra. Estrella de Tigre me acogió de buen grado, pero luego vi cómo era su liderazgo ¡y me alegré cuando Azote lo mató! No quiero ni una parte de su sangre. Me ha ido bien sin él, y a ti también.

—Quizá —maulló Zarzoso a la defensiva—. Pero él murió antes de que yo tuviera la oportunidad de conocerlo. A lo mejor la tengo ahora...

Su hermana entornó los ojos.

—Eso no es lo que está ocurriendo aquí, y lo sabes. —Soltó un suspiro, en parte porque estaba cansada y en parte porque aquello la exasperaba—. Zarzoso, creo que serías un líder fantástico, pero sólo si lo consigues por la vía correcta. —Le tocó la oreja con el hocico a modo de despedida, y con voz más cariñosa, añadió—: Piénsalo, cerebro de ratón.

El atigrado se quedó mirando cómo su hermana se alejaba. Se preguntó si Estrella de Tigre habría convocado a su otra hija, Ala de Mariposa, para que se reuniera con él. Lo dudaba. Ala de Mariposa era curandera, y todos sus sueños estarían ocupados por el Clan Estelar. Además, los curanderos no podían liderar a sus clanes; sus pasos seguían otro camino.

Una parte de Zarzoso quería hacer caso a Trigueña. Sabía que Esquiruela diría lo mismo si supiera lo de los encuentros. Pero luego se dijo que no tenía nada de malo aceptar la ayuda de su padre. Todos los guerreros deseaban liderar su clan algún día. Y si los antepasados del Clan Estelar aprobaban su relación con Esquiruela, eso tenía que significar que también conocían sus ambiciones. Acalló a la vocecilla de su conciencia y entró en el claro para ir al encuentro de Estrella de Tigre.

• • •

Zarzoso se despertó sobresaltado al oír un penetrante grito fuera de la guarida de los guerreros. Se levantó de un salto, con el pelo del cuello erizado.

—Eh, tranquilízate —le dijo Zancudo desde su lecho musgoso—. Sólo es Fronda. Estaba aquí hace un momento, buscando a la minina del cercado de los caballos.

—¿Dalia? ¿Ha desaparecido?

—Bueno, Fronda dice que no está en la maternidad —le explicó el guerrero—. Pero debe de estar por aquí. Ella sería la última en irse a pasear por el bosque. ¡Si apenas ha salido de la hondonada rocosa desde el ataque de los tejones!

Aquello era cierto, y por eso resultaba aún más inquietante. Zarzoso salió de la guarida de los guerreros y vio a Fronda plantada en mitad del claro, con Nimbo Blanco a su lado.

El gato blanco le acariciaba torpemente el hombro con la cola, intentando calmarla.

—Dalia no puede haber ido muy lejos —la consoló—. Recuerda lo asustada que estaba cuando Bayito se escapó.

—Pero los cachorros también se han ido —señaló Fronda, desesperada—. Debe de habérselos llevado por alguna razón.

Mientras Zarzoso se acercaba a ellos, se oyó otro aullido a sus espaldas. Acedera salió corriendo de la guarida de los aprendices.

—Zarpa Candeal y Betulo tampoco los han visto —resolló la reina—. No creo que estén en el campamento.

Zarzoso se quedó pensando un momento. El sol apenas había rebasado la copa de los árboles. Si Dalia había abandonado el campamento, debía de haberlo hecho al romper el alba. ¿Qué podía ser tan importante como para arrastrarla al bosque, cuando le daba tanto miedo todo lo que ella creía que acechaba allí?

—¿Qué ha ocurrido? —le preguntó a Fronda.

La gata gris tenía los ojos dilatados de angustia.

—He ido a la maternidad con algo de carne fresca para Dalia y Acedera —respondió—. Su lecho seguía caliente, pero ella y sus cachorros no estaban.

—Los hemos buscado por todo el campamento —añadió Acedera, sacudiendo la cola—. Tendremos que mandar patrullas en su busca.

—De acuerdo, pero tú no irás —le dijo Fronda, restregando el hocico contra su hombro—. Tienes que quedarte con tus cachorros.

—Fronde Dorado está con ellos —maulló Acedera—. Yo quiero ayudar en la búsqueda de Dalia.

—Sí, pero...

Fronda se interrumpió cuando un destello de pelaje rojo anunció la aparición de Estrella de Fuego. El líder del clan bajó de su guarida por las rocas caídas y cruzó el claro hasta ellos.

—¿Qué está pasando aquí?

Fronda se lo explicó. Antes de que la gata terminara, Zarzoso vio que Manto Polvoroso llegaba por el túnel de espinos, a la cabeza de la patrulla del alba, ya de regreso. Esquiruela, Tormenta de Arena y Centella iban con él.

Zarzoso les hizo una seña con la cola para que se acercaran.

—¿Alguno ha visto a Dalia mientras patrullabais?

—Sí, ha salido del campamento justo detrás de nosotros —contestó Manto Polvoroso, con cara de desconcierto—. ¿Por qué...? ¿Hay algún problema?

—¡Se ha marchado! —Fronda se le encaró—. ¿Por qué no la has detenido?

—¡Por el Clan Estelar! —bufó Manto Polvoroso—. Pensaba que iba a hacer sus necesidades. ¿Por qué debería haberla detenido?

—¿Sus cachorros estaban con ella? —le preguntó Nimbo Blanco.

—No me he dado cuenta —contestó el guerrero.

—Yo sí —dijo Tormenta de Arena—. La seguían.

—Y Bayito iba quejándose por algo —añadió Esquiruela—, pero no me he parado a escuchar.

—Pues está claro lo que ha sucedido —anunció Estrella de Fuego con profunda preocupación, y todos se volvieron hacia él—. Dalia llevaba tiempo hablando de regresar al cercado de los caballos con sus hijos. Que Bayito quedara atrapado en la trampa para zorros habrá acabado de convencerla. En cuanto el pequeño ha estado en condiciones de viajar, se ha ido.

—¡No! —Nimbo Blanco sonó indignado—. Después del ataque de los tejones, le prometí que el clan cuidaría de ella.

—Sí, y poco después su cachorro perdió media cola en una trampa para zorros —le recordó Estrella de Fuego—. Lo lamento, Nimbo Blanco. Sé que has hecho todo lo que has podido. —Sus ojos verdes parecían apenados—. Durante un tiempo, pensé de verdad que iba a funcionar. Sus hijos estaban adaptándose muy bien. —Agitó las orejas—. Será mejor que se lo cuente al clan.

Y corrió hacia las rocas que había debajo de la Cornisa Alta. Nimbo Blanco y Zarzoso intercambiaron una mirada; los ojos azules del primero brillaban de rabia.

—¿Y ya está? —preguntó—. ¿Estrella de Fuego no va a hacer nada para encontrar a Dalia?

La voz del líder del clan se oyó en el claro antes de que Zarzoso pudiera responder.

—Que todos los gatos lo bastante mayores para cazar sus propias presas se reúnan bajo la Cornisa Alta para una reunión de clan.

Zarzoso esperó, escondiendo y enseñando las garras, mientras el resto del clan salía de sus guaridas. Hojarasca Acuática apareció por detrás de su cortina de zarzas. Centella corrió hacia ella y comenzó a contarle en voz baja lo que estaba pasando. Musaraña y Flor Dorada salieron de debajo del avellano, flanqueando a Rabo Largo. Los ojos de Musaraña relucían con curiosidad mientras buscaban un lugar cerca del muro en el que sentarse.

Al oír el aullido de Estrella de Fuego, Fronde Dorado se asomó desde la maternidad y luego se acercó a Acedera.

—Pero ¿qué haces? —la riñó, cubriéndole las orejas de lametazos nerviosos—. ¡Mírate, estás temblando de cansancio! No deberías agotarte de esta manera.

La reina se recostó sobre él, y Zarzoso vio cómo temblaba, aunque no sabía si era de cansancio o de tristeza por la pérdida de Dalia.

—No he logrado encontrarla... —dijo Acedera con voz queda—. Debe de haber vuelto al cercado de los caballos.

—Entonces, no hay nada más que puedas hacer —le dijo Fronde Dorado—. Regresa a la maternidad. Los cachorros están maullando como locos. Tienen hambre, ¡y yo no puedo alimentarlos!

—¿Por qué no me lo has dicho?

Acedera lo rodeó y corrió hacia la maternidad con la cola bien alta, como si de repente se hubiera olvidado del cansancio.

Esquiruela se separó de Tormenta de Arena y Manto Polvoroso para reunirse con Zarzoso.

—Ojalá hubiera detenido a Dalia esta mañana. A lo mejor la habría convencido de que se quedara.

—No es culpa tuya —murmuró el atigrado, conteniendo su propia decepción.

Siempre había dudado de que Dalia tuviera madera de auténtica gata de clan, pero la pérdida de sus cachorros era una catástrofe. «¿Y qué hay de mi aprendiz?» Por lo que había dicho Esquiruela, parecía que Bayito no quería marcharse. Eso demostraba el carácter del pequeño; gracias a Dalia, el clan había perdido a un buen guerrero.

—Dalia debe de haber decidido que ella y sus hijos pertenecen al cercado de los caballos —estaba explicando Estrella de Fuego—. Todos los echaremos de menos, pero tenemos que respetar su deseo de marcharse.

—¡Eso es una estupidez! —estalló Nimbo Blanco.

Estrella de Fuego se quedó mirándolo, agitando la punta de la cola, pero el guerrero no pareció preocupado por haberle faltado al respeto a su líder.

—Dalia no está más segura en el cercado de los caballos que aquí —protestó—. Para empezar, vino al bosque porque temía que los Dos Patas se llevaran a sus hijos. Además, no ha habido ni rastro de tejones en el territorio desde el ataque. Creo que deberíamos ir a buscarla y traerla de vuelta.

Esquiruela soltó un débil bufido.

—Mira a Centella —le dijo a Zarzoso en voz baja, señalando con la cola a la gata desfigurada—. Seguro que ella no quiere que Dalia vuelva.

El guerrero la miró. Esquiruela tenía razón. La expresión de Centella era una mezcla de furia y dolor.

—Nimbo Blanco —empezó Estrella de Fuego—, no podemos obligar a Dalia a nada. Ella...

—Por lo menos deberíamos ir a hablar con ella —lo interrumpió el guerrero blanco—. Así podríamos comprobar que ha llegado sana y salva.

—Estoy de acuerdo —maulló Zarzoso, dando un paso adelante para colocarse al lado de Nimbo Blanco. Sabía que, si no hacía un esfuerzo para recuperar a Bayito, lo lamentaría toda su vida—. Si te parece bien, Estrella de Fuego, iré con Nimbo Blanco.

Esquiruela agitó los bigotes, sorprendida.

—Creo recordar a un gato que hizo ciertos comentarios desagradables cuando los mininos se unieron al clan.

Zarzoso sintió que una oleada de vergüenza lo invadía.

—Sí, bueno, lamento mucho lo que dije entonces —contestó—. Pero el Clan del Trueno necesita más cachorros, y los de Dalia serían buenos guerreros.

—Muy bien —sentenció Estrella de Fuego—. Podéis ir, pero si Dalia dice que quiere quedarse donde está, regresad directamente y dejadla en paz. Es mejor que esperéis hasta la puesta de sol —añadió—. Habrá muchos menos Dos Patas por los alrededores.

—¡Genial! —Nimbo Blanco alzó la cola, encantado.

Zarzoso volvió a mirar a Centella, a tiempo de ver cómo desaparecía en la guarida de Hojarasca Acuática.

El sol estaba descendiendo sobre el lago, volviendo el agua rojiza, cuando Zarzoso y Nimbo Blanco llegaron a la orilla. El pinar del territorio del Clan de la Sombra era un contorno negro que contrastaba contra un cielo del color de la sangre. Zarzoso deseó que aquello no fuera un mal presagio para su viaje al cercado de los caballos.

Atravesaron el territorio del Clan del Viento a toda prisa, manteniéndose a un máximo de dos colas de distancia del borde del agua. Zarzoso percibió el olor de una patrulla, pero, mientras el sol se deslizaba por detrás de los árboles, las lomas del páramo iban quedando sumidas en las sombras y no parecía haber ningún gato cerca.

Estaba anocheciendo cuando llegaron al cercado de los caballos, y las nubes habían llenado el cielo ocultando la luna. Nimbo Blanco se detuvo a saborear el aire, y Zarzoso se asomó por la valla de los Dos Patas. En el extremo más alejado del campo se alzaba la casa, una mole oscura con una luz amarilla. El atigrado deseó no tener que aproximarse demasiado.

Mucho más cerca había otro edificio más pequeño, sin luces a la vista. Zarzoso recordó haber pasado ante él de día y haber pensado que se parecía un poco al granero en el que vivían Cuervo y Centeno.

—¿Ahí, quizá? —le sugirió a Nimbo Blanco, señalando con la cola.

—Sí. Dalia dijo que vivían en un granero —contestó su compañero—. Adelante.

Se pegó al suelo para colarse por debajo de la valla, y Zarzoso lo siguió, sintiendo un hormigueo al entrar en aquel extraño territorio de los Dos Patas. Iba siguiendo la mancha blanca de Nimbo Blanco en la creciente oscuridad, cuando de pronto se quedó paralizado al oír el estridente relincho de un caballo. Un segundo después, el suelo se estremeció con el retumbo de sus enormes pezuñas.

Intentando no dejarse llevar por el pánico, Zarzoso miró de un lado a otro para ver de dónde procedía el ruido. Entonces, de la oscuridad surgieron dos caballos que pasaron muy cerca de él, en un remolino de crines relucientes y cascos brillantes. Tenían los ojos en blanco; algo los había asustado y se habían desbocado.

Nimbo Blanco echó a correr con un aullido de pavor, y Zarzoso salió disparado tras él.

—¡No! ¡Por aquí! ¡No nos separemos!

Ya no estaba seguro de dónde se encontraba el granero. Los caballos habían vuelto a desaparecer en la noche, pero Zarzoso aún oía el estruendo de sus cascos. Nimbo Blanco y él podrían haberse cruzado directamente con ellos y haber sido arrollados a su paso.

Entonces vio una silueta que corría a través del campo. Se trataba de Humazo, el gato del cercado de los caballos, el padre de los hijos de Dalia.

—¡Seguidme! —exclamó Humazo resollando, tras frenar en seco y volverse en redondo para regresar por donde había llegado—. ¡Rápido!

Zarzoso y Nimbo Blanco corrieron tras él. El atigrado vislumbró de nuevo a los caballos, que pasaron de largo con las crines al viento. Cuando volvieron a desaparecer en las sombras, Humazo aminoró el ritmo mientras los guiaba al granero.

—Entrad —ordenó.

El granero estaba construido con piedras apiladas y tenía una puerta hecha con listones de madera. En la parte inferior de la puerta había un agujero estrecho y Humazo se coló hacia el interior, seguido de Nimbo Blanco. Zarzoso fue tras ellos, aunque le costó pasar por aquel hueco tan pequeño. Una vez dentro, se detuvo un instante para recuperar el aliento y que el pelo se le alisara de nuevo.

El granero estaba casi a oscuras. Era más pequeño que el hogar de Cuervo, pero Zarzoso distinguió los montones típicos de paja y heno. Su aroma colmaba el aire, junto con el de ratones y gatos. El guerrero sintió un gran alivio al detectar el familiar olor de Dalia y sus tres cachorros; al menos habían llegado hasta allí sanos y salvos.

—Bueno, jamás habríamos esperado veros por aquí —maulló Humazo.

—¿Qué andáis buscando? —Una gata había aparecido junto a Humazo y observaba con curiosidad a los dos guerreros del bosque. Su pelo era muy parecido al de Dalia, y Zarzoso se preguntó si serían hermanas.

—Ésta es Pelusa —les dijo Humazo.

—Yo soy Nimbo Blanco y él es Zarzoso —respondió el gato blanco, señalando con la cola a su compañero—. Hemos venido a ver a Dalia...

Se interrumpió al oír unas sonoras pisadas delante del granero. Cuando la puerta se abrió, a Zarzoso se le aceleró el corazón de nuevo. ¡Dos Patas! Él y Nimbo Blanco intercambiaron una mirada y corrieron a refugiarse entre las balas de paja.

Mientras metía la punta de la cola en un espacio apenas suficiente para albergarlo, Zarzoso oyó un maullido risueño de Humazo.

—No tenéis por qué esconderos. Sólo es un Pelado.

El atigrado consiguió darse la vuelta en aquel angosto escondrijo para poder asomarse. Al principio casi no vio nada, porque una luz amarilla brillante le dio directamente en los ojos. Luego el rayo se desvió, y entonces comprendió que la oscura figura del Pelado llevaba la luz en su zarpa. Con la otra sujetaba un cuenco como los que él había visto en una casa de los Dos Patas durante el viaje al lugar donde se ahoga el sol. El tipo sacudió el cuenco, y algo repiqueteó en su interior. Entonces oyó que Pelusa exclamaba:

—¡La comida! Justo a tiempo.

El Dos Patas dejó el cuenco en el suelo, delante de los dos mininos, y salió de nuevo, llevándose con él la cegadora luz.

En cuanto se cerró la puerta, Zarzoso abandonó su escondite un poco avergonzado. Humazo se volvió hacia los guerreros, mientras Pelusa hundía la cara en el cuenco de comida.

—¿Habéis venido a ver a Dalia? —Su voz delataba sorpresa—. No creía que quisierais volver a verla, después de su marcha.

—La apreciamos mucho —dijo Nimbo Blanco.

—Sí, queríamos asegurarnos de que ella y sus hijos estaban bien —añadió Zarzoso.

Antes de que hubiera terminado de hablar, brotaron gritos de alegría del extremo más alejado del granero. Los tres hijos de Dalia aparecieron a toda prisa, locos de emoción, y se abalanzaron sobre Nimbo Blanco y Zarzoso.

—¡Habéis venido, habéis venido! —gritó Bayito—. Estaba seguro de que vendríais.

Se agazapó delante de Zarzoso, ahuecando el pelo, enseñando los dientes y simulando un gruñido.

—De camino aquí perseguí a un ratón —fanfarroneó.

—¿Y lo cazaste? —le preguntó Zarzoso.

Bayito se mostró alicaído.

—No.

—No importa; la próxima vez lo conseguirás.

El pequeño se animó de nuevo y meneó su cola mutilada.

—¡Voy a cazar a todos los ratones de este granero!

—¡Deja unos cuantos para nosotros! —protestó Pequeña Pinta. Había embestido a Nimbo Blanco y lo había derribado, y ahora estaba trepando por él—. Nosotros también queremos cazar ratones. Queremos ser aprendices como Betulo y Zarpa Candeal.

—¿Ya son guerreros? —preguntó Ratoncillo.

—¡Guerreros! —Nimbo Blanco ronroneó de risa—. ¡Venga ya! Pero si sólo lleváis un día fuera.

—¡Pues parece que sean lunas! —se lamentó Bayito—. Este sitio es de lo más aburrido.

—Pero es seguro —apostilló una voz.

Al levantar la vista, Zarzoso descubrió a Dalia. La gata le dio un golpecito con la cola a Pequeña Pinta.

—¡Baja de una vez! —la reprendió—. ¿Ésa es forma de mostrar respeto a un guerrero?

La cachorrita saltó al suelo, y Nimbo Blanco se puso en pie sacudiéndose trocitos de paja del pelo.

—Hola, Dalia —saludó el guerrero.

La gata, a un par de colas de distancia, le sostuvo la mirada con firmeza.

—Sé por qué estáis aquí. Por favor, no me pidáis que regrese al bosque; he tomado una decisión.

—Pero todo el mundo te echa de menos, a ti y a tus hijos —maulló Nimbo Blanco—. El Clan del Trueno necesita nuevos guerreros. Y tú sabes que haremos todo lo posible para que os sintáis como en casa.

—¡Nosotros queremos volver! —reclamó Bayito, tocando a su madre con una zarpa.

Pequeña Pinta y Ratoncillo lo secundaron con grititos.

Dalia negó con la cabeza.

—No, no sabéis lo que decís. Sois demasiado pequeños para comprenderlo.

—Yo no creo que eso sea cierto —intervino Zarzoso—. Cuando llevaste a tus hijos al bosque, eran tan pequeños que ahora apenas recuerdan nada de este sitio. Lo único que conocen es su vida en el campamento. Son casi nativos de clan, como los demás guerreros. Por supuesto que quieren volver.

Dalia soltó un largo suspiro.

—Es imposible que funcione. Yo siempre he vivido cerca de los Pelados. Estoy acostumbrada a que me den comida a diario y a tener un techo sobre la cabeza. Los guerreros despreciáis esta clase de vida.

—A ti no te despreciamos, Dalia —le aseguró Nimbo Blanco con voz queda.

—Pero ¡en el bosque es todo tan extraño...! —exclamó ella—. No entiendo ni la mitad de ese código guerrero vuestro. Siento que jamás llegaré a pertenecer a ese mundo.

Sus ojos, clavados en Nimbo Blanco, estaban llenos de tristeza. Zarzoso lo comprendió todo de golpe, como si un rayo lo hubiera atravesado. ¡Dalia estaba enamorada del guerrero blanco! Y debía de saber que, para él, jamás habría ninguna otra gata aparte de Centella. Soltó un ronroneo compasivo. A lo mejor Dalia había tomado la mejor decisión al marcharse. Debía de dolerle mucho ver a Nimbo Blanco a diario y saber que nunca sería nada más que un amigo.

Su compañero de clan no parecía advertir los intensos sentimientos de Dalia.

—Sigo pensando que deberías regresar —insistió—. Siempre habrá un sitio para ti. Y todos te echan de menos. Sé que Centella te añora.

Dalia esbozó una mueca. Zarzoso pensó que Nimbo Blanco estaba siendo un poco optimista al mencionar a Centella.

—Pero allí soy una completa inútil —maulló la gata—. Siento como si todos los miembros del clan estuvieran hartos de cuidar de mí.

—Eso no es verdad —trató de tranquilizarla Zarzoso—. Has ayudado a Acedera con sus cachorros, ¿no?

—No te preocupes. Yo cuidaré de ti y te protegeré de los tejones. Y también te enseñaré el código guerrero —le prometió Bayito a su madre, agitando el extremo de su corta cola—. Cuando sea aprendiz, te explicaré todo lo que me enseñe mi mentor.

—Y yo también —se sumó Pequeña Pinta—. ¡Por favor, llévanos de vuelta al campamento! Queremos ser guerreros y cazar nuestras propias presas. No nos gusta esa asquerosa comida de los Dos Patas.

Ratoncillo sacó sus diminutas garras.

—Queremos aprender a pelear.

Humazo, que había estado escuchando en silencio, se acercó a Dalia y restregó el hocico contra el suyo.

—Quizá deberías irte —maulló.

Dalia se volvió hacia él, mirándolo sin entender su reacción y algo dolida.

—Creía que me echabas de menos.

—Así es. Os echaba de menos a todos. Pero es evidente que nuestros hijos no van a acostumbrarse a esta vida. Desde que pisaron el granero, no han hecho otra cosa que hablar del bosque. —El gato blanco y gris le dedicó un guiño afectuoso—. Siempre puedes regresar cuando ellos ya sean adultos.

—O tú podrías venir también al bosque —le propuso Nimbo Blanco.

Zarzoso se estremeció, sorprendido por la oferta de su compañero.

—¡Yo! —Humazo lo miró con los ojos abiertos de par en par—. ¿Vivir a la intemperie, bajo la lluvia, y tener que cazar cada bocado de comida? ¡No, gracias! Además —añadió—, a mí me parece que sois demasiados. Nunca me acordaría de todos los nombres. —Lanzó una mirada a la otra gata, que había terminado de comer y estaba lavándose la cara con una zarpa—. Y no estaría bien que dejara sola a Pelusa.

Bayito volvió a darle un toquecito a su madre.

—¿Podemos volver? ¿Podemos volver?

Dalia miró a sus hijos.

—¿De verdad queréis vivir a la intemperie, con frío y humedad, sin comida decente y en un bosque lleno de trampas y tejones?

—¡Sí! —Los tres cachorros se pusieron a dar saltos, con los ojos centelleantes de emoción—. ¡Sí! ¡Sí!

—Bueno, supongo...

Bayito soltó un aullido de triunfo. Él y sus hermanos empezaron a correr en círculo, con la cola muy erguida.

—¡Vamos a volver al bosque! ¡Vamos a volver al bosque!

—¡Es genial! —Nimbo Blanco parecía casi tan contento como los gatitos—. Estos tres pequeños son justo lo que necesita el Clan del Trueno. Algún día serán grandes guerreros.

Zarzoso captó un destello de dolor en los ojos de Dalia. Nimbo Blanco parecía alegrarse más por el regreso de los cachorros que por el de la madre.

El atigrado tocó a la minina con la cola.

—Fronda y Acedera estarán encantadas de verte de nuevo —maulló—. Se disgustaron muchísimo al descubrir que te habías ido.

Dalia lo miró con un tenue y profundo brillo en los ojos.

—Son muy buenas amigas —murmuró.

—¿Cuándo podemos irnos? —quiso saber Bayito, deteniéndose delante de su madre—. ¿Ahora?

—No, ahora no —se adelantó a responder Nimbo Blanco—. Ahí fuera está oscuro. Nos iremos por la mañana.

—Podéis pasar la noche aquí —los invitó Humazo, y señaló el cuenco de comida—. Servíos vosotros mismos.

—Vale, gracias —dijo Nimbo Blanco, que a continuación fue hacia el cuenco y metió el hocico en él.

Zarzoso recordó haber oído que el guerrero blanco solía escabullirse del campamento para comerse lo que le daban los Dos Patas, hasta que lo hicieron prisionero y lo encerraron en su casa. Pudo regresar al Clan del Trueno después de que Estrella de Fuego lo rescatara, pero era obvio que aún le gustaba la comida para mascotas.

—Para mí, no, gracias —le dijo a Humazo, inclinando la cabeza con educación—. Yo prefiero cazar mi comida.

—Enséñanos cómo —le pidió Bayito.

—¿Podemos mirar? —preguntó Ratoncillo al mismo tiempo.

—No aprenderéis a cazar hasta que seáis aprendices —les respondió Zarzoso—, pero podéis mirar si queréis.

Los tres cachorros se sentaron juntos, observándolo con emoción mientras él saboreaba el aire. Ahora que estaban callados, todo el granero pareció llenarse con los correteos y chillidos de los ratones. Zarzoso no tardó en localizar a uno bien rollizo que mordisqueaba una semilla al pie de un montón de balas de paja. Muy sigilosamente, sin permitir que sus garras arañaran el suelo de piedra, avanzó hacia él. «No puedo permitirme perder a este ratón», pensó al saltar sobre la presa y darle un mordisco en el cuello.

Los cachorros soltaron un grito de emoción cuando regresó con la pieza en la boca. Bayito adoptó la postura del cazador, balanceando las ancas como lo había hecho Zarzoso. Lo hizo casi a la perfección. «Será un cazador magnífico», se dijo el guerrero.

—Tomad —maulló tras dejar el ratón delante de los tres hermanos—. Compartid esta presa si a vuestra madre le parece bien. Yo cazaré otra.

Dalia accedió y meneó levemente la cabeza cuando vio cómo sus hijos devoraban la carne fresca. Al cabo de un instante, dio media vuelta y se reunió con Nimbo Blanco en el cuenco de la comida.

Zarzoso no tardó en atrapar a un segundo ratón. Para cuando terminó de comer, Dalia ya había desaparecido entre la paja con sus tres hijos. Nimbo Blanco fue sacando rígidos tallos de una bala de paja, hasta conseguir los suficientes para hacerse un lecho.

—Estoy deseando regresar al campamento —dijo—. Esta cosa no es ni de lejos tan cómoda como el musgo.

Zarzoso le dio la razón mientras se preparaba el suyo. La paja se le clavaba, y no impedía que notara el frío que subía del suelo de piedra. Se ovilló, tapándose la nariz con la cola, y añoró la guarida de los guerreros, caldeada con la respiración de sus compañeros de clan. Y por encima de todo añoraba a Esquiruela, su dulce aroma y el contacto de su suave pelo. Tardó mucho en quedarse dormido, pero en el cercado de los caballos, lejos de su clan, ningún sueño lo perturbó.

14

Hojarasca Acuática se ovilló en su lecho de musgo y hojas, pero pasó mucho rato dando vueltas y sintiendo como si le corrieran hormigas por la piel antes de conseguir dormirse. ¿Cómo podía ponerse en contacto con Blimosa para hablarle del Clan Estelar?

Cuando por fin cayó dormida, abrió los ojos y se encontró en lo alto de una loma que daba al lago, no muy lejos de donde había visto a Zarzoso mirando al otro lado del agua. Esa noche no había ni rastro del guerrero atigrado. En cambio, al avanzar entre la larga hierba contorneada de plata, Hojarasca Acuática vio a otra gata esperándola junto al lago, contemplando el agua; el fulgor escarchado del Clan Estelar relucía en su pelaje.

«¿Jaspeada?» La joven curandera apretó el paso y acabó corriendo entre la vegetación hasta llegar a la orilla. Al acercarse a ella, vio a la guerrera estelar con más claridad y se dio cuenta de que era Plumosa, la hermana de Borrascoso, que había muerto en las montañas durante el camino de vuelta del lugar donde se ahoga el sol.

La hermosa atigrada de pelaje plateado le dio la bienvenida con un ronroneo.

—Esperaba que vinieras, Hojarasca Acuática —maulló—. Tú y yo tenemos algo que hacer esta noche.

—¿De qué se trata? —preguntó ella, con un cosquilleo de emoción.

—El Clan Estelar quiere que te ayude a visitar a Blimosa en sus sueños.

La joven curandera se quedó mirándola, atónita. Los curanderos tenían sus propios sueños con el Clan Estelar, pero jamás aparecían en los de los demás. Había dado por hecho que la única manera de verse con Blimosa era en el mundo diurno.

—¿Eso se puede hacer?

—Sí, pero sólo en casos excepcionales y en momentos de gran necesidad. Sígueme.

Plumosa se puso en pie, rozó levemente el hocico de Hojarasca Acuática con el suyo y se alejó por la orilla. La joven curandera corrió tras ella. La luz de la luna resplandecía a su alrededor, y sintió que sus patas eran más ligeras que el viento. Cruzó el arroyo que señalaba la frontera del Clan del Viento sin percibir apenas el contacto del agua en las patas. Se preguntó si los guerreros del Clan Estelar se sentían así, como si pudieran correr hasta la eternidad, saltar al cielo y agitar la luna como si fuera una hoja reluciente.

Todo el trayecto podría haber durado varias estaciones o no más que un latido. El cercado de los caballos quedó atrás en un abrir y cerrar de ojos, y Plumosa aminoró el paso mientras se acercaban al campamento del Clan del Río. Atravesaron el arroyo y subieron en silencio por la orilla opuesta. Hojarasca Acuática pisaba con cautela, como si estuviera acechando a un ratón, aunque sabía que aquello no era más que un sueño y no podía despertar a los guerreros dormidos del Clan del Río.

La guarida de Ala de Mariposa estaba en una cueva excavada en una de las orillas del arroyo, en el extremo más alejado del campamento. Cuando Plumosa la guió hasta allí, Hojarasca Acuática vio la pequeña figura gris de Blimosa, ovillada en un lecho de musgo justo delante de la gruta.

Plumosa le tocó con delicadeza la oreja con la punta de la cola.

—Blimosa —susurró—. Blimosa, tenemos que hablar contigo.

La gatita agitó las orejas y se acurrucó aún más. Plumosa le dio un empujoncito, repitiendo su nombre en voz baja. Esta vez, Blimosa parpadeó y levantó la cabeza.

—¡Ya vale! —exclamó, malhumorada—. Estaba persiguiendo a un ratón gordísimo, y ya casi lo tenía entre las garras cuando... —Se interrumpió, mirando a Plumosa y a Hojarasca Acuática—. Todavía estoy soñando, ¿verdad? —Los ojos se le abrieron de par en par—. Tú eres Hojarasca Acuática, del Clan del Trueno, y tú debes de ser una guerrera del Clan Estelar. —Mostrándose abatida de repente, se dio un golpe en la boca con la punta de la cola—. Lamento mucho haberos hablado de esa forma... —masculló.

Los ojos azules de Plumosa destellaron, divertidos.

—No te preocupes, querida. Pronto te acostumbrarás a que te visitemos en sueños. Ahora eres aprendiza de curandera.

Blimosa se puso en pie.

—Bienvenidas al Clan del Río —maulló formalmente. De pronto, se mostró confundida—. Hueles al Clan del Río —le dijo a la guerrera estelar—, pero no te conozco.

—Me llamo Plumosa —le explicó la gata plateada—. Cuando yo me marché al lugar donde se ahoga el sol, tú ni siquiera habías nacido.

Los ojos de Blimosa reflejaron respeto y admiración.

—Y nunca regresaste —susurró—. Diste la vida para salvar a tus amigos y a la tribu de las montañas. He oído tu historia. El Clan del Río jamás te olvidará.

Plumosa parpadeó con afecto y posó un instante la cola sobre el hombro de la aprendiza.

—Ya basta, querida —maulló—. Hoy hemos venido para mostrarte una cosa.

—¡¿A mí?! —exclamó—. ¿Estáis seguras? ¿Queréis que vaya a buscar a Ala de Mariposa?

Hojarasca Acuática y Plumosa intercambiaron una mirada. La joven curandera no estaba segura de cuánto sabía la aprendiza. ¿Se había dado cuenta de que su mentora no mantenía contacto con el Clan Estelar?

—No; esta señal es para ti —respondió Plumosa—. Puedes contárselo a Ala de Mariposa cuando te despiertes, pero ahora debes venir con nosotras.

La joven empezó a dar saltitos en la hierba.

—¿Vamos muy lejos? —preguntó—. ¿Tan lejos como al lugar donde se ahoga el sol?

—Esta vez no —contestó Hojarasca Acuática—. Sólo hasta el borde de tu territorio.

Recordando dónde le había dicho Arcilloso que encontraría nébeda, se puso en cabeza, y cruzaron el arroyo y el territorio del Clan del Río, en dirección al pequeño Sendero Atronador. Cuando estuvieron cerca, captó el hedor de los monstruos mecánicos de los Dos Patas y más olores de todos los que habían acudido a navegar en sus barcas por el lago, tantos, que casi ahogaban los rastros olorosos del Clan del Río y el Clan de la Sombra. Aunque era un sueño, se movió con cautela cuando salió de la espesura al arcén del Sendero Atronador, pero por suerte todo estaba oscuro y en silencio. Los Dos Patas debían de haber vuelto a sus casas al caer la noche.

Seguida de Blimosa y con Plumosa en la retaguardia, Hojarasca Acuática echó a andar bordeando el Sendero Atronador, alejándose del lago. Cuando traspasó las marcas olorosas, aún no habían encontrado las casas de los Dos Patas que le había mencionado Arcilloso, pero, al tomar una ancha curva del camino, vio luz en una hondonada, no muy lejos de donde estaban: una luz rojiza que no procedía de la luna ni de las estrellas.

Sintió un hormigueo al pensar que podía ser fuego, pero no notó calor ni oyó el crepitar de las llamas. Tampoco olía a humo, aunque, al respirar hondo, detectó un leve rastro de nébeda.

—Ahí abajo —murmuró por encima del hombro.

Continuó con más sigilo, y al cabo de unos segundos advirtió que la luz salía por un hueco en el lateral de la casa de los Dos Patas; brillaba detrás de un manto que le daba un color rojizo. Ante ella se alzaba la oscura forma de una valla. Saltó y se quedó en lo alto, manteniendo el equilibrio. Blimosa trepó tras ella, pero Plumosa se quedó al otro lado.

El olor a nébeda era más intenso ahora. Blimosa también lo había captado y le brillaron los ojos.

—¡Nébeda! —exclamó triunfal.

—Así es —murmuró Hojarasca Acuática—. Es una planta muy útil para los curanderos, y bastante difícil de encontrar a menos que haya Dos Patas que la planten para nosotros.

Blimosa asintió.

—Sí. Cura la tos verde. Ojalá hubiéramos tenido un poco cuando Paso Potente enfermó. Ala de Mariposa y las patrullas la buscaron por todo el territorio.

Hojarasca Acuática tragó saliva con una punzada de culpabilidad.

—Mañana podréis recolectar un poco de aquí —le dijo a la aprendiza—. Pero adviértele que debéis esperar hasta que oscurezca, cuando no hay tantos Dos Patas por los alrededores. —Aún en lo alto de la valla, volvió a saborear el aire en busca de posibles peligros—. No huele a mininos domésticos ni a perros —maulló con alivio—. Blimosa, ¿sabes cómo huele un perro?

La joven se estremeció.

—Sí. Algunos de los Dos Patas que vienen al lago traen a sus perros. Tienen un olor asqueroso.

—Bueno, no creo que aquí haya ninguno, pero dile a Ala de Mariposa que lo compruebe cuando vengáis a buscar nébeda. Y ahora será mejor que regresemos.

Bajaron al suelo, se reunieron con Plumosa e hicieron el camino de vuelta hasta el campamento del Clan del Río.

—Ahora duérmete profundamente —le aconsejó Plumosa a la aprendiza mientras ésta se acomodaba de nuevo en su lecho—. A ver si ese ratón todavía te está esperando.

Blimosa miró a las dos gatas.

—Me alegro muchísimo de que hayáis venido. Es genial ser curandera. ¡Me muero de ganas de contárselo a Ala de Mariposa!

Hojarasca Acuática y Plumosa la dejaron ovillada en su lecho y rodearon de nuevo el lago hasta el territorio del Clan del Trueno. Esta vez caminaron más despacio.

—Gracias, Hojarasca Acuática —dijo Plumosa—. Esta noche lo has hecho muy bien. —Se detuvo junto al arroyo que hacía las veces de frontera con el territorio del Clan del Viento, y clavó la mirada en la curandera—. He estado hablando con Jaspeada y me ha contado lo de la señal de la mariposa.

Hojarasca Acuática sintió que un escalofrío le recorría el cuerpo de arriba abajo.

—Lo entiendes, ¿verdad? —continuó la guerrera estelar—. ¿Sabes lo que significa eso para Ala de Mariposa?

—Supongo que Alcotán puso la falsa señal delante de la guarida de Arcilloso —confesó; aquellas palabras amenazaron con ahogarla—. No sé cómo voy a mirar ahora a Ala de Mariposa. ¿Qué puedo decirle?

—No le digas nada —contestó Plumosa en voz queda, pero llena de seguridad—. Ala de Mariposa tiene que aprender a vivir con eso.

—Entonces... ¿quieres decir que ya no puede seguir siendo curandera? —tartamudeó Hojarasca Acuática—. Es muy importante para ella...

—Lo sé —la interrumpió Plumosa con un ronroneo tranquilizador—. Todo el Clan Estelar lo sabe. Ala de Mariposa ha demostrado su valía y su lealtad muchas veces. La voluntad del Clan Estelar es que permanezca donde está y que le enseñe a Blimosa todo lo que sabe.

—Pero ¡ella no cree en el Clan Estelar! —protestó Hojarasca Acuática—. ¿Cómo aprenderá Blimosa a interpretar señales si Ala de Mariposa no puede explicárselas?

—Ése será tu cometido. —Plumosa le tocó el hombro con la punta de la cola—. Todavía no tienes ningún aprendiz... ni lo necesitas —añadió—. Servirás a tu clan durante muchas estaciones más. De modo que, de vez en cuando, visitarás a Blimosa en el Clan del Río y hablarás con ella en la Laguna Lunar, ¿de acuerdo? Tú puedes enseñarle todo lo que precisa saber, sin tener que pasearte de nuevo por sus sueños.

—Sí, por supuesto.

La joven curandera sintió que le temblaban las patas de alivio. El Clan Estelar deseaba que Ala de Mariposa siguiera siendo la curandera del Clan del Río. Eso significaba que su amiga estaba a salvo de las amenazas de Alcotán de desvelar la verdad y que, además, todo el entrenamiento de Blimosa para ser curandera estaría cubierto: Ala de Mariposa le transmitiría sus conocimientos sanadores, mientras que ella le enseñaría a interpretar las señales del Clan Estelar.

—Pero ¿qué pasa con Alcotán? —quiso saber.

—Su destino también está en manos del Clan Estelar —contestó Plumosa—. Jaspeada guió a los cachorros hasta la mariposa porque creía que era el momento de que supieras la verdad y estaba segura de que la usarías con inteligencia y aceptarías la responsabilidad de ayudar a Blimosa.

Hojarasca Acuática inclinó la cabeza.

—Lo intentaré.

Plumosa la condujo por el bosque hacia la hondonada rocosa. La luna todavía estaba en lo alto, bañando de plata los helechos y las briznas de hierba. Los árboles susurraban bajo una leve brisa, proyectando luces y sombras que danzaban alrededor de las patas de Hojarasca Acuática. La curandera no tenía ni idea de cuánto tiempo había pasado, aunque supuso que, en el mundo real, el cielo estaría empezando a clarear con la luz del alba.

Plumosa se detuvo delante del túnel de espinos.

—Tengo que dejarte aquí —murmuró, tocando con su hocico el de Hojarasca Acuática—. Querida amiga, se avecinan grandes cambios, pero puedes confiar en que siempre estaré contigo.

—¿Grandes cambios? —repitió, consternada—. ¿A qué te refieres?

Sin embargo, Plumosa ya había dado media vuelta. Durante un segundo, su pelaje relució como la plata entre las sombras, y luego desapareció.

Llena de inquietud, Hojarasca Acuática miró hacia arriba, a través de los árboles, y contempló el escarchado resplandor del Manto Plateado, como si sus lejanos antepasados guerreros pudieran darle una respuesta. Ni una sola palabra llegó hasta ella, pero a través de las ramas en lo alto vio las tres estrellas que había visto en un sueño anterior. Aunque eran diminutas, brillaban con mayor intensidad que las demás, titilando con una luz blanca llena de pureza. La joven curandera aún no sabía qué significaban, pero, de algún modo, era consciente de que brillaban directamente sobre ella, y se sintió segura de nuevo, convencida de que, pasara lo que pasase, el Clan Estelar estaría protegiéndola.

Hojarasca Acuática se despertó sobresaltada al notar que unas patitas la aporreaban. Abrió los ojos de golpe y se encontró con la mirada expectante de Bayito, a menos de un ratón de distancia.

—¡Hemos vuelto! —anunció el cachorro a voz en grito—. Nimbo Blanco y Zarzoso vinieron a por nosotros.

La joven curandera se levantó de su lecho de frondas. Había dormido más de la cuenta: el sol ya estaba muy alto y sus cálidos rayos iluminaban la hondonada, filtrándose en su piel.

—Me alegro mucho de verte —maulló—. ¿Habéis tenido un buen viaje de vuelta? ¿Dalia está bien?

—Sí —contestó Bayito—. Pequeña Pinta, Ratoncillo y yo hemos cuidado de ella durante todo el camino para que no se asustara.

—Pero estará cansada, después de hacer ese largo trayecto dos veces en dos días.

Los cachorros también debían de estar cansados, aunque Bayito parecía rebosante de energía.

—Le llevaré algo que la ayude a recuperar las fuerzas —concluyó.

Entró en la cueva, tomó un par de bayas de enebro y se reunió de nuevo con Bayito, que enseguida salió disparado al claro principal. Hojarasca Acuática lo siguió a tiempo de ver cómo Dalia y los otros dos cachorros desaparecían en la maternidad. Bayito echó a correr para alcanzarlos, y Hojarasca Acuática lo siguió más despacio.

Cuando ya casi había llegado a la entrada de la maternidad, oyó exclamar a Centella:

—¡No! ¡Pequeña Carboncilla, vuelve aquí!

Un segundo más tarde apareció la peluda cachorrita gris entornando sus ojos azules debido a la luz del sol. Centella salió en su busca, la agarró con cuidado por el pescuezo y se la llevó de nuevo al interior sin advertir la presencia de Hojarasca Acuática.

La curandera sintió un hormigueo. Qué mala suerte que Centella hubiese decidido visitar a Acedera justo en el momento en que regresaba Dalia. Para la gata blanca y canela no sería fácil encontrarse de nuevo con aquella minina a la que consideraba su rival, sobre todo cuando ya pensaba que Dalia se había ido para siempre.

Hojarasca Acuática remoloneó en la entrada de la maternidad, preguntándose si entrar o volver en otro momento. Antes de que pudiera decidirse, oyó la voz de Dalia dentro del zarzal.

—Centella, me alegro de que estés aquí. Hay algo que quiero decirte.

—¿De qué se trata? —La voz de la guerrera sonó recelosa.

—La razón por la que me marché... bueno, me fui en parte por los peligros que hay aquí. Estaba preocupada por mis hijos, por el ataque de los tejones, pero yo soy su madre: me preocuparía por ellos estuviéramos donde estuviéramos. En realidad, el principal motivo fue porque yo... yo no tengo a nadie en el clan para quien sea especial. Como Nimbo Blanco y tú.

Se hizo un largo silencio. Hojarasca Acuática empezó a retroceder, y, cuando Centella respondió, lo hizo en voz demasiado baja para que pudiera oírla.

—No —contestó Dalia con más claridad—. Nimbo Blanco es muy amable conmigo, pero estoy segura de que sería amable con cualquier gato que estuviera en apuros. Es un buen guerrero, y te ama.

Se produjo otra pausa, hasta que Centella intervino quedamente:

—Lo sé. —Y le tembló la voz al añadir—: Gracias, Dalia. Me alegro de que hayas decidido regresar, de verdad. El Clan del Trueno necesita más gatos jóvenes, y tus tres hijos serán unos guerreros excelentes.

Dalia respondió algo en voz baja, y al cabo de un instante Centella abandonó la maternidad. Al pasar junto a Hojarasca Acuática la saludó con un gesto de la cabeza. La curandera intentó fingir que acababa de llegar, pero no se le escapó el brillo de felicidad en el ojo bueno de Centella. Pidió al Clan Estelar que la guerrera y Nimbo Blanco volvieran a estar tan unidos como antes, y que Dalia acabara siendo una buena amiga para los dos.

Cuando Hojarasca Acuática salió de la maternidad después de darle a Dalia las bayas de enebro, Centella estaba junto al montón de carne fresca, comiéndose un campañol. Nimbo Blanco llamaba a Espinardo y Orvallo desde el centro del claro para formar una patrulla de caza.

La joven curandera le hizo una seña con la cola, y cuando el guerrero llegó a su lado, ella le sugirió:

—¿Por qué no le pides a Centella que vaya contigo? Hace mucho tiempo que no cazáis juntos.

Nimbo Blanco pareció desconcertado.

«¡Cerebro de ratón!», pensó la curandera.

—¿Te acuerdas de Centella? —le soltó—. ¿De tu pareja? ¿La madre de Zarpa Candeal?

El guerrero blanco captó al fin el mensaje.

—¡Ah, ya veo lo que quieres decir! Claro, se lo propondré ahora mismo —maulló—. Buena idea, Hojarasca Acuática.

Dio media vuelta y corrió hacia su compañera. La joven curandera vio que le decía algo a Centella; luego, la guerrera se levantó y entrelazó su cola con la de Nimbo Blanco, y los dos juntos se encaminaron hacia el túnel de espinos, mientras Orvallo y Espinardo corrían tras ellos.

—Creo que alguien ha estado metiéndose donde no debía... —dijo una voz risueña a espaldas de Hojarasca Acuática.

La curandera se volvió en redondo y se encontró con su hermana.

—¡Esquiruela, me has dado un susto de muerte! ¿A qué te refieres?

Su hermana le puso la cola sobre el hombro.

—Lo digo en el buen sentido. Ya era hora de que alguien le hiciese ver a Nimbo Blanco qué es lo que Centella espera de él. —Recorrió con la vista el claro, donde algunos gatos dormitaban a la cálida luz del sol, mientras otros daban los toques finales a las guaridas recién reparadas—. La vida es bella —maulló con satisfacción—. Quizá ahora podamos tener un poco de paz.

En ese preciso instante parecía que los problemas del Clan del Trueno habían terminado. Recordando su sensación de seguridad al contemplar las tres diminutas estrellas de su sueño, Hojarasca Acuática iba a mostrarse de acuerdo con su hermana, pero una extraña oscuridad le nubló la vista. El hedor de la sangre la envolvió y notó que unas olas rojas pegajosas le lamían las patas. Una voz desconocida, ronca, siniestra e insistente, le susurró al oído las palabras de la profecía: «Antes de que haya paz, la sangre derramará sangre y el lago se tornará rojo...»

15

Al día siguiente del regreso de Dalia, Zarzoso salió de la guarida de los guerreros y vio a Bayito y a sus hermanos luchando delante de la maternidad. Se acercó a observar, y justo en ese momento Bayito le lanzó un manotazo a Ratoncillo que lo dejó despatarrado en el suelo.

—Bien hecho —maulló Zarzoso con aprobación—. Pero si Ratoncillo fuera tu enemigo, ¿te quedarías ahí plantado mirándolo? Y tú, Ratoncillo, ¿qué vas a hacer ahora?

—¡Atacarlo!

El cachorro se levantó de un salto, se sacudió el pelo revuelto y se abalanzó sobre su hermano.

—¡Hazle la zancadilla! —le indicó Zarzoso a Bayito—. Y derríbalo al pasar.

Bayito alargó una pata, pero Ratoncillo lo esquivó y le dio un golpe en la oreja. Su hermano se agazapó, gruñendo, y se abalanzó sobre la cola de su hermano.

—Muy bien hecho, los dos —dijo Zarzoso—. Algún día seréis unos luchadores magníficos.

Zarzoso dejó que los cachorros siguieran peleándose, y entonces vio a Estrella de Fuego en el centro del claro, escuchando el informe de la patrulla del alba. Poco después, la patrulla se disolvió en busca de descanso y comida, y Estrella de Fuego le hizo una señal a Zarzoso para que se acercara.

—Manto Polvoroso ha visto Dos Patas en nuestro territorio —empezó.

El atigrado notó que se le erizaba el pelo del cuello.

—No estarán haciendo otro Sendero Atronador, ¿verdad?

—No, no se trata de eso —contestó Estrella de Fuego—. Manto Polvoroso dice que han montado unos mantos verdes sujetados con palos, como pequeñas guaridas, en el claro que hay entre nuestro territorio y el del Clan de la Sombra. Cree que los Dos Patas han pasado la noche ahí dentro.

A Zarzoso se le salieron los ojos de las órbitas.

—¡Qué cosa tan absurda! ¿Por qué vienen los Dos Patas a dormir aquí, cuando tienen unas casas perfectas para ellos?

El líder del Clan del Trueno se encogió de hombros.

—¿Por qué hacen los Dos Patas lo que hacen? No me preocupan demasiado esos mantos verdes —continuó—. No parecen permanentes. Lo que me inquieta es cómo va a reaccionar el Clan de la Sombra. Todos sabemos que están buscando una excusa para apoderarse de parte de nuestro territorio.

Zarzoso flexionó las garras.

—Me gustaría que lo intentaran.

—Yo preferiría solucionarlo de forma pacífica, si es posible —respondió Estrella de Fuego—. Escucha, quiero que averigües qué está sucediendo exactamente en el claro y que luego bordees el lago para descubrir qué hacen los Dos Patas en la frontera entre el Clan del Río y el Clan de la Sombra. Quiero saber si están causando problemas, y que valores si Estrella Negra y Estrella Leopardina lo utilizarán como excusa para exigir más territorio en la próxima Asamblea.

Zarzoso pensó que aquello tenía sentido. A medida que el clima iba volviéndose más cálido, aparecían más y más Dos Patas rugiendo sobre el lago en sus monstruos acuáticos o balanceándose en sus barcas de manto blanco. Un zumbido continuo llenaba el aire, y cuando el viento soplaba en su dirección, los gatos del Clan del Trueno podían oír los chillidos y gritos de los Dos Patas incluso desde la hondonada rocosa.

—¿Crees que los Dos Patas acabarán viniendo por esta zona? —le preguntó a Estrella de Fuego.

—Quizá —respondió el líder, muy serio—. Pero creo que, en nuestro territorio, el bosque acaba demasiado cerca del borde del agua para que puedan sacar a la orilla sus monstruos acuáticos. A lo mejor eso los mantiene lejos... eso es parte de lo que quiero que averigües. Investiga a fondo y no dejes que te pillen. No quiero que el Clan de la Sombra ni el Clan del Río se enteren de que has pisado su territorio.

—No se enterarán —prometió Zarzoso, y se puso en marcha ondeando la cola.

Estaba tan orgulloso que, cuando atravesó el túnel de espinos, tuvo la sensación de que la cabeza le daba vueltas. ¡Estrella de Fuego debía de confiar mucho en él para encomendarle una misión tan importante! Estrella de Tigre tenía razón: podría lograr grandes cosas siguiendo el código guerrero y siendo leal a su clan.

Cruzó el territorio del Clan del Trueno hasta el claro. El arroyo lo bordeaba por un lado y luego se internaba en el territorio del Clan de la Sombra. El guerrero se agazapó junto al agua, oculto por una mata de campanillas, y observó el claro con atención.

Los mantos verdes que había mencionado Manto Polvoroso salpicaban la zona. Teniendo en cuenta que en ese punto el arroyo marcaba la frontera, en realidad se encontraban dentro del territorio del clan vecino.

—Que le aproveche al Clan de la Sombra —masculló.

Pero las cosas no eran tan sencillas. Estrella Negra podía ver la invasión de los Dos Patas como una nueva oportunidad para expandir su territorio.

Manto Polvoroso parecía haber acertado al decir que los Dos Patas dormían debajo de los mantos. Al menos, mientras Zarzoso observaba, varios salieron o entraron de ellos agachados. También había cachorros de Dos Patas jugando entre las pequeñas guaridas, lanzándose una cosa de color muy vivo y aullando encantados cuando la atrapaban.

Al atigrado lo recorrió un escalofrío al ver cómo brotaban unas llamas en el extremo opuesto del claro. ¿Es que los Dos Patas eran tan descerebrados como para encender una hoguera entre los árboles? Pero entonces advirtió que el fuego estaba encerrado en una cosa brillante que parecía impedir que se propagara. Captó el extraño olor acre de su comida, mezclado con el de la madera quemada.

Contempló la escena unos minutos más, pero no parecía estar pasando nada. De modo que decidió alejarse de la orilla, cuidándose de avanzar con sigilo y de mantenerse fuera de la vista hasta que estuvo bien lejos del claro. Había averiguado todo lo posible de aquellos Dos Patas; ahora le tocaba la parte más peligrosa de la misión.

Un ratón pasó corriendo justo delante de él, y Zarzoso alargó una pata para inmovilizarlo y lo devoró a toda prisa. Estaba a punto de abandonar su territorio, y no se arriesgaría a robar presas de un clan rival.

Siguió arroyo abajo hasta el lago, saboreando el aire por si captaba el rastro de las patrullas del Clan de la Sombra. Los olores fronterizos eran intensos y frescos, pero el rastro a gato empezaba a difuminarse. Sin duda, una patrulla había pasado por allí al amanecer.

Cuando Zarzoso llegó al lindero de los árboles no vio a ningún gato del Clan de la Sombra en la orilla. El guerrero vadeó con cautela el arroyo, sintiendo un hormigueo por todo el cuerpo. Estrella Negra había aceptado a regañadientes que los gatos de otros clanes cruzaran su territorio por la orilla del lago, pero Estrella de Fuego le había ordenado que no permitiera que el Clan de la Sombra descubriera el objetivo de su misión.

Aunque se mantuvo a un máximo de dos colas del agua, le parecía que cada uno de los oscuros pinos ocultaba la mirada penetrante de un guerrero del Clan de la Sombra, listo para saltar y desafiarlo. Avanzó con la barriga casi pegada al suelo, rozando los guijarros y aprovechando todos los pedruscos y huecos para esconderse y saborear el aire.

En el lago ya había una barca de los Dos Patas flotando tranquilamente, con un gigantesco manto blanco extendido sobre ella. Zarzoso vio que un par de Dos Patas estaban sentados en el interior, inclinándose para meter sus patas delanteras en el agua. Al acercarse más a la frontera del Clan del Río, otra cosa de los Dos Patas —más parecida a un monstruo que a la barca con manto— se alejó rugiendo del medio puente, dejando una cicatriz de burbujeante espuma blanca en la superficie del lago. Zarzoso saltó a una roca para que las olas que rompían en la orilla no le mojaran las patas.

El hedor de los monstruos mecánicos de los Dos Patas era más fuerte allí y anulaba el olor de cualquier gato. Zarzoso miró inquieto la línea de árboles, atento a cualquier movimiento, pero no vio nada. Quizá el Clan de la Sombra se había retirado a la parte más profunda del bosque para no cruzarse con los Dos Patas. O quizá estaban observándolo unos ojos invisibles. Se preparó por si aparecía una patrulla.

No muy lejos de la frontera, Zarzoso tuvo que dirigirse hacia los árboles para esquivar a una camada de cachorros de los Dos Patas que estaban en la orilla, gritando y lanzando piedras al agua. «Están haciendo ruido de sobra para poner sobre aviso a cualquier gato del territorio», pensó. Aun así, era obvio que Estrella Negra estaba usando a los Dos Patas como excusa, porque en su recorrido había visto abundantes presas, de modo que los Pelados no suponían una amenaza real. Nadie se creería que el Clan de la Sombra necesitaba de verdad más espacio para cazar.

Cruzando por la orilla en diagonal, Zarzoso continuó agazapado hasta llegar a la amplia zona despejada del medio puente, cubierta con el mismo material duro y negro del Sendero Atronador. El sitio estaba casi lleno de monstruos de los Dos Patas, inmóviles unos tras otros. El atigrado recorrió el borde con cautela, sintiendo un ligero temblor en las patas por la tensión y el esfuerzo de mantenerse alerta.

A dos o tres colas del Sendero Atronador que marcaba la frontera entre el Clan del Río y el Clan de la Sombra, se resguardó tras una cosa de los Dos Patas hecha de algo brillante, como las tiras de la trampa para zorros, y entretejido como una telaraña. Estaba repleta de basura de los Pelados. Zarzoso frunció el hocico por el tufo a carroña, pero al menos eso disimulaba su propio olor.

Con cuidado, se asomó tras la cosa de los Dos Patas. Varios monstruos mecánicos se alzaban ante él, pero estaban todos en silencio, y supuso que dormían. En ese momento apareció otro monstruo, que giró desde el Sendero Atronador y se detuvo, cortando de repente su rugido. Un par de Dos Patas y otro par de cachorros salieron de las entrañas del monstruo. Los cachorros soltaron un grito y corrieron hasta el medio puente mientras aporreaban los listones de madera con sus patas traseras.

El atigrado se puso tenso cuando un perro saltó del monstruo ladrando nervioso. Uno de los Dos Patas lo agarró y le ató una tira larga de colores brillantes al collar. Aunque estaba claro que el perro había captado su olor, no podía alcanzarlo porque sus dueños lo mantenían sujeto.

«No es mejor que un minino doméstico —se mofó para sus adentros—. Ya me gustaría a mí ver a un Dos Patas intentando ponerme un collar.»

Mientras observaba qué hacían los Pelados, lo distrajo un movimiento en el extremo opuesto del Sendero Atronador, en el territorio del Clan del Río. Una mata de helechos se sacudió con violencia un segundo antes de que una ardilla saliera disparada y cruzara la carretera. Una gata marrón esbelta corrió tras ella. Zarzoso se quedó de piedra al reconocer a Rivera.

Casi al mismo tiempo, Borrascoso apareció entre los helechos y se detuvo al borde del Sendero Atronador.

—¡Rivera! ¡No! —aulló—. ¡Vuelve!

Rivera ya estaba saltando sobre la ardilla, apenas una cola dentro del territorio del Clan de la Sombra. La gata la abatió con dos zarpazos veloces y una dentellada en el cuello.

—¡Vuelve aquí! —repitió Borrascoso, apremiante.

La gata se volvió en redondo con la ardilla colgando de la boca, pero, justo cuando cruzaba de nuevo el Sendero Atronador, apareció un monstruo de los Dos Patas. Zarzoso clavó las garras en el suelo y cerró los ojos con fuerza, imaginándose a la joven gata aplastada por las patas negras y redondas del monstruo.

—¡No! —gritó Borrascoso.

El atigrado abrió los ojos de nuevo y vio cómo el monstruo viraba de golpe, chirriando y esquivando por los pelos a Rivera, que saltó al territorio del Clan del Río. Borrascoso corrió hacia ella y restregó el hocico contra el suyo.

—¿Qué crees que estás haciendo? —espetó una nueva voz, dura y furiosa.

Zarzoso vio entonces que Alcotán se abría paso entre los helechos hasta el arcén. Sus ojos azul hielo llameaban iracundos, y se encaró a Borrascoso y Rivera.

—¡Has robado esa presa del Clan de la Sombra! —le bufó a la gata.

Rivera dejó la ardilla en el suelo y se volvió hacia Borrascoso.

—¿De qué está hablando?

—No la ha robado —empezó a explicar el guerrero gris—. Es una ardilla del Clan del Río. Ha cruzado el Sendero Atronador, y Rivera sólo...

Alcotán no le hizo el menor caso.

—¿Es que no conoces ni las reglas más básicas del código guerrero? —quiso saber, a apenas un ratón de la cara de Rivera—. ¡Robar presas está prohibido!

—Eso es lo que intento decirte —maulló Borrascoso—. Ella no ha robado nada. La ardilla es nuestra.

Alcotán se volvió hacia él de golpe, echando chispas por los ojos.

—Pero no debería haberla seguido al otro lado de la frontera. ¿Acaso ni siquiera sabe que no hay que entrar en el territorio de otro clan?

—Lo lamento —dijo Rivera, todavía desconcertada—. Apenas he puesto una pata en el otro lado... lo justo para atrapar a la ardilla.

Alcotán soltó un resoplido de exasperación.

—Es evidente que no tienes ni idea de cómo actuar. ¿Y si te hubiera visto una patrulla del Clan de la Sombra?

—Bueno, eso no ha ocurrido, así que... —Estaba claro que Borrascoso intentaba tranquilizar a su compañero de clan.

—No gracias a ella, desde luego —lo interrumpió Alcotán.

—Lo lamento —repitió Rivera—. Cuando vivía en la tribu, no teníamos que preocuparnos por ninguna frontera. Lo recordaré la próxima vez.

—Si es que hay una próxima vez —replicó Alcotán.

—¿Qué quieres decir? —preguntó Borrascoso, erizando el pelo del cuello—. ¿Por qué no va a haberla? Rivera está entrenando muy duro para ser guerrera del Clan del Río.

Alcotán mostró los colmillos con desprecio.

—¡Nunca será guerrera del Clan del Río! —bufó.

Zarzoso tragó saliva, nervioso. ¡Su medio hermano hablaba igual que Estrella de Tigre!

—¿Y quién eres tú para decirlo? —lo desafió Borrascoso—. Tú no mandas sobre nosotros.

Durante un segundo, Zarzoso pensó que Alcotán lanzaría un zarpazo en la cara a Borrascoso.

—Espera a ver qué ocurre cuando informe de esto a Estrella Leopardina —gruñó, y sacudió la cola hacia el arroyo del Clan del Río—. Volvamos al campamento. ¡Ahora mismo!

Borrascoso y Rivera intercambiaron una mirada. Era obvio que el guerrero gris se preguntaba si obedecer o no, ya que su compañero de clan no tenía ningún derecho a darles órdenes. Al final, se encogió de hombros.

—Vamos —suspiró—. Será mejor que aclaremos esto cuanto antes.

Alcotán echó a andar y Borrascoso lo siguió. Rivera recogió de nuevo la ardilla y fue tras ellos.

En cuanto desaparecieron entre los helechos del arcén, Zarzoso cruzó con cautela el Sendero Atronador y siguió sus pasos. Quería saber qué iba a pasarles a sus amigos, pero se mantuvo a distancia para que no advirtieran su presencia. Por suerte, el viento soplaba en su dirección, de modo que era improbable que captaran su olor, y él avanzó aguzando el oído y con la boca abierta, por si había más guerreros del Clan del Río por allí.

Alcotán se dirigió directamente a su campamento y saltó el arroyo cerca de una hondonada que había debajo de la orilla, donde estaba Ala de Mariposa con su aprendiza, Blimosa. Al pasar ante la curandera, Alcotán giró la cabeza y le lanzó una mirada feroz.

—Ven; se requiere tu presencia —le ordenó.

Zarzoso agitó las orejas, sorprendido por la forma en que Alcotán se dirigía a su hermana. Aguardó, oculto entre unos juncos, hasta que Ala de Mariposa y los demás se marcharon, y aprovechando que Blimosa se había puesto a clasificar un montón de hierbas. No estaba seguro de qué debía hacer. Si intentaba seguir a los otros al campamento del Clan del Río, sin duda lo descubrirían, pero no podía marcharse a casa y dejar a sus amigos con aquel problema.

Los guerreros del Clan del Río habían instalado su campamento en un terreno en forma de cuña entre dos arroyos. La guarida de Ala de Mariposa estaba al lado del arroyo más estrecho, no muy lejos de donde la habían encontrado hacía un momento. Zarzoso avanzó por la orilla hasta pasar la barrera de espinos que señalaba el borde del campamento. Saboreó el aire con cuidado, pero no distinguió nada que no fuera el potente olor de los gatos del clan.

Un repentino alarido que provenía del campamento hizo que se decidiera a avanzar. Le preocupaba demasiado lo que pudiera sucederles a Borrascoso y Rivera si se marchaba. Alcotán tenía razón en que el código guerrero no permitía que un gato tomara presas en el territorio de otro clan, pero esperaba que Estrella Leopardina fuese indulgente con una gata de las montañas que desconocía las costumbres de los clanes.

Zarzoso saltó desde la orilla a una roca que sobresalía en mitad del arroyo, con el agua borboteando alrededor de sus patas. Con otro salto más, alcanzó la orilla opuesta, donde trepó a un haya cuyas ramas se extendían sobre la barrera de espinos. Al asomarse entre las susurrantes hojas, con las garras bien clavadas en la corteza para sujetarse, pudo contemplar el campamento.

En las orillas de ambos arroyos crecían profusamente juncos y arbustos, pero había un espacio despejado en el centro. Estrella Leopardina, la líder del Clan del Río, estaba allí junto a su lugarteniente, Vaharina. Varios gatos las rodeaban en un círculo desigual, y todos observaban a Borrascoso y Rivera, que permanecían juntos, moviendo las patas con inquietud. Al principio, Zarzoso no vio a Ala de Mariposa.

Alcotán estaba delante de su líder, informando de lo sucedido.

—Y esta descerebrada, esta gata de pacotilla —maulló, señalando a Rivera con la cola—, ha traspasado la frontera del Clan de la Sombra persiguiendo a la ardilla y la ha matado. ¡Y al volver incluso ha estado a punto de morir aplastada por un monstruo! Lo único que puedo decir es que es una pena que ese monstruo de los Dos Patas la haya esquivado.

Zarzoso estaba demasiado lejos para oír el gruñido de Borrascoso, pero vio cómo su amigo erizaba el pelo del cuello y del lomo.

—No hay por qué decir ese tipo de cosas —intervino Estrella Leopardina con voz tranquila—. Rivera, ¿lo que dice Alcotán es cierto?

La gata bajó la cabeza, nerviosa.

—Sí, Estrella Leopardina, es cierto. Pero yo no era consciente de que eso estuviera mal. No volverá a ocurrir.

—No debería haber pasado ni siquiera una vez —espetó Prieto, abriéndose paso hasta la primera fila.

A Zarzoso se le cayó el alma a los pies: Prieto era uno de los guerreros más agresivos del Clan del Río.

—Hasta un cachorro sabe que las fronteras de clan no se cruzan —continuó.

—¿Algún gato del Clan de la Sombra ha visto lo ocurrido? —preguntó Estrella Leopardina.

—Creo que no —respondió Borrascoso—. Yo no he visto a ninguno, y en ese lugar no se puede oler nada porque está lleno del tufo de los Dos Patas y sus monstruos, así que ni siquiera sabrán que hemos estado allí.

Estrella Leopardina asintió, pero, antes de que pudiera hablar, Alcotán tomó de nuevo la palabra.

—Da igual si el Clan de la Sombra lo ha visto o no. Sigue siendo algo que va contra el código guerrero. Ningún gato tiene sitio aquí si no sabe eso.

Entre los reunidos brotó un murmullo de aceptación. Zarzoso clavó las garras con más fuerza en la rama del árbol al ver que la mayoría parecía coincidir con Alcotán.

—Deberíamos mandarla de vuelta al lugar del que vino —declaró Prieto.

Borrascoso se volvió en redondo para encararse al guerrero.

—Si ella se marcha, yo me voy también.

Prieto no respondió; se limitó a abrir la boca en un bostezo insolente. Borrascoso desenvainó las garras, pero se detuvo al oír una orden tajante de Vaharina.

—¡Borrascoso, no! —La lugarteniente se colocó frente al guerrero gris. Sus ojos azules estaban llenos de tristeza—. Piénsalo bien, Borrascoso. ¿Cuánto tiempo planeabais quedaros aquí Rivera y tú? Todos nos alegramos de volver a veros, pero quizá sea hora de que regreséis con vuestra tribu.

—Sí, librémonos de ella —maulló alguien al fondo—. Borrascoso puede quedarse si quiere, pero ¿para qué nos sirve ella?

—Ni siquiera sabe luchar —señaló Prieto—. Hasta mi aprendiz podría arrancarle el pellejo.

Los ojos de Borrascoso llamearon de furia.

—En el territorio de Rivera, los guardacuevas luchan y los apresadores alimentan a la tribu. Ella es apresadora. Jamás tuvo que luchar hasta que llegó aquí.

—Estoy haciendo todo lo que puedo por aprender —añadió Rivera.

—Y lo estás haciendo muy bien. —Borrascoso le tocó el hombro con la punta de la cola—. Pronto pelearás tan bien como cualquiera.

—No tendrá la oportunidad de hacerlo —dijo Prieto—. ¿Es que no ves que el clan no la quiere aquí?

—Sí, ¿no recordáis el sueño de Ala de Mariposa? —preguntó otra voz—. El Clan Estelar nos dijo que había dos elementos que no pertenecían al clan.

A Zarzoso se le contrajo el estómago al recordar el sueño que Ala de Mariposa había descrito en la Asamblea: en el arroyo, dos piedras de aspecto distinto a las demás entorpecían el flujo de la corriente. El agua del arroyo sólo volvió a fluir con libertad cuando las piedras fueron arrastradas muy lejos. ¿De verdad ese sueño significaba que Borrascoso y Rivera no podían quedarse en el Clan del Río?

—¿Ala de Mariposa? —Alcotán miró a su alrededor—. ¿Dónde estás, Ala de Mariposa?

La atigrada dorada se puso en pie. Estaba sentada al fondo y se acercó a su hermano arrastrando las patas.

—¿El Clan Estelar te ha mandado una señal más clara? —quiso saber Alcotán.

La curandera vaciló, cabizbaja.

—¿Y bien, Ala de Mariposa? —la instó Estrella Leopardina, impaciente.

La joven levantó la cabeza, clavando los ojos en los de su hermano, y respondió con voz firme:

—No, el Clan Estelar no me ha dicho nada. En la Asamblea ya dije que no deberíamos apresurarnos a deducir el significado del sueño... si es que significaba algo. En ocasiones, un sueño no es más que un sueño.

Se oyeron aullidos de protesta.

—¿Ya te has olvidado de lo que te dije en la Asamblea? —gruñó Alcotán.

—No, pero...

Estrella Leopardina la interrumpió.

—Ala de Mariposa, tú eres la curandera. Tienes que decirnos qué hacer.

—Lo siento.

La joven volvió a bajar la cabeza.

—Pues a mí me parece que el sueño está bastante claro —gruñó Prieto—. Nada irá bien en el Clan del Río hasta que nos libremos de estos dos.

El claro se llenó de murmullos de aprobación. Estrella Leopardina miró a Vaharina y le dijo algo, aunque demasiado bajo para que Zarzoso lo oyera. Mientras tanto, Alcotán se acercó a Borrascoso hasta que los dos gatos se quedaron cara a cara.

—Es evidente que no sientes ningún respeto por el código guerrero —le espetó con voz ronca—. Vuelve a la tribu a la que perteneces.

Borrascoso soltó un aullido de pura furia. Se abalanzó sobre Alcotán, lo derribó y le aporreó la barriga con sus potentes patas traseras, arrancándole mechones de pelo. Alcotán respondió clavándole las garras en el hombro e intentando morderlo en el cuello.

—¡No! —maulló Rivera tratando de interponerse entre los dos guerreros enzarzados—. ¡Borrascoso, para!

Zarzoso clavó sus uñas en la rama. Hasta el último de sus pelos le decía que bajara del árbol y se uniera a la pelea para ayudar a Borrascoso, pero tenía que quedarse donde estaba. Su intromisión sólo causaría más problemas, y Estrella de Fuego se pondría furioso si uno de sus guerreros se lanzaba al ataque en el campamento de otro clan.

En el claro, Borrascoso continuaba con su pelea, desoyendo las súplicas de Rivera, que le pedía que parase mientras arañaba el costado de Alcotán. El poderoso hijo de Estrella de Tigre se debatía bajo el peso de Borrascoso, haciendo poco más que protegerse la cara con las zarpas. Zarzoso entornó los ojos: estaba seguro de que Alcotán sabía pelear mucho mejor. Sus sesiones de entrenamiento con Estrella de Tigre lo habían vuelto más fuerte y diestro que ningún otro gato del bosque, excepto, quizá, el propio Zarzoso. Ahora, en vez de entregarse al combate, estaba intentando esquivar los golpes de Borrascoso, y los pocos zarpazos que propinaba eran débiles y poco atinados.

El atigrado sabía perfectamente lo que estaba haciendo Alcotán.

No quería vencer a Borrascoso en una pelea: quería que se marchara para siempre. Debía de llevar mucho tiempo poniendo a sus compañeros de clan en contra de los visitantes. En la Asamblea, había insistido en que Ala de Mariposa contara su sueño y se había atrevido a interpretarlo por ella. El error de Rivera con la ardilla le había dado la excusa que necesitaba y ahora había provocado a Borrascoso para que lo atacara, lo cual haría que los demás lo expulsaran del Clan del Río.

Una parte de Zarzoso admiró la astucia de su medio hermano y su tenaz ambición. Estrella de Tigre estaría orgulloso de Alcotán, pero Zarzoso nunca tendría el descaro de hacer algo así para obtener el poder. ¿De verdad el código guerrero admitía tretas de ese tipo?

—¡Ya basta! —ordenó Estrella Leopardina—. ¡Vaharina, Prieto, separadlos!

La lugarteniente del Clan del Río saltó sobre los hombros de Alcotán, que echó la cabeza hacia atrás. Prieto apartó a Rivera y le dio un zarpazo a Borrascoso en el hocico. El guerrero gris retrocedió, soltando a su oponente. Ambos se levantaron con dificultad y, resollando, se fulminaron con la mirada. Alcotán sangraba por la barriga y el costado. Borrascoso no tenía heridas visibles, excepto el zarpazo en el hocico que le había propinado Prieto.

—¡Borrascoso, has atacado a tu compañero de clan! —Estrella Leopardina parecía profundamente conmocionada—. Es evidente que has olvidado el código guerrero, o que ya no significa nada para ti.

Borrascoso abrió la boca para contestar, pero Estrella Leopardina siguió hablando. En su voz podía percibirse auténtica tristeza.

—Tendrás que abandonar el Clan del Río. Aquí no hay sitio para ti. Ahora, tu camino está con la tribu.

Borrascoso y Rivera intercambiaron una mirada de pánico, y Zarzoso se preguntó por qué les resultaba tan aterrador tener que regresar al hogar de Rivera en las montañas. Por un instante, pensó que el guerrero gris iba a protestar, pero entonces su amigo levantó la cabeza con orgullo.

—Muy bien —maulló con voz fría—. Nos iremos. Pero es el Clan del Río el que sale perdiendo, no nosotros. Éste ya no es el mismo clan en el que yo nací.

Atrajo a Rivera con la cola y, sin mirar atrás, los dos salieron del claro y desaparecieron en la espesura.

Alcotán los observó marchar con un brillo triunfal en sus ojos azul hielo.

Nervioso por si lo descubrían, Zarzoso bajó del árbol, volvió a cruzar el arroyo y se internó en el sotobosque, en dirección al lago. La escena que acababa de presenciar había dejado en segundo plano la misión de Estrella de Fuego. Lo único que quería ahora era encontrar a Borrascoso y hablar con él.

A medio camino de la orilla, se detuvo a olfatear el aire y captó el olor mezclado de Borrascoso y Rivera, tan fuerte y fresco que supo que estaban cerca. Tras ascender por una pequeña loma, los vio al final de la ladera. Iban hacia el lago, con las colas entrelazadas y cabizbajos.

Zarzoso no se atrevió a llamarlos a tan poca distancia del campamento del Clan del Río y, manteniéndose alerta por si oía sonidos de persecución, siguió a sus amigos, yendo de una mata de helechos o un avellano al siguiente. Los alcanzó en la orilla, no muy lejos del árbol que llevaba a la isla de las Asambleas.

—¡Borrascoso! —siseó—. ¡Espera!

Rivera pegó un salto y Borrascoso se volvió con las uñas desenvainadas y el pelo erizado.

—¡Zarzoso! —exclamó—. Pensaba que eras ese carroñero sarnoso de...

Se interrumpió al notar que Rivera le tocaba el hombro con la cola.

—Déjalo ya —murmuró la gata—. No sirve de nada.

Borrascoso soltó un suspiro y se le alisó el pelo del lomo.

—¿Qué estás haciendo en el territorio del Clan del Río? —le preguntó a Zarzoso.

—Eso no importa ahora —respondió el guerrero.

Se alejó más de la orilla, indicándoles con la cola a sus amigos que lo siguieran hasta un espino retorcido, donde podrían hablar sin que los vieran.

—He visto lo que ha pasado —maulló—. Y lo siento de verdad. No os merecíais algo así.

—Alcotán se ha dedicado a causar problemas desde que volví al Clan del Río —gruñó Borrascoso—. Temía que, si me quedaba, Vaharina me nombrara lugarteniente cuando se convirtiera en líder.

Al atigrado no le sorprendió. Alcotán ya había sido lugarteniente una vez, cuando los Dos Patas atraparon a Vaharina, pero entonces Borrascoso se hallaba viajando al lugar donde se ahoga el sol. Si hubiera vuelto a instalarse en su clan, habría sido un rival formidable.

—¿Vais a regresar a las montañas? —les preguntó Zarzoso.

—En estos momentos es imposible —contestó Borrascoso, temeroso y sin mirar a su amigo a los ojos.

Zarzoso no insistió. Sospechaba que pasaba algo y quería saber más, pero sabía que Borrascoso no se lo contaría hasta que estuviera listo.

—¿Por qué no volvéis al Clan del Trueno conmigo? —les propuso—. A Estrella de Fuego le encantará ofreceros comida y cobijo, al menos por esta noche.

Borrascoso agitó los bigotes.

—No podemos. Sólo provocaría problemas entre vosotros y el Clan del Río.

—Estrella de Fuego no necesita que los demás clanes aprueben lo que hace —dijo Zarzoso.

Si su amigo y Rivera no podían regresar a la tribu, su única opción sería convertirse en solitarios y vivir fuera de la protección de un clan. Era una vida dura y difícil, sobre todo para los gatos que estaban acostumbrados a vivir en grupo.

—Venga —los animó—. Es demasiado tarde para ir andando por ahí, y más aún cuando no conocéis bien el territorio.

Borrascoso se volvió hacia Rivera.

—¿Tú qué opinas? —le preguntó.

—Decídelo tú —murmuró la gata, hundiéndole el hocico en el hombro—. Sabes que te acompañaré adondequiera que vayas.

Borrascoso cerró los ojos un instante, como haciendo de tripas corazón.

—De acuerdo —le dijo al cabo a Zarzoso, abriendo los ojos de nuevo—. Iremos contigo. Vamos, Rivera.

Zarzoso encabezó el descenso hasta la orilla, aunque esta vez tomó la ruta a través del Clan del Viento. Mientras avanzaban pesadamente llevados por la conmoción y el cansancio, el atigrado pensó en lo que había visto y oído en el campamento del Clan del Río.

—¿Sabes? —le dijo a Borrascoso al pasar ante el cercado de los caballos—. Estrella Leopardina tenía razón: no deberías haber atacado a Alcotán.

—Lo sé, lo sé. —Borrascoso sacudió la cola—. Pero él me incitó a hacerlo. Quería que lo atacara, y tú lo sabes tan bien como yo.

Zarzoso no supo qué responder. En su fuero interno, coincidía con Borrascoso, pero también sabía por qué Alcotán había actuado de aquella manera.

Antes de que pudiera hablar, Borrascoso se detuvo y lo miró de frente.

—Zarzoso, ten cuidado —le advirtió con voz queda—. El camino que has tomado sólo puede traer problemas.

El atigrado lo miró sin pestañear, sintiendo que lo invadía una ardiente oleada de culpabilidad. Era imposible que Borrascoso conociera sus encuentros en sueños con Alcotán y sus sesiones de entrenamiento con Estrella de Tigre. ¿Acaso había percibido que estaba más unido a su medio hermano de lo que algunos podrían pensar?

Borrascoso agitó las orejas como si estuviera ahuyentando a una mosca. Sin decir nada más, dio media vuelta y siguió bordeando el lago.

El atigrado se quedó mirándolo. Se sentía mal por su amigo y por Rivera, que habían sido expulsados con crueldad del Clan del Río. Sin embargo, tampoco creía que Alcotán estuviera equivocado del todo. Si aquélla era su mejor baza para obtener el poder, ¿no era legítimo que actuara como lo había hecho, al menos en parte?

16

El sol se había puesto cuando Zarzoso, Borrascoso y Rivera cruzaron el túnel de espinos hasta el campamento del Clan del Trueno. La hondonada rocosa se hallaba sumida en densas sombras, y sólo había uno o dos gatos junto al montón de carne fresca. Orvallo, que montaba guardia en la entrada, pegó un salto de sorpresa ante la aparición de Borrascoso y Rivera, pero, al ver que el atigrado iba con ellos, se limitó a saludarlos con un movimiento de cabeza sin decir nada.

—Vayamos a ver a Estrella de Fuego —propuso Zarzoso, cruzando el claro hacia las rocas que llevaban a la guarida del líder.

Cuando el guerrero llegó a la pequeña cueva, seguido de Borrascoso y Rivera, se lo encontró ya ovillado en su lecho. Estrella de Fuego levantó la cabeza cuando Zarzoso se detuvo en la entrada.

—Bien, ya has vuelto.

Se incorporó y se sacudió trocitos de musgo del pelo.

—¿Qué has...? —Se interrumpió al descubrir que el guerrero no estaba solo—. ¿Son Borrascoso y Rivera? —preguntó sorprendido.

—Sí. —Zarzoso inclinó la cabeza—. Lo lamento, Estrella de Fuego. Ha ocurrido algo inesperado.

Ondeando la cola, el líder invitó a Borrascoso y Rivera a entrar en su guarida.

—¿Hay algún problema en el Clan del Río?

—Podríamos decirlo así.

Zarzoso le resumió todo lo sucedido, desde el momento en que había visto a Rivera persiguiendo a la ardilla, hasta cuando había invitado a los desterrados a regresar con él al Clan del Trueno.

—Has hecho lo correcto —maulló Estrella de Fuego cuando terminó el relato—. Tenías que ofrecerles a ambos un lugar en el que pasar la noche. —Y volviéndose hacia Borrascoso, añadió—: Estáis invitados a quedaros todo el tiempo que queráis.

El guerrero gris agitó las orejas.

—Teníamos pensado quedarnos sólo esta noche... —empezó.

—Vosotros mismos. Pero os merecéis un poco de tiempo para decidir qué queréis hacer. El Clan del Trueno os lo debe, después de todo lo que hicisteis tras el ataque de los tejones.

—Gracias —dijo Borrascoso.

—No sabes cuánto significa esto para nosotros —añadió Rivera.

Zarzoso tenía claro que a Estrella de Fuego le encantaría que Borrascoso y Rivera se quedaran en el Clan del Trueno para siempre. Sin embargo, por mucho que él apreciara a su amigo y a la gata de tribu, no estaba muy seguro de que ésa fuera la mejor decisión. ¿Qué opinaría el resto del clan? ¿Y cómo reaccionaría el Clan del Río cuando se enterara?

—Zarzoso, acompáñalos a comer algo, y luego búscales un lugar para dormir —le ordenó Estrella de Fuego—. Seguiremos hablando por la mañana.

Zarzoso los guió en el descenso de la guarida y a través del claro. Sólo entonces se dio cuenta de que él también estaba muerto de hambre. No había comido desde la mañana, cuando había atrapado a aquel ratón cerca de los mantos de los Dos Patas. En el montón de carne fresca no quedaba gran cosa —habría que organizar patrullas de caza en cuanto se hiciera de día—, pero seleccionó una urraca para él, mientras Borrascoso y Rivera compartían un conejo.

Para cuando terminaron de comer, era ya noche cerrada; el Manto Plateado resplandecía sobre sus cabezas cuando se dirigieron a la guarida de los guerreros. Las hojas y las ramas nuevas del espino no habían cubierto aún todos los destrozos de los tejones, y los guerreros se apretujaban en sus lechos musgosos. La mayoría estaban dormidos o compartían lenguas, amodorrados, y al principio nadie reparó en los recién llegados.

—¿Estás seguro de que hay espacio para nosotros? —le preguntó Borrascoso a Zarzoso al entrar.

—Hay de sobra —lo tranquilizó el atigrado.

Se encaminó hacia un hueco cercano al muro de piedra y sin querer le pisó la cola a Manto Polvoroso. El guerrero marrón levantó la cabeza.

—¿Qué pasa? —maulló, irritado.

—Lo siento —masculló el atigrado—. Sólo son Borrascoso y Rivera. Van a dormir aquí.

Manto Polvoroso gruñó.

—¿Estrella de Fuego lo sabe?

—Por supuesto —respondió, ofendido ante la insinuación de que podría haber llevado a dos forasteros a la guarida sin preguntárselo al líder del clan.

Manto Polvoroso se limitó a agitar los bigotes y a ovillarse de nuevo, pegando la cola al costado. Zarzoso consiguió guiar a sus amigos hasta un espacio vacío sin molestar a nadie más. Para su alivio, Esquiruela estaba por allí. La guerrera levantó la cabeza al oír que se acercaba y maulló con voz afable:

—¡Borrascoso, Rivera...! Hola, ¿qué estáis haciendo aquí?

—Enseguida te lo cuento —contestó Zarzoso—. Primero vamos a acomodar a nuestros amigos.

—Claro. —Esquiruela se desplazó para dejar más espacio. Nimbo Blanco estaba durmiendo a su lado, así que le clavó la zarpa en un costado para que se moviera—. Apártate un poco, ¿quieres? Estás ocupando más sitio que un tejón.

—¿Tejón? ¿Dónde? —Nimbo Blanco alzó la cabeza alarmado, con los ojos como platos.

—En ninguna parte, cerebro de ratón —le espetó Esquiruela, al ver que, por toda la guarida, varios gatos se movían y levantaban la cabeza—. Vuelve a dormirte.

Zarzoso ayudó a sus amigos a hacerse sus lechos en el musgo y al final se instaló junto a Esquiruela. Abrió la boca en un gran bostezo; apenas podía mantenerse despierto mientras volvía a contar toda la historia.

—Ojalá hubiera estado allí —dijo Esquiruela cuando él terminó—. Le habría destrozado las orejas a Alcotán.

—No, no lo habrías hecho. No en pleno campamento del Clan del Río.

Esquiruela flexionó las garras.

—Será mejor que Alcotán se mantenga fuera de mi camino, eso es todo. ¿Crees que se quedarán? —añadió, ladeando las orejas hacia Borrascoso y Rivera, que ya estaban dormidos, acurrucados muy juntos entre el musgo y los helechos.

—Eso espero... —Y bostezó de nuevo. Luego, con voz pastosa, añadió—: El Clan del Trueno necesita buenos guerreros.

—Lo que se pierde el Clan del Río lo ganamos nosotros —asintió Esquiruela.

Le pasó la lengua por las orejas. Sus lametazos cálidos y rítmicos fueron lo último que notó el atigrado antes de quedarse dormido.

La luz gris del alba se filtraba entre las ramas del espino cuando Zarzoso se despertó. En el exterior, oyó que Tormenta de Arena estaba empezando a organizar las patrullas. El guerrero se puso en pie apresuradamente y salió al claro.

—¿Por qué no te llevas a Borrascoso y a Rivera en la patrulla del alba? —le sugirió a la gata melada—. Para ellos sería una buena forma de empezar a conocer el territorio.

Tormenta de Arena agitó las orejas y asintió.

—Vale. Buena idea.

—¿A qué te refieres con eso de «conocer el territorio»? —preguntó Manto Polvoroso a sus espaldas, y Zarzoso pegó un salto.

El guerrero marrón aún parecía irritado porque lo hubiera molestado la noche anterior.

—Creía que sólo se quedaban a pasar la noche —añadió.

—Todavía no hay nada decidido —contestó el atigrado, deseando haber sido más discreto, o al menos que Manto Polvoroso no lo hubiera oído.

—Bueno, eso da igual —maulló Tormenta de Arena—. Ahora están aquí, así que pueden resultar útiles.

Metió la cabeza entre las ramas de la guarida para llamar a Borrascoso y a Rivera. Cuando éstos salieron, los cuatro se marcharon juntos. Manto Polvoroso no dijo nada, aunque Zarzoso vio cómo meneaba la punta de la cola al desaparecer por el túnel de espinos.

Zarzoso se unió a Esquiruela, Nimbo Blanco y Centella en una patrulla de caza. Al regresar, cargados de carne fresca, notó que en el claro había más gatos de lo habitual, como si estuvieran esperando algo. Sintió un hormigueo de preocupación.

—¿Qué sucede? —preguntó Esquiruela, tras dejar tres ratones y un campañol en el montón—. ¡Eh, Fronde Dorado! —Ondeó la cola ante el guerrero al verlo pasar—. ¿Qué está ocurriendo?

—Musaraña acaba de convocar una reunión de clan —explicó Fronde Dorado.

—¿Que Musaraña ha convocado una reunión? —repitió Zarzoso—. ¿Puede hacer algo así?

Fronde Dorado se encogió de hombros.

—Lo ha hecho.

—Vaya, genial —soltó Nimbo Blanco con ironía—. Más problemas. Justo lo que necesitamos.

—Voy a ver si Hojarasca Acuática sabe algo —dijo Centella, dirigiéndose a la guarida de la curandera, y Nimbo Blanco la siguió sacudiendo la cola con disgusto.

La inquietud de Zarzoso aumentó. Al otro lado del claro estaba la enjuta veterana marrón, plantada debajo de la Cornisa Alta. Manto Polvoroso estaba con ella; ambos parecían furiosos.

—¿Lo has visto? —le preguntó a Esquiruela.

La guerrera asintió.

—No sé de qué va esto, pero creo que puedo imaginármelo.

—Yo también.

Zarzoso miró a su alrededor hasta localizar a Borrascoso y a Rivera, que estaban sentados muy juntos al lado de la barrera de espinos. Se preguntó si serían reacios a sumarse a la reunión de un clan al que no pertenecían, o si querrían asegurarse de poder escapar si las cosas se ponían feas.

Se acercó a ellos, seguido de Esquiruela.

—¿Estáis bien? —preguntó a sus amigos—. ¿Alguien os ha dicho algo?

Rivera negó con la cabeza.

—Estamos bien —murmuró, pero sus ojos delataban angustia.

—La patrulla de esta mañana ha sido estupenda —maulló Borrascoso—. Tormenta de Arena ha sido muy amable, y Manto Polvoroso... Bueno, ese guerrero siempre es grosero con todo el mundo, así que tampoco hay que hacerle mucho caso. Pero, al regresar, algunos gatos nos miraban con mala cara, y casi nadie quería hablar con nosotros. Creo que Manto Polvoroso ha ido a ver a los veteranos, y luego Musaraña ha convocado esta reunión...

Se interrumpió al oír el aullido de Musaraña:

—¡Estrella de Fuego! ¡Estrella de Fuego!

Pasaron unos segundos hasta que el líder apareció en la Cornisa Alta. Un rayo de sol convirtió su pelaje en una llama y contorneó sus orejas de color oro.

—¿Qué ocurre? —preguntó.

—El clan necesita hablar contigo —contestó Musaraña.

Mientras Zarzoso se acercaba tras hacer una seña a sus amigos para que lo siguieran, Estrella de Fuego descendió por las rocas y se unió al resto del clan en el claro. Zarzoso se abrió paso hasta la primera fila para poder oírlo todo e intervenir si creía que debía hacerlo.

—¿Y bien, Musaraña? —Estrella de Fuego miró a la veterana con seriedad—. ¿De qué va todo esto? Creía que convocar reuniones era cosa del líder.

Fue Manto Polvoroso quien respondió. Mantuvo su ira bajo control y habló con mucha firmeza:

—No estamos intentando minar tu autoridad, Estrella de Fuego, pero nos preocupa el modo en que el Clan del Trueno se está... bueno, mezclando. Primero fueron Dalia y sus cachorros. Ahora, Borrascoso y Rivera. Si esto continúa así, ya no seremos el Clan del Trueno, sino una colección de gatos solitarios y mininos domésticos.

—¡Cerebro de ratón! —le susurró Esquiruela a Zarzoso—. ¿Es que ya ha olvidado de dónde procede Estrella de Fuego?

Zarzoso no respondió, porque Musaraña había empezado a hablar.

—Manto Polvoroso tiene razón —convino la veterana—. Estás acogiendo a demasiados forasteros. Éste no es el código guerrero que me enseñaron. —Y más cortante, añadió—: Puedes castigarme si quieres, Estrella de Fuego. Yo sólo te digo cómo veo las cosas.

El líder le tocó el hombro con la cola.

—Ni se me ocurriría castigarte, Musaraña. Todos los gatos pueden opinar sobre lo que afecta al clan. Pero, en este caso, creo que te equivocas.

La veterana erizó el pelo del cuello.

—¿Por qué?

—Porque el Clan del Trueno necesita más gatos. Hasta que llegó Dalia, teníamos sólo dos aprendices y ningún cachorro. Ahora tenemos muchos cachorros, pero necesitamos guerreros fuertes que defiendan nuestras fronteras y protejan al clan. Ya sabes lo que dijeron Estrella Leopardina y Estrella Negra en la última Asamblea: quieren más territorio. Ya tuvimos una refriega con el Clan de la Sombra porque intentó desplazar la frontera.

—Por no mencionar a los zorros y a los tejones del bosque —añadió Tormenta de Arena.

Estrella de Fuego agitó una oreja para agradecerle su apoyo.

—Borrascoso y Rivera también podrían ayudarnos a entrenar a los guerreros jóvenes —continuó—. Y Rivera domina técnicas de caza que desconocemos.

—Eso nos sería de utilidad si hubiera montañas en nuestro territorio —repuso Manto Polvoroso secamente.

—No sabemos cuándo podría sernos útil —dijo Estrella de Fuego—. Y necesitaremos mentores para los cachorros que están ahora en la maternidad... y más aún si nacen más cachorros.

En la hondonada resonaron murmullos de desacuerdo. La voz de Orvallo se elevó sobre las demás:

—Pero aún hay gatos del Clan del Trueno que jamás han tenido un aprendiz.

—Borrascoso tiene sangre del Clan del Trueno —le recordó Zarzoso, situándose al lado de Estrella de Fuego—. Nadie puede decir que no tiene derecho a estar aquí.

—Cierto. —El líder le lanzó una mirada de agradecimiento—. Borrascoso creció en el Clan del Río, pero todos saben que su padre es del Clan del Trueno.

—Y eso explica muchas cosas... —masculló alguien junto a Zarzoso—. Estrella de Fuego haría lo que fuese por introducir en el clan al hijo de Látigo Gris.

Zarzoso giró la cabeza y se encontró con los ojos ciegos de Rabo Largo. Le habría gustado arrancarle la piel al veterano, pero se contuvo con un leve bufido. ¿Habría oído Estrella de Fuego el comentario? «¿Y podría ser cierto?», se preguntó. Borrascoso se parecía muchísimo a su padre, y había heredado su valor y su lealtad incondicional hacia sus amigos y su clan. No sería de extrañar que Estrella de Fuego viera con buenos ojos a Borrascoso, dado que añoraba tantísimo a su viejo amigo.

—Látigo Gris y nuestro líder son amigos desde hace muchas estaciones —le dijo Espinardo a Rabo Largo—. Por supuesto que Estrella de Fuego siente que le debe algo al hijo de Látigo Gris. —Habló en voz baja, y Zarzoso no supo decir si estaba de acuerdo con Estrella de Fuego o no.

—Y respecto a Rivera —siguió el líder—, lo que importa no es dónde ha nacido un gato o cuál es su familia.

«A ver quién se atreve a discutirle eso —pensó Zarzoso—. Nuestro líder fue minino doméstico y ahora es uno de los mejores gatos que el bosque ha visto jamás.»

—Lo importante es la lealtad —afirmó Estrella de Fuego—, y eso pertenece al presente, no al pasado. La lealtad se ha de demostrar a diario, con cada pieza de carne que se trae al clan, con cada zarpazo que damos a nuestros enemigos, con cada patrulla y con cada sesión de entrenamiento.

—Pero ¿y si el Clan del Trueno tuviera que combatir algún día contra el Clan del Río? —preguntó Manto Polvoroso—. ¿Qué haría Borrascoso entonces?

—¿Estás diciendo que sería capaz de traicionarnos? —gruñó Zarzoso antes de mirar a su amigo.

Sin embargo, Borrascoso tenía los ojos clavados en el suelo, como si nada de aquello fuera con él.

—Lo que digo es que estaría dividido entre dos clanes —replicó Manto Polvoroso—. ¿Le desearías eso a alguien?

El atigrado tuvo que admitir que el guerrero marrón estaba en lo cierto. Borrascoso ya había sentido el dolor de tener que tomar una decisión como aquélla cuando eligió abandonar el Clan del Río para quedarse con Rivera en las montañas. Ahora debía de estar sintiéndose igual, desterrado del clan en el que había crecido. Pero ¿qué otra opción le quedaba?

—Borrascoso es nuestro amigo —intervino Esquiruela—. Viajó hasta el lugar donde se ahoga el sol, y la tribu de Rivera nos acogió cuando estábamos cruzando las montañas. Además, los dos nos ayudaron tras el ataque de los tejones. ¿Cuántos de vosotros seguiríais vivos sin ellos? ¿Así es como queréis corresponderles?

—¡Eso es distinto! —exclamó Orvallo—. Nosotros no pretendíamos quedarnos en el territorio de la tribu para siempre.

—Además, ahora no es ésa la cuestión —añadió Musaraña—. Tenemos que pensar en el futuro del Clan del Trueno.

—¡Ya basta! —Estrella de Fuego sacudió la cola—. Os he escuchado, pero no voy a cambiar de idea. Si Borrascoso y Rivera deciden marcharse, les ofreceremos toda la ayuda que podamos. Y si quieren quedarse, entonces haremos que se sientan bienvenidos. Esta reunión ha terminado.

Dicho esto, dio media vuelta y subió de nuevo por las rocas a su guarida.

Durante unos segundos, el clan guardó un silencio tenso. Estrella de Fuego nunca se había mostrado tan autoritario; jamás se enfurecía con los guerreros que no estaban de acuerdo con él. Zarzoso supuso que todo eso le afectaba más por su pasado como minino doméstico y porque ayudar al hijo de Látigo Gris era lo último que podía hacer por su amigo ausente.

Cuando Estrella de Fuego desapareció en su guarida, el clan se disolvió en grupos que empezaron a murmurar entre sí. Algunos gatos lanzaron miradas hostiles a Borrascoso y Rivera, y Zarzoso se dio cuenta de que Manto Polvoroso y Musaraña no eran los únicos que estaban descontentos con la decisión del líder.

Acompañado de Esquiruela, el atigrado se acercó a sus amigos. Borrascoso levantó la mirada hacia él; sus ojos azules rebosaban tristeza.

—Nos iremos —maulló—. No podemos crear esta clase de problemas en el clan.

—No os iréis a ninguna parte —protestó Zarzoso—. No voy a permitir que unos pocos compañeros hostiles os echen del campamento. —«Como hizo el Clan del Río», añadió para sus adentros—. Hablaré con Estrella de Fuego. Encontraremos alguna solución.

Antes de que Borrascoso pudiera decir nada más, su amigo se encaminó hacia la Cornisa Alta. A sus espaldas, oyó que Esquiruela decía:

—¿Qué os parece si salimos de caza? El otro día encontré un sitio genial, estaba repleto de ratones.

Cuando Zarzoso asomó la cabeza en la guarida de Estrella de Fuego, vio al líder sentado en su lecho, con la mirada fija en el muro de piedra. Se sobresaltó al ver aparecer al atigrado.

—Ah, eres tú —maulló—. Pasa. —Y todavía con la mirada perdida, añadió—: Estaba recordando el día en que nació Borrascoso, y cómo Látigo Gris se los llevó a él y a Plumosa al Clan del Río porque pensaba que allí los querrían y estarían a salvo.

Zarzoso dejó escapar un murmullo de compasión. Él no recordaba aquellos días, pues entonces sólo era un cachorrito que vivía en la maternidad con Trigueña. Su hermana también se había ido para convertirse en guerrera del Clan de la Sombra. Por un instante, aquella sensación de soledad le atenazó la garganta, y sintió el dolor de su líder como si fuera el suyo propio.

—Estrella de Fuego, tengo que hablar contigo —empezó a su pesar.

—¿Qué pasa? —Parte de la fiereza que había desaparecido de sus ojos regresó a su mirada—. Yo pensaba que querías que Borrascoso y Rivera se quedaran.

—Y así es. Creo que tienes razón con lo de que el clan necesita nuevos guerreros, pero... —Arañó el duro suelo de piedra de la guarida—. No estoy seguro de que estés tomando el camino correcto.

Casi se esperaba un manotazo en la oreja por insolente, pero Estrella de Fuego se limitó a mirarlo con sus penetrantes ojos verdes.

—Explícate.

—Todos los gatos del Clan del Trueno son leales. Morirían por él si tuvieran que hacerlo. Pero Manto Polvoroso y Musaraña sienten... todos lo sienten... que deben plantarse por el bien del clan. Les preocupa que éste parezca débil.

—Entonces, ¿qué sugieres? —gruñó—. ¿Que me pliegue a sus exigencias? ¿Que expulse a dos guerreros estupendos sólo porque al clan no le gusta de dónde provienen?

—No. Pero debes demostrarles que el Clan del Trueno tiene un liderazgo sólido, que no hay nada por lo que preocuparse, que somos fuertes y que, suceda lo que suceda, el clan se mantendrá unido.

Estrella de Fuego entornó los ojos.

—¿Y cómo sugieres que haga tal cosa?

Zarzoso tragó saliva. Sabía lo que tenía que decir, aunque las palabras se le atascaron en la garganta como un trozo de carne sin masticar. En alguna parte de su mente, en el lugar donde nacían los sueños, le pareció oír que Estrella de Tigre le gritaba con una rabia incontrolable. Pero nada de eso importaba. Lo primero de todo era su lealtad al clan.

—Tienes que nombrar a un nuevo lugarteniente.

Estrella de Fuego se quedó mirándolo sin parpadear, y en sus ojos penetrantes, Zarzoso vio que el líder sabía exactamente lo que le estaba pidiendo.

Sin embargo, la única respuesta de Estrella de Fuego fue:

—¿Por qué?

—Porque un liderazgo conjunto... dos gatos leales al mando... serviría más que cualquier otra cosa para convencer al clan de que volvemos a ser fuertes, a pesar del ataque de los tejones. ¿Acaso no sabes que guerreros como Estrella Negra se mofan de nosotros y nos llaman «débiles»?

A Estrella de Fuego se le erizó el pelo del lomo.

—¿Débiles? —repuso con un gruñido sordo—. Ojalá Estrella Negra se atreviera a decirme eso a la cara.

—Débiles —repitió Zarzoso, y respiró hondo—. El clan es vulnerable al carecer de un lugarteniente, porque los demás clanes pueden verlo como una debilidad y eso hace que sea más probable que nos ataquen. El Clan de la Sombra ya ha intentado poner sus marcas olorosas en nuestro territorio. Es peligroso dejar las cosas como están. Estrella de Fuego, todos saben cuánto te duele la ausencia de Látigo Gris, pero debes nombrar a un nuevo lugarteniente.

Los ojos verdes del líder estaban clavados en la pared de la guarida, como si pudiera ver, al otro lado de la roca, una escena que Zarzoso no podía ni imaginar.

—¿Recuerdas que tuve que abandonar el clan durante unos días cuando acababas de convertirte en guerrero? Látigo Gris me prometió que mantendría al clan sano y salvo. Me dijo: «Te esperaré. Te esperaré todo el tiempo que haga falta.» ¿No crees que yo debería hacer lo mismo por él?

—Claro que sí, Estrella de Fuego. —Zarzoso se sintió desesperadamente triste por la angustia que reflejaba la voz del líder al recordar la inquebrantable lealtad de su viejo amigo—. Sin embargo, también creo que si tú hubieras muerto en tu misión, incluso Látigo Gris habría tenido que aceptarlo antes o después.

Estrella de Fuego sacudió la cola.

—¡Látigo Gris no está muerto! Jamás perderé la esperanza, no hasta que alguna señal del Clan Estelar me diga que no sigue vivo.

—El Clan Estelar no puede verlo todo —dijo una nueva voz.

Estrella de Fuego se quedó paralizado al oírla. Al mirar por encima del hombro, Zarzoso vio a Tormenta de Arena en la entrada de la guarida. La guerrera tenía razón. En las montañas, la Tribu de la Caza Interminable recorría los cielos. Aquellos senderos resultaban desconocidos para el Clan Estelar. Si Látigo Gris seguía vivo, quizá también él anduviera bajo cielos diferentes y el Clan Estelar no conociera su destino.

Tormenta de Arena entró en la guarida, se acercó a Estrella de Fuego y restregó el hocico contra el de él.

—Sé que es duro —maulló—. Látigo Gris también era amigo mío, pero tal vez haya llegado la hora de aceptar que no va a volver.

Estrella de Fuego miró un instante a Tormenta de Arena y luego a Zarzoso. Sus ojos estaban colmados de sufrimiento y traición.

—¿Cómo podéis dudar de mí vosotros dos? ¿También tendríais tanta prisa en perder las esperanzas si se tratara de mí?

Tormenta de Arena se sentó a su lado y, con un movimiento de la cola, indicó a Zarzoso que era mejor que se marchara. El guerrero inclinó la cabeza y retrocedió. Una parte de él respetaba la sabiduría de Tormenta de Arena y esperaba que ella pudiera convencer al que era su pareja, además de su líder, de que su mejor amigo no iba a regresar jamás. Sin embargo, otra parte sentía frustración por que Estrella de Fuego estuviera tan ciego. Para todos los demás gatos era evidente que el Clan del Trueno necesitaba un lugarteniente. Si Estrella de Fuego seguía negándose a admitirlo, podría encontrarse con un desafío mayor que el de una inesperada reunión de clan.

17

Al concluir la reunión, Hojarasca Acuática se retiró a su guarida y se puso a preparar un emplasto de milenrama para Flor Dorada, que se quejaba de tener las almohadillas agrietadas. La joven curandera se sentía poseída por una inquietud densa como la niebla. Estrella de Fuego jamás se había enfrentado a un desafío a su liderazgo como aquél. ¿Qué había sido de la antigua confianza del Clan del Trueno en él, la que los había impulsado durante el largo viaje hasta su nuevo hogar? ¿De verdad habían olvidado todo lo que Estrella de Fuego había hecho por ellos?

También tenía otras preocupaciones, ciertas sospechas que la perturbaban más todavía. Recordó la advertencia de Plumosa y que Estrella Azul le había dicho en un sueño que su camino se retorcería de maneras imprevistas. «Eso no puede ser cierto —se dijo—. Y si lo es, ¿qué haré?»

Acallando con firmeza estos pensamientos angustiosos, depositó el emplasto en una hoja para llevarlo a la guarida de los veteranos. De pronto, oyó pasos justo al otro lado del zarzal. Esperando ver a un gato enfermo o herido, asomó la cabeza y se encontró cara a cara con su padre.

—¡Estrella de Fuego! —exclamó—. ¿Estás enfermo?

Lo parecía: arrastraba la cola y sus ojos verdes estaban apagados.

El líder negó con la cabeza.

—Estoy bien —maulló de forma poco convincente—. Tu madre me ha dicho que debería venir a hablar contigo. Necesito el consejo de mi curandera.

Hojarasca Acuática le hizo una seña para que se sentara en los helechos que crecían delante de la cueva. Estaban caldeados por el sol, pero ocultos del resto del campamento por la cortina de zarzas. Tras sentarse a su lado, enroscó pulcramente la cola alrededor de las patas.

—Estoy aquí para lo que necesites —murmuró—. Haré todo lo que pueda por ayudarte.

Estrella de Fuego soltó un profundo suspiro.

—Zarzoso ha hablado conmigo. Él cree que Látigo Gris está muerto y que yo debería nombrar a un nuevo lugarteniente. Tormenta de Arena está de acuerdo con él. ¿Crees que tienen razón?

Hojarasca Acuática sintió un hormigueo por la piel. Por mucho que intentara dejar a un lado sus sentimientos, le costaba mucho confiar en Zarzoso después de haberlo visto en el bosque oscuro con Alcotán y Estrella de Tigre. Pero ¿cómo iba a decirle eso a Estrella de Fuego? ¿Qué podría hacer él al respecto, cuando, en el mundo real, Zarzoso se mostraba como un leal y enérgico guerrero del Clan del Trueno? Además, ¿qué curandera de verdad recorría senderos ajenos al Clan Estelar? ¿Acaso formaba parte de sus deberes relatar lo que había visto en el bosque de las sombras?

Se preguntó si Zarzoso habría abordado la cuestión porque esperaba que Estrella de Fuego lo escogiera a él como el nuevo lugarteniente. Ella había visto el brillo de la ambición en sus ojos ámbar y sabía que quería tener poder. Pero se recordó que Zarzoso no podía convertirse en lugarteniente porque jamás había tenido un aprendiz. Con aquella petición, parecía haber puesto su propia ambición a un lado por el bien del clan. A lo mejor estaba siendo injusta al buscar oscuridad en el guerrero.

Estrella de Fuego aguardaba una respuesta, mirándola pacientemente con sus ojos verdes.

—¿No hay esperanzas para Látigo Gris? —le preguntó de golpe—. ¿El Clan Estelar no te ha mostrado alguna señal sobre él?

Hojarasca Acuática negó con la cabeza, pero en esta cuestión sí confiaba en su voz interior.

—Creo que deberías aceptar que Látigo Gris se ha ido —le dijo a su padre con voz temblorosa al advertir el dolor en sus ojos.

—Hemos perdido a tantos gatos... —murmuró él—. Látigo Gris y Carbonilla eran mis mejores amigos.

—Todo el clan lamenta la desaparición de Látigo Gris. Borrascoso también. —Como si sus palabras lo hubieran convocado, Hojarasca Acuática vislumbró al guerrero gris cruzando el claro con Rivera y Esquiruela, cargados con presas—. Espera aquí —le dijo a su padre, y echó a correr.

Llegó junto a Borrascoso justo cuando él estaba depositando sus piezas en el montón de la carne fresca.

—Quiero que vengas a hablar con Estrella de Fuego —le pidió—. Creo que te necesita... Está intentando decidir si nombra a un nuevo lugarteniente o sigue esperando el regreso de Látigo Gris.

Borrascoso vaciló, con los ojos velados por la confusión, pero al cabo asintió.

—¿Estarás bien? —le preguntó a Rivera.

—No te preocupes —maulló la gata de tribu—. Estaré bien.

—Claro que sí —intervino Esquiruela—. Iremos al claro de entrenamiento a practicar algunos movimientos de lucha.

Borrascoso esperó a que las dos gatas salieran de nuevo del campamento y luego se fue con Hojarasca Acuática a su guarida. Estrella de Fuego seguía sentado entre los helechos, con la mirada perdida en el vacío.

—Látigo Gris fue el primer gato de clan que conocí —dijo como si estuviera ausente—. Saltó sobre mí un día en que me alejé del jardín de mis dueños. Había oído historias sobre los gatos salvajes que vivían en el bosque, pero jamás había visto a ninguno. Nadie ha tenido nunca un amigo mejor.

—Ni un padre mejor. —Con una mirada a Hojarasca Acuática para indicarle que comprendía exactamente qué estaba pasando, Borrascoso fue a sentarse al lado de Estrella de Fuego—. Si estuviera vivo, ni siquiera el Clan Estelar podría impedirle que viniera a buscarnos.

—No si los Dos Patas lo tienen encerrado en alguna parte —objetó Estrella de Fuego—. Me niego a creer que nunca volveré a verlo.

Borrascoso posó la cola en el hombro del líder.

—Sé que es duro aceptarlo. A mí me gustaría tanto como a cualquiera que Látigo Gris estuviera vivo, pero la vida tiene que continuar.

Estrella de Fuego guardó silencio durante un buen rato. Luego giró la cabeza para mirar a Borrascoso.

—¿Crees que debería nombrar a un nuevo lugarteniente?

El guerrero le sostuvo la mirada.

—Debes hacer lo que tú creas que es mejor... —empezó—, pero si hay una cosa que tengo clara es que para Látigo Gris no había nada que significara más que tu amistad y vuestro clan. Incluso cuando estaba en el Clan del Río anhelaba volver a casa. Y sin duda ahora querría que el Clan del Trueno fuese lo más fuerte posible, aunque eso implicara aceptar que él no va a regresar.

Hojarasca Acuática pensó que se le iba a romper el corazón. Era durísimo imaginarse que Látigo Gris estaba muerto.

Estrella de Fuego soltó un largo suspiro.

—Eres igual que él, ¿sabes? —le dijo a Borrascoso.

Los ojos del guerrero brillaron con orgullo.

—Ojalá pudiera creer que eso es cierto. Pero yo nunca seré ni la mitad de buen guerrero que mi padre. —Luego agitó las orejas y se irguió más, como rechazando sus oscuros pensamientos—. Lo lamento, Estrella de Fuego. Rivera y yo te hemos complicado las cosas. Jamás tuvimos la intención de quedarnos para siempre en el Clan del Trueno.

—Lo sé, pero os invito a quedaros todo el tiempo que queráis. Sé que tenéis otras lealtades, pero, hasta que os parezca que es la hora de regresar a la tribu, éste es vuestro clan.

Borrascoso inclinó la cabeza.

—Gracias.

Estrella de Fuego se puso en pie. Durante un segundo, posó el hocico en la cabeza de Borrascoso, como si estuviera nombrándolo guerrero. Luego arqueó el lomo para desperezarse y salió al claro.

—¡Que todos los gatos lo bastante mayores para cazar sus propias presas se reúnan bajo la Cornisa Alta para una reunión del clan! —aulló.

La voz de Estrella de Fuego sonó firme y segura, pero Hojarasca Acuática sabía cuánto debía de estar doliéndole aquello. Ella y Borrascoso lo siguieron. El sol estaba descendiendo y llenaba ya la hondonada rocosa de una luz rojo sangre. El líder se colocó en el centro, con su pelaje llameante, a la espera de que el clan acudiese a su llamada. Había bajado de la Cornisa Alta para enfrentarse a su desafío y ahora se quedaría con ellos para compartir su dolor por lo que iba a decir.

Los gatos comenzaron a congregarse alrededor del claro. Zarzoso fue el primero en salir de la guarida de los guerreros, seguido de Manto Polvoroso, Nimbo Blanco y Centella. Cenizo se irguió junto al montón de la carne fresca y se quedó en la última fila. Fronde Dorado y Fronda abandonaron la maternidad, mientras Dalia permanecía en la entrada con sus cachorros. Los dos aprendices se unieron a sus mentores, y los veteranos salieron de debajo de su avellano; Flor Dorada guiaba cojeando a Rabo Largo, y Hojarasca Acuática se sintió culpable al recordar que aún no le había aplicado el emplasto.

Por último aparecieron Esquiruela y Rivera, que llegaron corriendo por el túnel de espinos y se pusieron junto a Hojarasca Acuática y Borrascoso.

—Hemos oído que Estrella de Fuego convocaba una reunión —maulló Esquiruela sin aliento—. ¿Qué ocurre?

—Escucha —fue lo único que pudo responder Hojarasca Acuática, demasiado angustiada para explicárselo.

Estrella de Fuego aguardó a que todo el clan estuviera reunido a su alrededor.

—Gatos del Clan del Trueno —empezó—, ha llegado el día que jamás hubiera querido que llegara. Todos sabéis que perdimos a Látigo Gris cuando los Dos Patas lo atraparon en nuestro viejo bosque. Desde entonces, me he empeñado en creer que seguía estando vivo y que volvería con nosotros algún día, pero ahora... —Se le quebró la voz y permaneció un instante cabizbajo. Luego se incorporó y continuó con voz más firme—: Tengo que afrontar el hecho de que el Clan del Trueno no puede seguir más tiempo sin lugarteniente. —Alzó la vista hacia el cielo vespertino, donde había aparecido un único guerrero del Clan Estelar, justo encima de la hondonada—. Látigo Gris está muerto.

El clan guardó silencio durante unos segundos. Hojarasca Acuática no oía nada más que el quedo susurro de los árboles. Los miembros del Clan del Trueno se miraron unos a otros, aturdidos de dolor. Luego brotó un suave murmullo compasivo de aceptación. Hojarasca Acuática vio a varios gatos, incluida Musaraña, asintiendo con tristeza. Todos creían que Estrella de Fuego tenía razón. El líder había recuperado el apoyo de su clan, pero la joven curandera sabía que había pagado un alto precio por ello.

—Esta noche velaremos a Látigo Gris —prosiguió Estrella de Fuego—. Y antes de que la luna esté en lo más alto, nombraré a un nuevo lugarteniente.

La última luz del día se onduló sobre el pelaje de los gatos mientras éstos se colocaban en el centro del claro y se sentaban. Hojarasca Acuática sintió como si el corpulento cuerpo de Látigo Gris estuviera tendido ante ellos.

—Fue mi mentor —dijo Fronde Dorado—. Aprendí más de él que de ningún otro gato.

—Entrenamos juntos —añadió Manto Polvoroso—. Luchamos y cazamos juntos, y el Clan Estelar sabe que a veces nos peleábamos, pero siempre supe que podía confiar en él.

—Jamás se rendía, y siempre luchó por mantener a salvo a su clan —maulló Tormenta de Arena.

Estrella de Fuego no se había movido de debajo de la Cornisa Alta, pero sumó su voz a la de los demás.

—Era leal de los pies a la cabeza. Y el amigo más fiel que nadie podría tener jamás. Que el Clan Estelar lo reciba con honor. —Volvió a temblarle la voz, y esa vez no intentó controlarla para añadir—: Adiós, Látigo Gris. Que el Clan Estelar ilumine tu camino.

Inclinó la cabeza y se dirigió despacio hacia las rocas desprendidas, para trepar a su guarida y llorar a solas la pérdida de su amigo.

Hojarasca Acuática se sentó con el resto de su clan en el silencio susurrante mientras iba cayendo la noche y el Clan Estelar se reunía en lo alto. ¿Estarían dando la bienvenida a un nuevo guerrero? La última vez que se había encontrado con el Clan Estelar en la Laguna Lunar no había ni rastro de Látigo Gris. Tal vez no hubiera desaparecido bajo un cielo diferente; tal vez ni siquiera estaba muerto...

Se removió, incómoda, y su mirada se dirigió hacia la grieta por la que se entraba en la guarida de Estrella de Fuego. Incluso si Látigo Gris no había muerto, seguía estando convencida de que el Clan del Trueno necesitaba un nuevo lugarteniente. Vivo o no, Látigo Gris no estaba allí para cumplir con sus obligaciones y prestar su fuerza al clan.

La curandera alzó la vista hacia el resplandor del Manto Plateado.

—Por favor, enviadme una señal —murmuró.

Luego cerró los ojos, esperando un sueño de sus antepasados guerreros.

Se encontró en el bosque, en un radiante día de la estación de la hoja nueva, con la luz del sol danzando dorada sobre el musgo y los helechos. Le pareció estar cerca de la hondonada, pero, al recorrer el sendero que debería llevarla a la entrada, tropezó con un alto muro de zarzas.

El aire estaba cargado del olor de los gatos del Clan del Trueno, y a través del zarzal creyó oír alegres maullidos de cachorros jugando. Con curiosidad, trepó al árbol más cercano hasta que pudo ver lo que había al otro lado de las zarzas.

Era el campamento del Clan del Trueno. Vio las familiares guaridas, un montón de carne fresca bien abastecido y a sus compañeros de clan yendo de un lado a otro o tumbados perezosamente al sol. Sin embargo, en vez de por los altos muros de piedra, el claro estaba rodeado por altas barreras de zarzas.

De pronto, Hojarasca Acuática notó que caía de la rama del árbol, revoloteando como si fuera un pájaro, hasta acabar en los zarcillos de lo alto del zarzal. Desde allí pudo contemplar el denso muro de tallos entrelazados. Todas las ramas estaban cubiertas de espinas y, al observarlas más de cerca, la curandera vio que no eran espinas, sino garras felinas, fuertes y curvadas hacia fuera, lo que mantenía a raya a los enemigos del Clan del Trueno. Era una pared zarzosa con espinas de gato.

«¡Una pared zarzosa y felina! Zarzoso es el gato que protege al clan.»

El descubrimiento la despertó de golpe. A su alrededor, los gatos seguían velando a Látigo Gris. El Manto Plateado resplandecía en el firmamento, y la luna rozaba las ramas de los árboles, proyectando su pálida luz en el claro. La luna ya estaba llegando a su cénit, y pronto Estrella de Fuego nombraría a un nuevo lugarteniente.

Temblando, Hojarasca Acuática se incorporó para pasarse una zarpa por la cara. Había pedido una señal a los antepasados del Clan Estelar, y ellos habían respondido a su petición con una claridad meridiana: querían que Zarzoso fuera el encargado de proteger al Clan del Trueno. A pesar de que nunca había tenido un aprendiz, a pesar de que los guerreros estelares debían de conocer sus encuentros con Alcotán y Estrella de Tigre, él era el gato que habían escogido.

Despacio, para no molestar a sus compañeros de duelo, Hojarasca Acuática se levantó para estirarse. Luego se encaminó hacia la guarida de su padre.

Al llegar allí, lo encontró sentado en su lecho. La joven se sintió agradecida al ver que el dolor paralizante había desaparecido de sus ojos; estaba absorto en sus pensamientos y se sobresaltó cuando su hija lo llamó.

—Hojarasca Acuática, ¿eres tú? ¿Qué puedo hacer por ti?

—Tengo que hablar contigo, Estrella de Fuego. El Clan Estelar me ha mandado una señal.

A toda prisa, consciente de que la luna seguía ascendiendo sobre el campamento, la joven le contó su sueño.

—¿Zarzoso? —repitió Estrella de Fuego cuando ella terminó—. Sí, es un buen guerrero. Y sería un lugarteniente magnífico. —Cambió de posición entre el musgo y los helechos—. Ya casi me había decidido por Fronde Dorado —continuó—. Él también sería un buen lugarteniente y es un guerrero leal, pero debo recordar que no estoy escogiendo tan sólo a un lugarteniente, sino al gato que podría convertirse en el próximo líder del Clan del Trueno. Y en cierto modo... no estoy seguro de que Fronde Dorado sea ese gato.

—Zarzoso podría serlo —maulló Hojarasca Acuática—. Sé que todavía no ha tenido ningún aprendiz, pero no creo que el Clan Estelar me hubiera enviado una señal si eso les pareciera importante. Estamos viviendo momentos inusuales: el Clan del Trueno nunca ha tenido tan pocos aprendices. Yo... creo de verdad que Zarzoso es la mejor elección.

A pesar de todos sus recelos, no podía negar el valor y la destreza del guerrero, ni tampoco su determinación, gracias a la cual había guiado a sus compañeros al lugar donde se ahoga el sol y los había devuelto a casa con la profecía que había salvado a los clanes. Si ya entonces Zarzoso había sido elegido por el Clan Estelar, tal vez ahora habían vuelto a elegirlo para esta nueva misión.

Estrella de Fuego asintió, pensativo.

—Gracias, Hojarasca Acuática. —Se levantó y se atusó el pelo apresuradamente—. Vamos. Es la hora.

Salió de la guarida a la Cornisa Alta. Hojarasca Acuática lo siguió y se quedó a su lado, mirando al claro. El clan ya se había congregado abajo, puesto que faltaba muy poco para que la luna llegara a su cénit. Los ojos de los gatos brillaban pálidos bajo la tenue luz al mirar a la cornisa rocosa.

—Ha llegado la hora de nombrar al nuevo lugarteniente del Clan del Trueno —anunció Estrella de Fuego—. Pronuncio estas palabras ante el Clan Estelar, para que los espíritus de nuestros antepasados y el espíritu de Látigo Gris, dondequiera que esté, puedan oír y aprobar mi decisión.

Hizo una pausa, como si todavía se negara a creer que su amigo no iba a regresar. Pero su voz sonó más firme cuando continuó:

—Zarzoso será el nuevo lugarteniente del Clan del Trueno.

Los reunidos ahogaron un grito de sorpresa.

—¡¿Qué, esa bola de pelo mandona?! —exclamó Espinardo, y luego pareció avergonzado de haberlo dicho en voz alta.

Hojarasca Acuática vio el asombro reflejado en las caras de todos los gatos, aunque ninguno estaba más asombrado que Zarzoso. Abría sus ojos ámbar como platos por la impresión.

—Pero ¡si nunca he tenido un aprendiz! —exclamó.

—Eso va contra el código guerrero —señaló Manto Polvoroso con brusquedad.

—Estrella de Fuego, ¿acaso crees que puedes hacer lo que quieras? —El enjuto cuerpo de Musaraña estaba tenso de furia—. Queremos un lugarteniente que fortalezca al clan, no a un joven inexperto del que no podamos fiarnos.

—¿Quién dice que no podemos fiarnos de él? —quiso saber Esquiruela.

—¡Silencio! —Estrella de Fuego sacudió la cola—. Zarzoso tiene una experiencia de la que pocos gatos del bosque pueden presumir. Y respecto a su falta de aprendiz, eso se solucionará enseguida. Los hijos de Dalia ya están casi listos para empezar a entrenar, y, cuando llegue ese día, Zarzoso se convertirá en el mentor de Bayito.

A pesar de la tensión que la rodeaba, Hojarasca Acuática tuvo que contener un ronroneo de risa al oír el chillido procedente de la maternidad. Se dio la vuelta y entre las ramas vio a Bayito persiguiéndose la cola entusiasmado.

—Sin embargo, ésa no ha sido la única razón para elegir a Zarzoso —prosiguió Estrella de Fuego—. Hojarasca Acuática, cuéntale tu sueño al clan, por favor.

La joven curandera se adelantó al borde de la Cornisa Alta y describió la señal que le había enviado el Clan Estelar, el zarzal de garras felinas que mantenía a salvo al clan. Cuando terminó de hablar, vio que Manto Polvoroso inclinaba la cabeza.

—No puedo discutir una decisión del Clan Estelar —maulló el atigrado marrón.

—¡Bueno, pues yo sí!

Para sorpresa de Hojarasca Acuática, aquella voz desafiante era la de Cenizo. El guerrero gris avanzó hasta quedar justo debajo de la Cornisa Alta. La luz de la luna volvía plateado su pelaje. En vez de dirigirse a su líder, se encaró con el clan.

—¿Nadie ha caído en que Esquiruela es la pareja de Zarzoso y la hermana de nuestra curandera? Es mucha casualidad que Hojarasca Acuática haya recibido una señal sobre Zarzoso justo ahora, ¿no os parece?

La joven curandera sintió que se le erizaba el pelo del cuello. ¿Cómo se atrevía Cenizo a insinuar que ella se había inventado una señal para ayudar a la pareja de su hermana a convertirse en lugarteniente? Aunque estuviera resentido por haber perdido a Esquiruela, Cenizo sin duda sabía que un curandero jamás mentía.

—Cenizo, tú... —empezó, pero sus palabras quedaron ahogadas por un aullido rabioso de Esquiruela.

—¡Dime eso a la cara, cagarruta de zorro!

La guerrera rojiza iba a abalanzarse sobre Cenizo, pero Zarzoso la empujó para detenerla y le enroscó la cola en el cuello. Le dijo algo en un tono apremiante, pero Hojarasca Acuática estaba demasiado lejos para oírlo.

—¿Algún otro gato está de acuerdo con Cenizo? —preguntó Estrella de Fuego con calma.

Hojarasca Acuática vio que Espinardo miraba incómodo de un lado a otro; abrió la boca para decir algo, pero luego se lo pensó mejor.

—¡Ninguno de nosotros puede estar de acuerdo con él! —exclamó Fronde Dorado—. Hojarasca Acuática es una gata honrada. Si el Clan Estelar ha escogido a Zarzoso, a nosotros nos basta con eso. Creo que será un gran lugarteniente.

Zarzoso se separó de Esquiruela con una última mirada de advertencia. Inclinó la cabeza ante Fronde Dorado y, luego, aún más ante Estrella de Fuego.

—Gracias —maulló—. Sé que nunca podré llenar el vacío dejado por Látigo Gris, pero haré todo lo que pueda por ser un buen lugarteniente para el Clan del Trueno.

La tensión que atenazaba a Hojarasca Acuática fue desapareciendo al ver que el clan se apiñaba alrededor de Zarzoso para felicitarlo, restregándose contra él y gritando su nombre. Borrascoso y Rivera fueron de los primeros, e incluso Musaraña se unió al grupo. El único que se mantuvo al margen fue Cenizo, que se marchó solo a la guarida de los guerreros.

Cuando los gatos comenzaron a dispersarse, unos hacia sus guaridas y otros para seguir velando a Látigo Gris, Hojarasca Acuática creyó ver a otro gato alrededor de Zarzoso. Era un macho musculoso, con los hombros más anchos, pero con el mismo pelaje atigrado. La figura se desvaneció casi de inmediato, pero no antes de que la joven curandera pudiera ver sus potentes garras curvadas y el fulgor triunfal en sus ojos ámbar.

Estrella de Tigre seguía rondando los pasos de su hijo y había estado a su lado mientras Estrella de Fuego lo nombraba lugarteniente.

18

Zarzoso corrió a través del bosque oscuro. Sentía como si sus extremidades, como si hasta el último de sus pelos, rebosaran energía. Estaba deseando contarles las novedades a su padre y su hermano. ¡Lugarteniente del clan! Cuando Estrella de Fuego lo había anunciado, le había parecido increíble. Pero era cierto. Y no sólo había sido elegido por Estrella de Fuego, sino por el mismísimo Clan Estelar. Ahora tenía la oportunidad de demostrar a todo el Clan del Trueno de lo que era capaz.

Entró a la carrera en el claro, donde Estrella de Tigre esperaba sobre su roca, con Alcotán sentado en el suelo.

—¡Estrella de Tigre! —resolló—. ¡Tengo grandes noticias!

El enorme atigrado clavó en él su mirada ámbar, rebosante de orgullo y satisfacción, y Zarzoso se dio cuenta de que ya lo sabía.

—Lugarteniente del Clan del Trueno —maulló su padre—. Lo has hecho muy bien.

—¡Lugarteniente! —exclamó Alcotán, y Zarzoso captó un destello de envidia en sus ojos azul hielo—. ¿Sin tener aprendiz?

—Fue decisión del Clan Estelar —explicó el guerrero—. Le mandó una señal a Hojarasca Acuática.

—Aquí no nombres al Clan Estelar —le espetó Estrella de Tigre—. Te has ganado tu puesto con tu propia destreza y con todo lo que has aprendido de mí. Y, sin embargo, cuando el poder estaba en tus manos, por poco lo echas todo a perder. —Su mirada se oscureció, y Zarzoso tuvo que hacer un esfuerzo por no encogerse—. ¿Por qué le recordaste a Estrella de Fuego que no habías tenido ningún aprendiz?

—Lo lamento —dijo Zarzoso—. Estaba tan sorprendido que no podía creerme lo que Estrella de Fuego había dicho.

Para su alivio, Estrella de Tigre asintió.

—Después de todo, quizá no haya sido tan insensato —concluyó—. Ahora, nadie de tu clan puede acusarte de haber buscado el poder de forma injusta. —Se pasó la lengua por el hocico y se volvió hacia Alcotán—. Y respecto a ti, tu momento llegará.

Alcotán frunció el hocico, mostrando sus afilados colmillos.

—Lo dudo. A veces parece que Estrella Leopardina y Vaharina vayan a vivir eternamente.

Estrella de Tigre sacudió la cola.

—Ningún hijo mío admite la derrota. Estrella Leopardina es la más vieja de los líderes de clan y, cuando vaya a reunirse con el Clan Estelar, ¿a quién sino a ti podría nombrar lugarteniente Vaharina? No olvides que ya fuiste lugarteniente en una ocasión.

Alcotán asintió y pareció que hacía un esfuerzo por quitarse de encima su mal humor.

—Felicidades —le dijo a Zarzoso.

—Gracias. Estoy seguro de que tú no tendrás que esperar demasiado a que llegue tu turno.

—Bueno, ya está bien —espetó Estrella de Tigre, agitando la cola—. Tenemos más planes que ejecutar. Los dos estáis destinados a liderar el bosque entero. Ningún gato probará un bocado de una presa sin que vosotros lo digáis.

Los ojos de Alcotán centellearon, pero Zarzoso dio un paso atrás. ¿De qué estaba hablando Estrella de Tigre?

Había un paso enorme entre ser lugarteniente de clan y liderar todo el bosque.

—¿A qué te refieres? —preguntó—. ¿Cómo...?

Estrella de Tigre lo acalló con un gruñido.

—En cuanto los dos seáis líderes, tú, Alcotán, además de dirigir el Clan del Río, te apoderarás también del Clan de la Sombra. Te aceptarán de buen grado porque yo fui su líder y tú eres mi hijo. Y tú, Zarzoso, liderarás el Clan del Viento junto con el Clan del Trueno.

—Pero ¡Estrella de Bigotes es el líder del Clan del Viento! —protestó Zarzoso—. Y son aliados del Clan del Trueno desde hace muchas estaciones.

Estrella de Tigre agitó la cola.

—Y por eso mismo no supondrá un problema hacerse con el control de su clan. Esos tontainas del Clan del Viento están tan acostumbrados a recibir órdenes del Clan del Trueno que apenas notarán la diferencia.

Zarzoso se quedó mirando a su padre, intimidado por la ardiente seguridad que irradiaban sus ojos ámbar.

—Pero siempre ha habido cuatro clanes... —protestó, consciente de lo poco firmes que sonaban sus palabras.

—Los había, en el viejo bosque. —Estrella de Tigre sacudió las orejas, desdeñando el antiguo hogar de los clanes—. Pero, ahora que todo ha cambiado, quizá sea hora de que eso cambie también. Y lo hará si tenéis la fuerza necesaria.

Durante unos segundos, Zarzoso se dejó llevar por la visión de futuro de su padre. Resultaba tentador imaginarse controlando una extensa franja de tierra, con dos clanes de guerreros fuertes y potentes a sus órdenes. Podría liderarlos bien, lo sabía. El Clan Estelar lo había escogido para que fuera el lugarteniente del Clan del Trueno; a lo mejor aquél no era más que un primer y pequeño paso en su camino hacia un destino glorioso.

—Por supuesto que tenemos la fuerza necesaria —maulló Alcotán—. En la próxima Asamblea deberíamos empezar a hacer amigos en nuestros futuros clanes, para contar con su apoyo cuando asumamos el control.

Estrella de Tigre asintió, pero las palabras de Alcotán perturbaron a Zarzoso. Él ya tenía amigos en el Clan del Viento. Y, aun así, sabía que no lo apoyarían si intentaba hacerse con el poder: pensarían que los había traicionado. Miró de soslayo a su hermano, que estaba esperando su respuesta, y soltó un murmullo sin comprometerse. No iba a aceptar nada hasta que hubiera tenido tiempo de pensarlo bien.

—Una Asamblea sería la oportunidad perfecta para hacerse con el poder —continuó Alcotán, con los ojos relucientes—. Zarzoso, cuando tú y yo seamos los líderes de nuestros clanes, podríamos escoger a nuestros guerreros más fuertes para asistir a la Asamblea...

—Guerreros que cumplieran vuestras órdenes sin cuestionarlas —añadió Estrella de Tigre, inclinando la cabeza ante Alcotán, como si ya hubiera adivinado su plan y lo aprobara.

—Por supuesto. Y entonces, simplemente mataríamos a los otros dos líderes y nos apoderaríamos de sus clanes mientras estuvieran atrapados en la isla.

—¿Qué? —Zarzoso notó que se le erizaba el pelo del cuello. No podía creer lo que estaba oyendo—. ¿En una Asamblea?

—Sí... Ésa es la parte más ingeniosa —le explicó Alcotán—. Nadie se esperará nada.

—Y lo único que necesitaréis para vigilar el extremo del árbol puente será a dos guerreros fuertes —añadió Estrella de Tigre—. Nadie podrá escapar.

Zarzoso dio un paso atrás.

—¿Cómo podéis sugerir que se mate en una Asamblea? El Clan Estelar jamás perdonaría que rompiéramos su tregua.

Alcotán se encogió de hombros.

—Cuando se produjo una pelea en la última Asamblea, el Clan Estelar se enfureció... o al menos eso fue lo que dijo Cascarón. Pero yo no vi que nadie saliera herido por esa razón.

—Todo es posible —maulló Estrella de Tigre con un profundo gruñido; sus ojos ámbar estaban clavados en Zarzoso con expresión siniestra—. Jamás serás un líder poderoso si sigues acobardándote por el Clan Estelar. O si temes mancharte las zarpas de sangre.

—Yo no le temo a nada —replicó Zarzoso—. Pero no mataré en una Asamblea.

Alcotán se le acercó y le pasó la cola por los hombros.

—No te sulfures. Sólo es una idea. Si no te gusta, hay otras maneras.

—Será mejor que las haya. —No estaba seguro de querer seguir adelante con aquello, pero le costaba hablar con libertad... incluso pensar... bajo la siniestra mirada ámbar de Estrella de Tigre.

—Tenemos que hablar de esto más tranquilamente —susurró Alcotán, y Zarzoso se sobresaltó: era como si su medio hermano le hubiera leído el pensamiento—. ¿Por qué no nos vemos cuando estemos despiertos?

«No hay nada de malo en eso», decidió Zarzoso. A lo mejor, si pudiera charlar con Alcotán sin que su padre lo oyera todo, conseguiría ver las cosas con más claridad. Quizá incluso lograra convencer a su medio hermano de que bastaría con liderar sus propios clanes, sin intentar apoderarse de los otros dos.

—De acuerdo —maulló—. ¿Dónde?

—Creo que lo mejor es que nos encontremos en tu territorio. A mí me resultará más fácil alejarme que a ti, ahora que eres lugarteniente.

Zarzoso asintió; eso tenía sentido.

—Junto al lago, entonces. Justo después de la frontera del Clan de la Sombra, el bosque desciende hasta la orilla. Veámonos allí.

«Así —añadió para sí—, Alcotán podrá permanecer a la distancia necesaria del agua, tal como tenemos acordado.» Nadie podría acusarlos de estar haciendo algo incorrecto.

—Bien —accedió Alcotán—. Dentro de dos días, cuando salga el sol. Necesitarás todo el día de mañana para acostumbrarte a tus nuevas obligaciones —añadió, en un tono amistoso.

—Estupendo —maulló Estrella de Tigre con una voz gutural que pretendía ser un ronroneo—. Ahora marchaos. Volveremos a vernos pronto y discutiremos los planes que hayáis hecho.

Zarzoso dio media vuelta para irse, pero entonces su hermano lo llamó. Alcotán tenía sus ojos azul hielo clavados en él con centelleante intensidad.

—No te olvidarás de nuestra reunión, ¿verdad?

—No, claro que no.

—Recordad: el camino hacia el poder es difícil y está empedrado de elecciones complicadas —les advirtió Estrella de Tigre.

Miró fijamente a Zarzoso, que, durante un segundo, se sintió como una presa, atrapada y sin saber hacia dónde correr.

—No tengo miedo —contestó, intentando imprimir seguridad a su voz—. Estaré allí; no os preocupéis.

—¡Eh, despierta!

Una afilada zarpa pinchó a Zarzoso en el costado.

—¿Es que piensas dormir hasta la estación sin hojas? Ya es hora de organizar las patrullas.

Zarzoso parpadeó y, al abrir los ojos, descubrió a Esquiruela inclinada sobre él.

—Ahora eres lugarteniente —le informó la guerrera—. ¿O es que se te ha olvidado?

Zarzoso se levantó a toda prisa y se sacudió los trocitos de musgo y helecho que se le habían pegado al pelo. Para ocultar su confusión, se dio unos rápidos lametones en el pecho. Desde que el clan había llegado a su nuevo hogar, los guerreros más experimentados se habían ido repartiendo las obligaciones del lugarteniente; ahora, todo eso caería sobre los hombros del atigrado.

«Puedo arreglármelas», se dijo.

Una luz nebulosa llenaba ya la guarida de los guerreros. La patrulla del alba tendría que salir de inmediato.

—De acuerdo —dijo Zarzoso—. Yo encabezaré la patrulla del alba. Esquiruela, ¿vienes conmigo? Nimbo Blanco, tú vendrás también, y Orvallo.

—Enseguida voy —mascullό Nimbo Blanco tras bostezar con ganas, y despertó al guerrero más joven tocándole la nariz con la punta de la cola.

Orvallo se incorporó de un salto y se puso a mirar a su alrededor, como si no supiera muy bien qué lo había despertado.

—Tormenta de Arena —continuó Zarzoso, incómodo por tener que dar órdenes a una guerrera veterana—, ¿querrías escoger una patrulla de caza?

La gata melada aceptó inclinando la cabeza, y sugirió:

—Sería una buena idea que fueran dos, ¿no te parece? ¿Quién crees que podría encargarse de la otra?

—Hum... ¿Manto Polvoroso?

Zarzoso estaba preparado para que el atigrado marrón reaccionara mal por recibir órdenes de un gato más joven, pero Manto Polvoroso se limitó a desperezarse y mascullar:

—Vale.

—¿Sabes una cosa, Zarzoso? —le dijo Tormenta de Arena con tono divertido—. No tienes que preocuparte por darnos órdenes. Eres el lugarteniente, eso es todo.

—Gracias —contestó Zarzoso, y procurando que su voz sonara firme, añadió—: Seré leal a mi clan mientras tenga el aliento suficiente para luchar.

Repitió esas palabras mentalmente mientras guiaba a la patrulla del alba a través de la barrera de espinos y ladera arriba, hacia la frontera del Clan de la Sombra. Y era verdad: nada le importaba más que el bienestar del Clan del Trueno. Les enseñaría a todos los gatos del bosque que podía ser un gran lugarteniente. Por desgracia, aún faltaba más de media luna para la siguiente Asamblea, en la que Estrella de Fuego anunciaría su nombramiento a los demás clanes y en la que él podría sentarse en las raíces del roble, junto con Vaharina, Perlada y Bermeja.

Cuando llegaron a la frontera del Clan de la Sombra, Zarzoso casi deseó encontrarse con una patrulla del clan vecino para poder mencionarles su nueva condición, pero todo estaba en silencio. El rastro del Clan de la Sombra estaba difuminándose, y eso indicaba que su patrulla del alba ya había pasado por allí. Zarzoso notó un hormigueo de impaciencia. Estaba desesperado por contar la gran noticia a alguien más; si un ratón se cruzara en ese momento en su camino, lo pararía para comunicarle que estaba a punto de ser comido por el nuevo lugarteniente del Clan del Trueno.

Para cuando regresaron al campamento, las patrullas de caza estaban llegando con sus primeras presas. Zarzoso ordenó a Betulo y a Zarpa Candeal que llevaran comida tanto a los veteranos como a Estrella de Fuego y a Hojarasca Acuática. Luego llamó al resto de los gatos y comenzó a organizar las patrullas para el día siguiente. No quería que lo aturullaran como esa misma mañana. Además, quería asegurarse de estar libre para su encuentro con Alcotán.

Mientras Zarzoso hablaba, Bayito salió disparado de la maternidad y frenó en seco ante él.

—Quiero ir en una patrulla —declaró—. ¿Puedo?

—No —respondió Zarzoso con firmeza—. No hasta que seas aprendiz.

—Cuando lo sea me llevarás, ¿verdad?

—Sí, por supuesto.

A Bayito le brillaron los ojos.

—¡Voy a ser el aprendiz del lugarteniente! —anunció a todos los gatos que podían oírlo.

Zarzoso le dio un empujoncito afable y siguió con sus tareas.

—¡Eh, mandón! —exclamó Esquiruela con un dejo risueño y tocándole la oreja con la punta de la cola—. Ya has asignado a Fronda a una patrulla de caza. No puede ir también en la del alba.

—Lo siento —le dijo Zarzoso a Fronda, que lo miraba desconcertada—. Ve a cazar con Manto Polvoroso. Buscaré a otro gato para la patrulla del alba.

—Hazlo después —maulló Esquiruela—. Primero, ven a comer. —Lo guió hasta el montón de la carne fresca, añadiendo por encima del hombro—: Supongo que los lugartenientes comen, ¿no? No tienen que ocupar todo su tiempo con sus obligaciones, ¿verdad?

Zarzoso se relajó. A pesar de sus palabras burlonas, en los ojos verdes de Esquiruela había un cálido destello de afecto. Pero ¿querría Esquiruela seguir a su lado, continuarían reluciendo sus ojos al verlo, si supiera que había quedado con Alcotán al día siguiente?

Sabía cuál era la respuesta. Si Esquiruela llegaba a enterarse, la perdería para siempre. ¿Qué más podría perder también? Estrella de Tigre había acabado perdiendo su puesto de lugarteniente, incluso fue desterrado, cuando Estrella de Fuego desveló su complot para asesinar a Estrella Azul. ¿Le sucedería lo mismo a él si se descubrían sus encuentros con Alcotán y Estrella de Tigre?

Zarzoso intentó convencerse de que nadie descubriría jamás su secreto, pero se estremeció bajo el cálido sol de la estación de la hoja nueva. «Yo no estoy planeando asesinar a nadie», se dijo. Lo único que quería era devolver su antigua fuerza al Clan del Trueno. Sus compañeros de clan habían pasado demasiado tiempo sin lugarteniente; ahora tenían uno, y Zarzoso sabía que haría cualquier cosa para merecer la confianza que el Clan Estelar había depositado en él.

19

Cuando Hojarasca Acuática se puso en marcha para su encuentro en la Laguna Lunar, seguía sintiendo un hormigueo de inquietud por todo el cuerpo. El primer día de Zarzoso como lugarteniente había ido bien: daba las órdenes con tranquila autoridad y trabajaba más que nadie en sus propias patrullas. Pero la curandera no podía olvidar que había visto a Estrella de Tigre rondándolo mientras Estrella de Fuego anunciaba que sería el nuevo lugarteniente. Sabía que, de algún modo, el atigrado seguía estando en contacto con su sanguinario padre. Y eso significaba que todo el clan podía correr peligro.

Con la esperanza de recibir una señal cuando estuviera compartiendo lenguas con los antepasados guerreros en la Laguna Lunar, atravesó el bosque y salió cerca del arroyo, donde el agua borboteaba alrededor de los pasaderos. Cascarón y Ala de Mariposa estaban esperándola, y, bajo la luz crepuscular, Hojarasca Acuática apenas distinguió la pequeña figura de otro gato... ¡Blimosa! Había olvidado que aquélla era la noche en que la joven gatita gris sería recibida oficialmente por el Clan Estelar como aprendiza de Ala de Mariposa.

—Hola —saludó, corriendo hacia ellos—. Blimosa, me alegro mucho de verte.

La aprendiza bajó la cabeza con timidez. Le brillaban los ojos. Parecía casi demasiado emocionada para hablar.

—Hola, Hojarasca Acuática —le contestó—. Es estupendo estar aquí.

Para alivio de la joven curandera, la aprendiza no mencionó el sueño que habían compartido buscando nébeda. Cascarón podría oírlas y le extrañaría que la curandera de otro clan tuviera que guiar a la aprendiza de Ala de Mariposa.

—¿Dónde está Cirro? —preguntó—. No suele llegar tarde.

Cascarón se encogió de hombros.

—Ni idea. Quizá se haya adelantado.

—Será mejor que nos pongamos en marcha —propuso Ala de Mariposa—. La luna saldrá enseguida.

Hojarasca Acuática notó tensión en todos y cada uno de los pelos de su amiga, y comprendió por qué. Ala de Mariposa estaba a punto de presentar a su aprendiza al Clan Estelar, cuando ella ni siquiera creía en los antepasados guerreros. Debía de estar aterrorizada por lo que pudiera pasar. Tal vez el Clan Estelar no aceptara a Blimosa porque su mentora no podía contactar con ellos.

«No —se dijo Hojarasca Acuática para tranquilizarse—. Plumosa acudió a Blimosa en mi sueño y le prometió que tendría muchos más sueños del Clan Estelar.»

Ojalá pudiera reconfortar a Ala de Mariposa, pero delante de Cascarón no debía siquiera admitir la existencia del problema.

Los cuatro acababan de cruzar la frontera del Clan del Trueno cuando sonó un maullido a sus espaldas y Cirro corrió para alcanzarlos.

—Lo siento —resolló—. Cuando estaba a punto de salir, ha llegado Cedro con una espina en la pata. Bienvenida —añadió, inclinando la cabeza ante Blimosa—. No te pongas nerviosa por lo de esta noche. Todo irá bien; tienes a una gran mentora.

Ala de Mariposa no dijo nada, pero a Hojarasca Acuática no se le escapó el destello de pánico en sus ojos.

La luna ya estaba alta en el cielo cuando los curanderos cruzaron la barrera de arbustos y se detuvieron en lo alto de la hondonada. Blimosa contempló extasiada el arroyo plateado que caía por la roca que tenía enfrente y la burbujeante laguna, que parecía llena de luz estelar.

—¡Esto es precioso! —susurró.

Cascarón encabezó el descenso por el hollado sendero que llevaba al borde del agua. Ala de Mariposa lo siguió con Blimosa a la zaga, y Hojarasca Acuática y Cirro bajaron los últimos.

Junto a la poza, Ala de Mariposa se volvió hacia su aprendiza.

—Blimosa —empezó—, ¿deseas introducirte en los misterios del Clan Estelar como curandera? —Pensara lo que pensase, conocía bien las palabras del ritual, y sonó como si se las creyera de cabo a rabo.

El pelo gris de Blimosa, plateado bajo la luz de la luna, estaba ahuecado de emoción y su cola lucía bien alta. La joven contestó con solemnidad y los ojos rebosantes de respeto y temor:

—Sí, lo deseo.

—Entonces, acércate.

Blimosa avanzó hasta que ambas estuvieron situadas en el mismo borde de la Laguna Lunar. Ala de Mariposa levantó la cabeza para contemplar el Manto Plateado, y Hojarasca Acuática se preguntó qué estaría viendo allí. La curandera del Clan del Río siguió con la ceremonia con voz aguda y casi temblorosa; parecía más nerviosa incluso que su aprendiza.

—Guerreros del Clan Estelar, os presento a esta aprendiza. Ha escogido la senda de la curandería. Concededle vuestra perspicacia y sabiduría para que pueda comprender vuestras costumbres y curar a su clan de acuerdo con vuestra voluntad.

A Hojarasca Acuática se le encogió el corazón de pena por su amiga, consciente de cuánto le costaba pronunciar cada palabra. Todos los días vivía una mentira, pero aquello era peor que cualquier otra cosa: estaba apelando a unos espíritus estelares en los que no creía en un lugar donde todos los demás curanderos estaban oyéndola.

Ala de Mariposa hizo una seña con la cola a su aprendiza.

—Agáchate y bebe de la laguna.

Parpadeando, Blimosa obedeció. Su mentora y los otros curanderos ocuparon su lugar alrededor de la orilla y estiraron el cuello para lamer unas gotas del agua plateada.

A Hojarasca Acuática el agua le supo a brillo de estrellas líquido: estaba fría como el hielo y helaba hasta los huesos. Cuando tocó las gotas con la lengua, se sumió en la oscuridad y, durante unos segundos, creyó flotar en la nada.

Luego abrió los ojos y se encontró sentada al borde de una laguna cuya agua resplandecía con el reflejo del Manto Plateado. Pero no era la Laguna Lunar. Se hallaba en el claro de un bosque; helechos y flores crecían alrededor de la orilla y tachonaban la hierba, brillando con una pálida luz.

La joven curandera miró hacia arriba, saboreando el frío aire de la noche con el salvaje olor del viento y las estrellas. Sintió como si el salto más diminuto pudiera elevarla al cielo para compartir lenguas con el Clan Estelar en su propio territorio.

Luego, por encima de su cabeza, vio las tres estrellas minúsculas que ya había visto en dos ocasiones. Parecían brillar más que nunca.

Junto a ella, Blimosa dormía ovillada, y en el extremo opuesto de la laguna había una gata parda preciosa, cuyos ojos relucieron con afecto al mirar a la aprendiza.

—¡Jaspeada! —exclamó Hojarasca Acuática. Corrió hacia el espíritu estelar, aspirando su conocido y dulce aroma, y se restregó contra su suave costado—. Me alegro muchísimo de verte. ¿Puedes hablarme de esas tres estrellas? —le preguntó, señalándolas con la cola—. Creo que significan que tres guerreros han muerto, pero ¡no consigo descifrar quiénes son!

Jaspeada negó con la cabeza.

—Esas estrellas son una señal, querida. Pero éste no es el momento de que descubras su significado.

Hojarasca Acuática abrió la boca para protestar, pero sabía que el Clan Estelar era más sabio que ella y que se lo diría cuando tuviera que saberlo, en el momento apropiado. Tragándose su decepción, maulló:

—Por lo menos compartiste conmigo el secreto de Ala de Mariposa, la señal que la convirtió en curandera. Gracias.

—Pensé que ya era hora de que lo supieras. Eres buena amiga de Ala de Mariposa, y ella necesitará tu apoyo.

—Todavía no he hablado con ella sobre eso. ¿Crees que debería?

Jaspeada le dio un lametón cálido y afectuoso.

—No, a menos que quieras... o a menos que Ala de Mariposa te lo explique. Sólo asegúrale que puede ser una curandera estupenda y que se merece mantener su puesto entre sus compañeros de clan.

—Eso no será difícil —anunció Hojarasca Acuática—. Ala de Mariposa es una gran curandera. Nadie se preocuparía por su clan más que ella. Detesta lo que Alcotán está intentando obligarla a hacer.

Jaspeada asintió, y una sombra cruzó por sus hermosos ojos.

—El destino de Alcotán está en manos del Clan Estelar —murmuró—. No debes preocuparte por él. —Se levantó y rodeó la laguna seguida de Hojarasca Acuática, hasta llegar junto a la aprendiza dormida—. El Clan Estelar te está muy agradecido por haber ayudado a Blimosa. Si quiere convertirse en una auténtica curandera, te necesitará a ti tanto como a Ala de Mariposa. Sé que mantendrás en secreto tu contribución a su entrenamiento; ya has demostrado que puedes guardar silencio.

—Gracias, Jaspeada —dijo la joven curandera, contenta por la confianza del Clan Estelar. Aunque vaciló antes de continuar—: Me gustaría ver a Carbonilla.

Nunca me visita, ¡y la echo muchísimo de menos! ¿Estás segura de que no está enfadada conmigo?

Jaspeada restregó el hocico contra la coronilla de la joven, haciendo que se sintiera de nuevo como una cachorrita, a salvo en la maternidad con su madre.

—Bastante segura. Deja de preocuparte por Carbonilla, querida. Está más cerca de ti de lo que crees. ¿Te gustaría que te lo demostrara?

Hojarasca Acuática parpadeó.

—¡Oh, Jaspeada, ojalá pudieras!

Jaspeada se inclinó a beber un poco de la centelleante agua y agitó las orejas para que Hojarasca Acuática la imitara. La joven se estremeció de arriba abajo con un temor reverencial. Bebió un poco. Aquélla no era el agua helada de la Laguna Lunar que la sumía en un profundo sueño. En vez de eso, era fresca y fragante, con los aromas de las hierbas curativas. Hojarasca Acuática sintió como si el agua estuviera empapando todo su cuerpo, dándole fuerza y valor.

—Ahora sígueme —le indicó Jaspeada.

La gata la siguió a través del claro y entre los árboles. De pronto, se dio cuenta de que había regresado a su propio bosque y de que la barrera de espinos del campamento del Clan del Trueno se alzaba ante ella.

—¿Por qué me has traído aquí? —preguntó.

Jaspeada no respondió. La guió por el túnel y por el claro principal hasta la maternidad. Cerca de la entrada, Dalia estaba tumbada entre sus cachorros, todos ovillados y profundamente dormidos. Hojarasca Acuática pasó ante ellos, sigilosa.

Jaspeada se dirigió al extremo más lejano de la maternidad, donde estaba durmiendo Acedera. Sus cuatro cachorros estaban pegados a su vientre. Tres de ellos dormían, pero, cuando Hojarasca Acuática se inclinó a mirarlos, Pequeña Carboncilla levantó la cabeza y abrió sus ojos azules, clavándolos en la curandera con tal intensidad y familiaridad que ella no pudo apartar la mirada.

—¿Ahora lo entiendes? —ronroneó Jaspeada.

—No... no puede ser cierto —susurró Hojarasca Acuática—. ¿Por qué...? ¿Cómo...?

—Es cierto —le aseguró la guerrera estelar—. ¿Te sientes mejor sabiéndolo?

—¡Sí! —exclamó—. Gracias, Jaspeada.

—Ahora debemos regresar. Es hora de convertir a Blimosa en una auténtica curandera.

Pequeña Carboncilla abrió la boca en un gran bostezo, mostrando una lengua rosa y unos dientecillos afilados. Luego volvió a cerrar los ojos y se acurrucó junto a su madre. Hojarasca Acuática inclinó la cabeza para absorber su cálido aroma, hasta que el esponjoso pelo gris de la cachorrita le hizo cosquillas en la nariz, y sólo entonces siguió a Jaspeada fuera de la maternidad. «Adiós, Carbonilla», pensó, mientras las ramas de espino se cerraban a sus espaldas.

Al salir del campamento, cruzaron de nuevo la frontera del bosque soñado. Blimosa seguía durmiendo junto a la laguna. Jaspeada se acercó a ella y le habló con delicadeza al oído. La aprendiza se despertó y levantó la cabeza, mirando a la antigua curandera.

—Tú eres una guerrera del Clan Estelar, ¿verdad? —maulló—. Puedo ver las estrellas en tus ojos.

—Lo soy, pequeña. Me llamo Jaspeada, y aquí está tu amiga, Hojarasca Acuática.

Blimosa se puso en pie.

—Hola, Hojarasca Acuática. ¿Ala de Mariposa no está contigo? —añadió, mirando a su alrededor.

—No, no la verás en este sueño —respondió Jaspeada.

Hojarasca Acuática sintió una punzada de desazón al pensar que Ala de Mariposa no estaba presente para ver cómo su aprendiza daba sus primeros pasos en el mundo del Clan Estelar. «Pero alguien debe hacerlo —se dijo—. Ala de Mariposa no puede, y el Clan Estelar me ha escogido a mí.»

—¿Dónde estamos? ¿Por qué estamos aquí? —preguntó Blimosa, girando sobre sí misma e intentando abarcar todo el claro con una sola mirada.

—Hemos venido a compartir contigo una señal del Clan Estelar —contestó Jaspeada—. ¿Estás lista?

A Blimosa le centellearon los ojos.

—¡Sí! —Dio un saltito, haciendo que Hojarasca Acuática recordara a la cachorrita que era poco tiempo atrás—. ¡Vaya, esto es muy emocionante! Nunca había tenido sueños como éste antes de ser aprendiza.

—Tendrás muchos más —le dijo Jaspeada—. Adondequiera que te lleven tus pasos, jamás estarás sola.

Le hizo un gesto para que bebiera de la laguna y se agachó junto a ella, contemplando las profundidades. Hojarasca Acuática se situó al otro lado de Blimosa.

—¿Qué ves? —preguntó Jaspeada.

El agua estaba en calma y reflejaba las estrellas del firmamento. Luego, poco a poco, la luz estelar quedó oscurecida, y Hojarasca Acuática vio nubes grises que se agitaban bajo la superficie. Comenzó a soplar un fortísimo viento que sacudió los árboles y rizó el agua, y que zarandeó con tanta fuerza a Hojarasca Acuática que ésta tuvo que clavar las garras en la tierra por miedo a salir volando. Blimosa soltó un grito, aterrorizada.

—¡No tengas miedo! —La voz de Jaspeada se elevó por encima del rugido del viento—. Aquí, nada te hará daño.

Hojarasca Acuática cerró los ojos con fuerza ante el ímpetu del viento y sintió como si fueran a arrancarla del suelo. Un instante después, se despertó al borde de la Laguna Lunar, todavía con el corazón desbocado. En lo alto, la luna flotaba en un cielo despejado, sin que la más mínima brisa moviera las nubes ni alborotara la superficie del agua. Blimosa estaba tumbada en la orilla, respirando tranquilamente con los ojos cerrados. Más allá, Cirro y Cascarón seguían caminando en sueños, y entonces vio a Ala de Mariposa al otro lado de Blimosa, con la cola enroscada alrededor de las patas. Estaba contemplando el agua estrellada con tanta angustia en los ojos que Hojarasca Acuática pensó que se le iba a romper el corazón de pena.

—Ala de Mariposa —murmuró, dejando a un lado su visión de la tormenta.

Su amiga se volvió hacia ella.

—Tengo mucho miedo —susurró—. ¿Crees que Blimosa tendrá los sueños que ha de tener? ¿Cómo va a ser curandera cuando su mentora no cree en el Clan Estelar?

Hojarasca Acuática rodeó a la aprendiza dormida para acercarse a su amiga y darle unos lametones en las orejas.

—Jaspeada le ha hecho una visita —la tranquilizó—. Yo también estaba, y la he visto.

Ala de Mariposa negó con la cabeza.

—Sólo ha sido un sueño.

Hojarasca Acuática se restregó contra ella, intentando fortalecerla con la certeza de su fe.

—Ya lo verás. Todo va a ir bien.

Ala de Mariposa se separó con brusquedad.

—No, no va a ir bien. Ay, Hojarasca Acuática, ¡ya no puedo seguir mintiendo! Tengo que contártelo. —Clavó sus inquietos ojos ámbar en su amiga—. Tú crees que el Clan Estelar me escogió, pero no fue así. El ala de mariposa delante de la guarida de Arcilloso no fue una señal de los antepasados. Alcotán la puso allí, pero, te lo prometo, Hojarasca Acuática, yo no lo supe hasta un tiempo después.

La joven curandera la miró. Sintió una oleada de calidez al comprobar que su amiga confiaba en ella lo suficiente como para contarle la verdad, pero también sintió un pavor glacial. «Oh, Clan Estelar, ¡dame las palabras apropiadas!»

Al verla dudar, Ala de Mariposa retrocedió.

—¿Qué vas a hacer? —gimió—. ¿Se lo contarás a los demás? ¿Tendré que dejar de ser curandera?

—Por supuesto que no. —Hojarasca Acuática volvió a restregarse contra su amiga, tocándole la oreja con el hocico—. Ala de Mariposa... yo ya lo sabía.

La atigrada puso unos ojos como platos.

—¿Lo sabías? ¿Cómo?

—Jaspeada me mandó una señal. Y... y te oí hablando con Alcotán después de la última Asamblea.

—¡Alcotán! —musitó con amargura—. No para de amenazarme con contárselo a todos si no hago lo que él quiere. Me obligó a mentir en la Asamblea. Jamás tuve ese sueño... pero eso también lo sabías, ¿verdad?

Hojarasca Acuática asintió.

—¡Deseaba tanto ser curandera! —prosiguió Ala de Mariposa—. Y al principio intenté creer en el Clan Estelar, de verdad que sí. Cuando Arcilloso me llevó a la Piedra Lunar, creí tener un sueño donde conocía a algunos gatos del Clan Estelar, incluso me enseñaban cosas que estaban sucediendo en el bosque. Pero, cuando regresé al Clan del Río, Alcotán me contó lo que había hecho con el ala de mariposa. Y entonces comprendí que el Clan Estelar debía de ser un cuento y que lo que había tenido no había sido más que un sueño normal y corriente. Porque si el Clan Estelar existiera realmente, ¡nunca habría permitido que mi hermano hiciera algo tan malvado ni que me atormentara así!

Hojarasca Acuática la acarició con la punta de la cola. Por dentro ardía de rabia, pero luchó por ocultárselo a su amiga. Ahora sabía que tenía razón al desconfiar de Alcotán. Él había destrozado la fe de su hermana, mutilándola como curandera cuando tenía tanto que ofrecer con sus habilidades sanadoras.

—No pasa nada —murmuró—. Créeme: todo irá bien.

—¿Cómo? —protestó Ala de Mariposa—. Debería haberles contado a todos la verdad desde el primer momento. Pero no podía renunciar a ser curandera. Me encanta lo que hago y quería ayudar a mis compañeros de clan. Y ahora es demasiado tarde. Si les cuento lo que pasó, me desterrarán y no tendré adónde ir.

—No tienes que irte a ninguna parte —le aseguró Hojarasca Acuática—. Jaspeada me ha dicho que el Clan Estelar desea que te quedes donde estás y que hagas lo que siempre has hecho. Dice que puedes ser una curandera magnífica y que te mereces tu lugar en la Laguna Lunar.

Durante un segundo, la esperanza brilló en los ojos de Ala de Mariposa, como si quisiera creer lo que le decía su amiga. Luego negó con la cabeza.

—Eres muy amable al decir eso, pero sé que no es cierto. No es que piense que estás mintiendo —se apresuró a añadir—, pero sólo es un sueño. —Suspiró—. Aun así, si de verdad crees que debería seguir adelante, lo haré. Aunque ¿cómo voy a ser una buena mentora para Blimosa? No sé qué contarle sobre el Clan Estelar. —Se quedó cabizbaja—. No me la merezco —susurró. Al cabo de un momento, volvió a erguirse con una nueva determinación en los ojos—. Pero voy a intentarlo. No escucharé más a Alcotán. Le recordaré que nadie lo nombraría lugarteniente si supieran que mintió sobre una señal del Clan Estelar.

—Buena idea —maulló Hojarasca Acuática—. Pero ten cuidado con...

Tuvo que callarse, porque Cirro, en el otro extremo de la laguna, había levantado la cabeza: luego se puso en pie y arqueó el lomo para desperezarse. Cascarón también había empezado a moverse, y Blimosa se despertó, se levantó de un salto y cruzó las rocas cubiertas de musgo hasta su mentora.

—Ha sido terrorífico... pero ¡asombroso! —exclamó, y añadió en voz más baja—: Ojalá hubieras estado allí.

Hojarasca Acuática sintió cómo crecía su respeto por la aprendiza, que parecía haber comprendido que Ala de Mariposa no se reunía con el Clan Estelar. También se sintió aliviada al ver que la visión del mundo del Clan Estelar había entusiasmado a la aprendiza, en vez de paralizarla de miedo.

—Sí, ojalá hubiera estado allí —contestó Ala de Mariposa.

—Algún día, quizá —dijo Blimosa.

La curandera no dijo nada, pero Hojarasca Acuática se dio cuenta de que no compartía la confianza de su aprendiza.

—Hojarasca Acuática, ¿qué crees que significa la señal? —le preguntó Blimosa con nerviosismo—. ¡Nubes de tormenta! ¿Crees que se avecinan problemas para los cuatro clanes?

La joven curandera le pasó la punta de la cola por la boca, mirando a Cirro y a Cascarón para asegurarse de que no habían oído nada.

—Los curanderos no suelen hablar de sus señales —le explicó—. No hasta que están preparados para interpretarlas ante sus clanes. Sí, creo que significan problemas —añadió—, pero quizá sea mejor no decir nada todavía. No tiene sentido extender la alarma hasta que sepamos más.

Blimosa asintió, muy seria, y Hojarasca Acuática sintió una punzada de culpabilidad por no ser del todo sincera con ella. Cirro y Cascarón no daban muestras de haber tenido sueños turbulentos, de modo que la señal de Blimosa debía de ser únicamente para el Clan del Río y el Clan del Trueno. Y sólo había un gato que conectara a ambos clanes: ¡Alcotán!

Mientras seguía el sendero que llevaba fuera de la hondonada, Hojarasca Acuática agradeció en silencio al Clan Estelar que Ala de Mariposa hubiera confiado lo bastante en ella como para contarle la falsa señal de Alcotán. Pero no estaba segura de que su amiga tuviera el valor de desafiar a su hermano, a pesar de lo que había dicho. Tenía demasiado que perder.

Al llegar al final del camino, una sombra cubrió la hondonada. Hojarasca Acuática vio que una nube había tapado la luna. Sintió un cosquilleo cuando una fría brisa sopló a través del círculo de arbustos, y volvió a sentir el rugiente viento de su sueño. Estaba convencida de que se avecinaba un problema terrible... y de que Alcotán estaba involucrado de algún modo.

20

Zarzoso estaba en el claro y observaba a las patrullas de caza salir por el túnel de espinos. La patrulla del alba ya se había marchado, y la niebla de primera hora de la mañana estaba empezando a evaporarse. Por encima de los árboles, el cielo, todavía de un tenue color azul, prometía un día cálido. El sol no tardaría en salir.

El atigrado miró a su alrededor, ansioso por comprobar que todas las tareas estaban cubiertas. El montón de carne fresca era pequeño, pero las patrullas de caza se ocuparían de eso. Dalia estaba bostezando en la entrada de la maternidad, mientras observaba cómo sus cachorros jugaban a pelearse, y Hojarasca Acuática cruzaba el campamento hasta la guarida de los veteranos, de donde acababa de salir Musaraña rascándose vigorosamente la oreja con una de sus patas traseras. Todos los gatos parecían lustrosos y bien alimentados; incluso la esbelta Hojarasca Acuática había ganado peso. La hambruna que habían tenido que soportar en su viejo hogar ya no era más que un desagradable recuerdo.

Zarzoso oyó a sus espaldas un crujido de ramas que procedía de la guarida de los guerreros y vio que Cenizo salía y se paraba para atusarse el pelo con rapidez.

El atigrado se le acercó. Zarpa Candeal se había ido con su mentor, y Fronde Dorado con una patrulla de caza, de modo que los aprendices no entrenarían juntos ese día.

—¿Dónde está Betulo? —le preguntó—. Éste sería un buen momento para hacer una sesión de entrenamiento.

Cenizo entornó los ojos.

—Puedo encargarme de mi propio aprendiz —replicó—. De hecho, hoy había decidido hacerle una evaluación.

—Eso está bien. Recuérdale lo de las trampas para zorros, por si acaso.

Sin responder, Cenizo se dirigió a grandes zancadas a la guarida de los aprendices. Betulo apareció al oír que su mentor lo llamaba y escuchó sus instrucciones, amasando el suelo con impaciencia. Luego se encaminó hacia la entrada del campamento y se detuvo a cruzar unas palabras con Espinardo, que acababa de aparecer por el túnel de espinos con una presa en la boca. Betulo se marchó por fin, con la cola bien erguida. Antes de seguirlo, Cenizo lanzó otra mirada resentida a Zarzoso.

El nuevo lugarteniente se dijo que podría haber tenido más tacto; aun así, si Cenizo no cambiaba de comportamiento, iba a acabar recogiendo bilis de ratón para las garrapatas de los veteranos.

De pronto se quedó de piedra. ¡Se había concentrado tanto en sus obligaciones de lugarteniente que había estado a punto de olvidarse de su reunión con Alcotán! Ya faltaba poco para la salida del sol. Iba a llegar tarde. Fue hacia la barrera de espinos, pero tuvo que detenerse, gruñendo para sus adentros, al oír la voz de Esquiruela.

—¡Eh, Zarzoso! ¿Adónde vas?

La guerrera cruzó el claro en su dirección; Zarzoso no la había asignado a ninguna de las patrullas matinales, y puesto que él tampoco tenía que ir con ninguna patrulla, la gata no comprendería que no quisiera pasar tiempo con ella.

—¿Adónde vas? —repitió al llegar a su lado—. ¿A cazar? Vayamos juntos.

—Tengo que... —empezó Zarzoso, sobresaltado, pero se interrumpió cuando los hijos de Dalia, con Bayito a la cabeza, atravesaron el claro a la carrera y desaparecieron tras la cortina de zarzas que resguardaba la guarida de Hojarasca Acuática.

—¡Esos cachorros gamberros! —exclamó Esquiruela—. ¿Recuerdas el desastre que provocaron la última vez? Será mejor que vaya a ver si Hojarasca Acuática está ahí.

Y echó a correr. Dando las gracias en silencio al Clan Estelar, Zarzoso se coló por el túnel y se dirigió al lago a toda prisa.

Para entonces, el sol ya había salido, y los árboles proyectaban largas sombras sobre la hierba, que resplandecía con el rocío. Las telarañas centelleaban en todos los arbustos. No había ni rastro de otros gatos, pues él se había asegurado de que las patrullas de caza fuesen a otras partes del territorio.

Se detuvo en el lindero del bosque. Oyó el chapoteo suave del agua a un par de colas de distancia y entrevió su superficie deslumbrante a través de los frondosos helechos. Abrió la boca y saboreó el aire. Creyó captar el olor del Clan del Río y un inesperado rastro del Clan de la Sombra, pero no vio a su medio hermano.

—¿Alcotán? —llamó con cautela.

No hubo respuesta. Zarzoso vio a un tordo, más o menos a un zorro de distancia, que estaba capturando una lombriz en la tierra. Eso le recordó que aún no había comido nada, de modo que, instintivamente, adoptó la posición de acecho. En el mismo instante, algo pesado chocó contra él y lo hizo caer al suelo. Soltó un maullido de alarma, y el tordo huyó volando con un estridente chillido entrecortado. Rodando para enfrentarse a su atacante, Zarzoso se encontró con Alcotán, que lo miraba con un brillo divertido en sus ojos azul hielo.

—¿Qué estás haciendo? —bufó Zarzoso—. ¿Es que quieres que todos los gatos del Clan del Trueno sepan que estamos aquí?

Alcotán se encogió de hombros.

—No me importa. Tengo derecho a estar aquí siempre que permanezca cerca de la orilla.

Zarzoso se puso en pie y se alisó el pelo alborotado con un par de lametazos. Alcotán tenía razón, pero, aun así, él se vería obligado a dar explicaciones si alguno de sus compañeros de clan lo veía hablando con su medio hermano. Por un momento, pensó que le gustaría tener la misma seguridad que mostraba Alcotán, pero se dijo que él era lugarteniente de clan, y tan capaz como pudiera serlo el guerrero del Clan del Río.

—Vamos a los helechos —maulló, señalando con la cola.

Cuando se sentaron juntos bajo las frondas arqueadas, Zarzoso volvió a captar el olor del Clan de la Sombra. Arrugó la nariz.

—Hueles al Clan de la Sombra —le dijo a Alcotán.

Su hermano entornó los ojos.

—Se me habrá pegado su olor al cruzar su territorio —gruñó—. Eso tampoco importa. No perdamos tiempo.

Zarzoso asintió y respiró hondo. Esperaba encontrar las palabras adecuadas para expresar sus dudas sobre los planes de Estrella de Tigre, sin que Alcotán pensara que no estaba lo bastante comprometido con la idea de convertirse en líder de su clan.

—Esa idea de Estrella de Tigre, eso de que nos apoderemos del Clan de la Sombra y del Clan del Viento... —empezó—, no estoy seguro de que vaya a funcionar. El Clan Estelar decretó que hubiera cuatro clanes.

Su medio hermano agitó la punta de la cola.

—Como dijo Estrella de Tigre, eso era en el viejo bosque. Escúchame, Zarzoso, el Clan de la Sombra siempre ha sido un estorbo. ¿No crees que la vida sería mejor para todos si se sometiera a un líder que se asegurara de que cumplieran el código guerrero? ¿No crees que tú serías mucho mejor líder del Clan del Viento que Estrella de Bigotes? Entre nosotros dos podríamos encargarnos de que todos los gatos del bosque fueran fuertes y felices. No más batallas, no más discusiones por el territorio...

—Bueno... quizá.

Zarzoso no podía rebatir el planteamiento que Alcotán acababa de esbozar. Era cierto que unos líderes fuertes podrían gobernar el bosque en beneficio de todos los gatos. Recordó cómo los guerreros del Clan de la Sombra habían desatendido los gritos de socorro de Bayito cuando cayó en la trampa para zorros. «Si yo estuviera al mando —pensó—, nadie se quedaría viendo cómo un cachorro lo pasa mal sin intentar ayudarlo, fuera cual fuese el clan al que perteneciera ese cachorro.» Quería que todos los gatos del bosque estuvieran bien, pero, por encima de todo, quería lo que fuese mejor para el Clan del Trueno.

—Aun así... —empezó de nuevo. Un tenue aullido lo interrumpió—. ¿Qué ha sido eso?

Alcotán se encogió de hombros.

—Alguna presa desafortunada.

El aullido se repitió.

—¡No! —exclamó Zarzoso—. Es un gato en apuros. ¡Vamos!

Salió de entre los helechos y corrió por la orilla en dirección al lamento. Sonó de nuevo, más cerca pero más apagado: era un sonido estrangulado horrible. Zarzoso saltó sobre las raíces de un árbol y se encontró frente a Estrella de Fuego.

El líder del Clan del Trueno yacía de costado en un estrecho sendero flanqueado por densos helechos. Sus extremidades se sacudían débilmente y sus ojos miraban a la nada. Le brotaba espuma por la boca. Alrededor del cuello, semienterrado en el pelaje rojizo, había un fino y brillante cable que iba hasta un palo clavado en la tierra. ¡Estrella de Fuego había caído en una trampa para zorros!

Zarzoso dio un salto para ayudarlo, pero Alcotán lo apartó empujándolo con su poderoso hombro.

—¡Cerebro de ratón! —bufó el guerrero del Clan del Río—. Ésta es tu oportunidad, Zarzoso. Ahora eres lugarteniente. Si Estrella de Fuego muere, tú serás el líder del clan.

Zarzoso se quedó mirándolo boquiabierto. «¿Qué es lo que me está diciendo que haga?» Luego se dio cuenta de que Estrella de Fuego estaba intentando hablar.

—Betulo me ha dicho que... Estrella Negra esperaba en nuestro territorio... Tenía que venir solo...

En los ojos de Alcotán se reflejaba un brillo triunfal cuando se acercó al líder para susurrarle al oído:

—Pero Estrella Negra no está aquí. ¡Estamos nosotros! Eres un iluso, Estrella de Fuego. Ha sido demasiado fácil atraparte.

Zarzoso sintió que el suelo se hundía bajo sus patas. No alcanzaba a comprender los detalles; tan sólo que la ausencia de Estrella Negra y el olor del Clan de la Sombra en Alcotán significaban algo sanguinario y maligno.

—Has sido tú... —le dijo a su medio hermano—. Tú te has encargado de que Estrella de Fuego viniera hasta aquí, donde lo esperaba una trampa para zorros.

—Por supuesto —respondió Alcotán con desdén—. Lo he hecho por ti.

Estrella de Fuego estaba haciendo un esfuerzo titánico por respirar, mientras su mirada iba de Alcotán a Zarzoso.

El lugarteniente del Clan del Trueno vio que, si no aflojaba el cable de inmediato, su líder perdería una vida... quizá más.

Alcotán dio un paso atrás.

—El valiente líder del Clan del Trueno —se mofó—. Ya no eres tan poderoso, ¿eh? Venga, Zarzoso, acaba con él de una vez.

Zarzoso sintió como si las patas se le hubieran congelado. Se le erizó hasta el último pelo del cuerpo al oír cómo Estrella de Tigre le susurraba al oído: «Mátalo. Nadie lo sabrá. Puedes ser líder de clan. Puedes tener todo lo que siempre has deseado.»

Se tambaleó cuando Alcotán le dio un violento empujón agitando la cola con rabia.

—¿A qué estás esperando? Esto es lo que siempre hemos querido, ¿recuerdas? ¡Mátalo ya!

21

—Están creciendo muy bien —maulló Hojarasca Acuática, separándose de los cachorros de Acedera—. Debes de estar muy orgullosa.

Acedera engulló un bocado del tordo que la curandera le había llevado.

—Lo estoy, pero seguro que harán toda clase de travesuras cuando sean un poco más grandes. Serán incluso más revoltosos que los cachorros de Dalia. —Sus ojos ámbar relucieron risueños—. Pequeña Carboncilla ya necesita vigilancia.

Hojarasca Acuática miró a los cachorros, que formaban un montón ronroneante y amodorrado. Sintió una oleada de calidez al recordar lo que Jaspeada le había mostrado. ¿Cuánto tiempo pasaría hasta que el clan descubriera la verdad sobre Pequeña Carboncilla? La joven curandera anhelaba compartir esa alegría con todos los demás, pero sabía que aún no había llegado el momento.

—En ese caso, tendrás que descansar todo lo que puedas —le dijo a Acedera—. Y reserva tus energías. Una camada de cuatro cachorros es una gran responsabilidad.

—Lo sé. Me alegro muchísimo de que estés aquí, Hojarasca Acuática.

La joven curandera cerró los ojos un instante, tratando de recordar los sentimientos que la habían empujado a abandonar a su clan. Eran como una sombra en su interior, fuera de su alcance. Ahora, sin embargo, crecieron y llenaron su mente: intentó rechazarlos, pero los oscuros sentimientos parecieron aumentar cada vez más dentro de ella. De pronto, la culpabilidad se transformó en una visión de sangre y rugidos que ahogó los tenues sonidos de los hijos de Acedera y los tibios aromas lechosos de la maternidad.

«Está sucediendo algo espantoso... Oh, Clan Estelar, ¿qué puede ser?» Salió al claro tambaleándose y a tientas, desoyendo las exclamaciones de sorpresa de Acedera. Una vez en el exterior, se dio cuenta de que todo seguía tranquilo. El claro estaba prácticamente desierto, pues la mayor parte de los gatos habían salido con las patrullas y un sol radiante brillaba en el cielo azul, veteado con unos finos jirones de nubes.

Sin embargo, Hojarasca Acuática sabía que algo horrible estaba sucediendo. Si no era allí, entonces tenía que ser en el bosque. Cruzó el claro a la carrera, sin preocuparse por las miradas perplejas que le lanzaron Nimbo Blanco y Centella desde el montón de la carne fresca. Y al salir por el extremo del túnel de espino, estuvo a punto de chocar con Esquiruela.

—¡Eh! —exclamó su hermana—. Cálmate. ¿Qué ocurre?

—Algo horrible —resolló Hojarasca Acuática—. Tejones... Dos Patas... no lo sé. ¿Tú has visto algo?

—No. —Esquiruela posó la cola en su hombro para tranquilizarla—. Todo va bien. Sólo estaba buscando a Zarzoso. Esa irritante bola de pelo se ha marchado sin mí. He intentado seguir su rastro, pero no he tenido suerte.

—No, todo no va bien. —La certeza de su pavor le atravesó la piel y la heló hasta los huesos—. El Clan del Trueno corre un gran peligro. ¿Vienes conmigo?

—Por supuesto, pero ¿adónde?

—¡No lo sé! —Hojarasca Acuática elevó la voz—: ¡Oh, Clan Estelar, muéstranos el camino!

Apenas había terminado de hablar, cuando oyó que un gato se aproximaba ruidosamente por el sotobosque. Las hojas de los helechos ondearon con violencia cuando apareció Cenizo. Tenía el pelo erizado y sus ojos azules estaban desorbitados de miedo.

—¡Hojarasca Acuática! —exclamó sin aliento—. Es Estrella de Fuego... Ha caído en una trampa para zorros.

—¿Dónde? ¿Por qué no lo has liberado? —quiso saber Esquiruela, echando chispas.

—Porque él... Zarzoso también está allí. —Cenizo luchaba por respirar, como si acabara de salir de aguas profundas—. Y Alcotán está con él; ¡un guerrero del Clan del Río en nuestro territorio! Yo no podía enfrentarme a los dos a la vez. Tenía que venir a buscar ayuda. —Señaló con la cola hacia el lago—. Por ahí. ¡Deprisa!

22

Zarzoso se quedó mirando al líder de su clan. Todavía era incapaz de moverse. Sabía que lo único que debía hacer era estrechar el cable alrededor del cuello de Estrella de Fuego para que éste perdiera las seis vidas de golpe. Sus ojos se encontraron con los de su líder, que yacía inmóvil delante de él, pero en sus ojos verdes no había súplica, sino una pregunta feroz y orgullosa: «¿Qué vas a hacer, Zarzoso? Tú decides.»

El joven lugarteniente pensó en cómo Estrella de Fuego y Estrella de Tigre se habían enfrentado una vez tras otra. Se odiaban mutuamente por lo que representaban, por los planes que tenían para sus respectivos clanes. Pero Estrella de Fuego nunca tuvo que luchar hasta la muerte con Estrella de Tigre, porque Azote, el cruel líder del Clan de la Sangre, al que el propio Estrella de Tigre había invitado al bosque, había matado a su anfitrión de un solo zarpazo.

En esta ocasión, sin embargo, parecía que Estrella de Tigre iba a salir vencedor. Zarzoso era consciente de que el espíritu de su padre estaba allí, incitándolo a actuar. «¡Tontaina! ¡Mátalo ya!»

Cerrando los ojos, Zarzoso recordó el claro de los Cuatro Árboles y la sangre que se derramaba por la hierba mientras Estrella de Tigre perdía sus nueve vidas de una sola vez. Vio a Azote mirando los espasmos de su cuerpo con frialdad triunfante. ¿Era eso lo que esperaban de él Estrella de Tigre y Alcotán?

—Seis vidas... —murmuró.

Seis vidas se interponían entre él y el liderazgo del Clan del Trueno.

—Así es —bufó Alcotán—. Ésta es nuestra oportunidad de vengarnos de Estrella de Fuego por la muerte de nuestro padre. Él podría haber intentado detener a Azote, pero se quedó allí sin hacer nada, viendo cómo Estrella de Tigre moría una y otra vez.

¿Venganza? Zarzoso despegó los ojos de Estrella de Fuego para clavarlos en su medio hermano. Aquello no tenía nada que ver con la venganza. Sabía de sobra que Estrella de Tigre había recorrido libremente el camino que lo había llevado a su violento final.

«Lo único que quiero es liderar a mi clan —pensó—. Pero no así.» Debía lealtad no sólo al Clan del Trueno, sino también a Estrella de Fuego: el gato que había sido su mentor, que lo había aceptado a pesar de su padre y que al final había confiado lo bastante en él como para nombrarlo lugarteniente de su clan. Había llegado a creer que ser leal al clan no significaba serlo al líder del clan. Pero eso no era cierto. Estrella de Fuego era el Clan del Trueno.

—No —le respondió a Alcotán, sorprendido de que su voz sonara tan fuerte y firme—. No lo haré.

Recordó cómo Rivera y Esquiruela habían liberado a Bayito cuando éste se había pillado la cola en una trampa para zorros como aquélla. Saltó junto al costado de Estrella de Fuego y comenzó a cavar, tratando de desenterrar el palo que mantenía el cable tenso alrededor del cuello del líder.

—No te muevas, Estrella de Fuego —resolló, mientras la tierra volaba por el aire—. Te sacaré de aquí en un segundo.

Un alarido de protesta le estalló en los tímpanos; no estaba seguro de si procedía de Alcotán o del vengativo espíritu de Estrella de Tigre. Su medio hermano lo embistió por un lado y lo derribó. Zarzoso se quedó inmovilizado debajo de él. Los ojos azul hielo de Alcotán lo miraron iracundos.

—¡Cobarde! —bufó—. Apártate, y yo mismo lo mataré si tengo que hacerlo.

«¡Jamás!» Zarzoso lo golpeó con dureza en la barriga con las patas traseras y logró quitárselo de encima. Mientras Alcotán yacía sin aliento, él corrió de nuevo hacia el palo y lo agarró con la boca. La trampa se había aflojado lo bastante y salió de un tirón, y el cable se destensó en el cuello de Estrella de Fuego, que empezó a tomar aire entrecortadamente.

Un feroz gruñido a sus espaldas hizo que Zarzoso se volviera. Alcotán se abalanzó sobre él. Zarsoso dejó caer el palo y lo esquivó, pero notó que las garras de su medio hermano le arañaban el costado al pasar.

Volvió a encarársele y vio una llama glacial en sus ojos azul hielo.

—¡Traidor! —bufó el guerrero del Clan del Río—. ¡Has traicionado todos los planes de nuestro padre! ¡Nunca has sido lo bastante fuerte para ser como él!

—¡Yo no quiero ser como él! —replicó Zarzoso.

—Entonces es que eres tonto —maulló Alcotán con desprecio—. Y también un inocente. Ni siquiera te has dado cuenta de que esto era una prueba. Fue idea de Estrella de Tigre. Dijo que si de verdad merecías tener poder, harías cualquier cosa para conseguirlo.

—¿Incluso matar al líder de mi clan?

—Sobre todo eso. Sin embargo, eres tan débil como Estrella de Tigre se temía. Él y yo teníamos grandes planes para el bosque, y tú podrías haber formado parte de ellos. Pero no te necesitamos.

Zarzoso comprendió a la perfección qué estaba insinuando su medio hermano. Él sabía demasiado, y ahora Alcotán no podía dejarlos vivos, ni a él ni a Estrella de Fuego; eso debía de formar parte del plan desde el principio.

Dio un paso hacia Alcotán.

—Vuelve al territorio del Clan del Río. Eres mi hermano; no quiero hacerte daño.

—Porque eres débil —se burló—. Te importa más tu misma sangre que el poder. Pero a mí no.

Volvió a saltar sobre el guerrero del Clan del Trueno, derribándolo e inmovilizándolo de nuevo. Sus ojos azul hielo llamearon cerca de los de Zarzoso, que notó cómo las afiladas garras de Alcotán se le clavaban en la piel y vio sus colmillos apuntándole a la garganta. Luchó en vano por arañarle la barriga con las patas traseras, sintiendo que estaba a un solo segundo de su propia muerte. Para salvarse, para salvar a Estrella de Fuego y al Clan del Trueno, sólo había una cosa que pudiera hacer.

Mientras se retorcía de un lado a otro, había visto que el palo de la trampa para zorros estaba medio atrapado debajo de su hombro. Estirando el cuello, logró agarrarlo con los dientes justo cuando Alcotán lo embistió. Zarzoso blandió el palo y notó cómo el extremo afilado se hundía profundamente en el cuello de su rival. Alcotán se quedó paralizado, emitiendo un espantoso gorgoteo, y luego cayó inerte, con todo su peso, sobre el pecho de Zarzoso.

Conmocionado, Zarzoso hizo un esfuerzo para zafarse del cuerpo de su medio hermano y soltó el palo, que cayó al suelo. Alcotán tenía el cuello desgarrado, y su sangre escarlata empezó a derramarse en la arena, cada vez más deprisa, hasta que comenzó a descender hacia la orilla del lago.

—¡Alcotán! —exclamó Zarzoso con voz ahogada—. Yo... yo no quería esto.

Para su sorpresa, su medio hermano se puso en pie y fue trastabillando hacia él. Zarzoso se preparó, sin saber si iba a ser atacado de nuevo o si iba a recibir una petición de ayuda.

—¡Inocente! —le espetó Alcotán con voz ronca. El esfuerzo por hablar hizo que la sangre brotara más deprisa aún de su atroz herida—. ¿Crees que esto lo he planeado yo solo? ¿Crees que estás a salvo dentro de tu propio clan? —Se puso a toser, expulsando coágulos de sangre, y añadió—: ¡Piénsalo bien!

—¿Qué? —Zarzoso dio un paso hacia él, y sus patas pisaron el charco rojo. ¿Acaso Alcotán estaba acusando a un guerrero del Clan del Trueno de haber conducido a Estrella de Fuego hasta la trampa?—. ¿Qué quieres decir? ¡Cuéntamelo, Alcotán! ¡¿Qué quieres decir?!

Sin embargo, las frías llamas estaban apagándose en los ojos del guerrero. Se alejó dando unos pasos tambaleantes entre los helechos y se derrumbó junto al lago, con las patas traseras dentro del agua. Pequeñas olas rompieron contra su cuerpo, y su sangre se extendió en una nube escarlata.

Zarzoso se quedó mirándolo. Había muchas más cosas que necesitaba saber... pero Alcotán estaba muerto.

Durante un momento, la voz del guerrero del Clan del Río resonó débilmente en sus oídos: «Volveremos a vernos, hermano. Esto no ha terminado todavía.»

—Zarzoso...

Estrella de Fuego seguía tumbado de costado, con el pelo del cuello manchado de sangre de su propia herida. Pese a su debilidad, miró a su lugarteniente con firmeza.

—Estrella de Fuego...

A Zarzoso se le quebró la voz. No había nada que pudiera decir. Estrella de Fuego había visto cómo su propio lugarteniente se debatía con la tentación de matarlo, y jamás podría volver a confiar en él. ¿Cómo podría Zarzoso seguir siendo el lugarteniente del Clan del Trueno? Permaneció cabizbajo, esperando las palabras que lo enviarían al destierro.

—Zarzoso, lo has hecho muy bien.

El atigrado alzó la cabeza y miró a su líder, atónito.

—Tu camino ha sido duro, más duro que el de la mayoría —continuó Estrella de Fuego con voz ronca—. Pero hoy has librado una gran batalla y has vencido. Eres un lugarteniente digno del Clan del Trueno.

La voz se le quebró con las últimas palabras. Agotado, dejó caer la cabeza de nuevo y cerró los ojos.

Zarzoso se quedó mirándolo, con la sangre pegajosa de su medio hermano en las patas y su hedor en la nariz. «He vencido —pensó—. Pero ¿qué me hará mi padre ahora?»

23

Esquiruela sacudió la cola.

—Ve al campamento —le ordenó a Cenizo—. Consigue la ayuda de más gatos.

Antes de que la guerrera terminara de hablar, Hojarasca Acuática ya estaba corriendo por el sotobosque, sin importarle que las zarzas se le clavaran en la piel. Su hermana fue tras ella. Ninguna de las dos dijo nada durante el trayecto. El rastro de olor a miedo de Cenizo era tan fuerte que les indicó por dónde ir.

A Hojarasca Acuática se le había revuelto el estómago. Ahora comprendía la premonición de peligro que la había invadido en la maternidad. ¿Qué podría ser peor que perder al líder del clan, Estrella de Fuego, su amado padre?

Su desconfianza hacia Zarzoso se transformó en una ola gigantesca que amenazaba con romper y arrastrarla consigo. El guerrero atigrado era fuerte y valiente, pero ahora ella no tenía duda alguna de que la maligna influencia de Estrella de Tigre era demasiado para él.

Antes de que el lago estuviera a la vista, comenzó a percibir el olor a gatos y, más intenso aún, el hedor de la sangre fresca. Sintió que el corazón se le paraba un instante. Ningún gato podría perder tanta sangre y sobrevivir.

Rodeó las raíces de un árbol y frenó en seco justo al borde del agua. Estrella de Fuego yacía de costado delante de ella, inmóvil. Zarzoso estaba junto a él, con las patas manchadas de sangre.

«¡Yo tenía razón! Zarzoso es un traidor. Ha asesinado a mi padre para convertirse en el líder del clan.»

Antes de que la joven pudiera decir nada, Estrella de Fuego se movió y abrió los ojos.

—Hojarasca Acuática... —susurró—. Tranquila. Alcotán me había tendido una trampa, pero Zarzoso lo ha matado.

Apartó una de sus patas delanteras para dejar a la vista la trampa para zorros. Cuando la joven curandera examinó de cerca a su padre, vio que, aunque tenía un corte muy feo en el cuello, no sangraba lo bastante como para formar el charco escarlata que ella estaba pisando. La sangre que manchaba las patas de Zarzoso no era la del líder del Clan del Trueno; el guerrero tenía algunas uñas rotas y las zarpas llenas de barro, lo que significaba que debía de haber desenterrado el palo para salvar la vida de Estrella de Fuego. Sin embargo, no había orgullo ni satisfacción en la mirada del joven lugarteniente. Sus ojos estaban ensombrecidos de espanto; parecía escuchar algo que nadie más podía oír.

Esquiruela pasó corriendo ante Hojarasca Acuática y se agachó junto a su padre, olfateándolo de las orejas a la punta de la cola.

—¡Gracias, Zarzoso! ¡Le has salvado la vida!

Zarzoso parpadeó, como si acabara de advertir su presencia.

—Sólo he hecho lo que habría hecho cualquiera...

Hojarasca Acuática se apartó de su padre y notó cómo la sangre se acumulaba, húmeda y pegajosa, entre sus patas. «¿De dónde sale toda esta sangre?»

Un rastro llevaba, entre helechos, hasta la orilla, dejando las frondas aplastadas, rotas... y manchadas de sangre. Al asomarse entre ellas, la joven curandera vio el cuerpo atigrado y oscuro de Alcotán, tendido, inmóvil, en el borde del lago. De una herida de su cuello seguía manando la sangre que oscurecía el agua con una brillante mancha escarlata. Las olas lamían pesadamente la orilla, volviendo rojos los guijarros.

«Antes de que haya paz, la sangre derramará sangre y el lago se tornará rojo», recordó Hojarasca Acuática.

Por fin lo comprendía. Zarzoso y Alcotán estaban emparentados, de modo que la sangre había derramado sangre. Zarzoso había matado a su medio hermano para salvar a Estrella de Fuego. Ella tenía razón respecto a Alcotán: era demasiado ambicioso, demasiado parecido a su padre, Estrella de Tigre, pero jamás se habría imaginado que Zarzoso sería el gato que lo detendría.

La profecía que la había perseguido durante tanto tiempo se había cumplido por fin. Ahora los clanes podrían aspirar a la paz profetizada. Y dado que Alcotán estaba muerto, Ala de Mariposa quedaría libre de sus intentos de controlarla. El secreto del ala estaría a salvo para siempre.

Hojarasca Acuática dio la espalda al cuerpo de Alcotán y regresó con su padre y su hermana. Apoyándose en Esquiruela, Estrella de Fuego había logrado incorporarse. Zarzoso permanecía en silencio junto a ellos; aparentemente, seguía aturdido y conmocionado, y ni siquiera había intentado limpiarse la sangre de Alcotán de las patas.

—Todo ha terminado —les dijo Hojarasca Acuática en voz baja. Luego se cuadró y miró hacia el sol naciente—. Todo ha terminado, y la paz ha llegado.